럭키

유쾌발랄 사기꾼의 복권 당첨금 수령 프로젝트

LUCKY

럭키

마리사 스태플리 Marissa Stapley 지음

박아람 옮김

오오 문학수첩

나의 어머니 발레리Valerie, 1951-2020에게

이 책을 바칩니다.

용감하고 굳건하게 사는 법을 가르쳐 주셨지만

사기 치는 법은 혼자 공부해야 했답니다.

세상에는 기만과 사기가 가득하다.
그러나 기만과 사기를 경계하느라
세상의 미덕을 놓쳐서는 안 된다.
많은 사람들이 고귀한 이상을 위해 싸우고 있고
선한 용기와 영웅적 행위가 곳곳에 가득하다.

맥스 어만Max Ehrmann,
〈간절히 열망하는 것들Desiderata〉 중에서.

누군가가 수녀원 앞에 아기를 놓아두었다. 오늘 밤의 당직은 마 거릿 진이었다. 다른 수녀들은 귀마개를 하고 있는 탓에 귀청이 떨어질 듯 날카로운 울음소리를 들을 수 없었다. 하지만 마거릿 진은 침대에 누워 꼼짝도 하지 않았다. 누군가가 깨서 이 골치 아 픈 상황을 대신 처리해 주길 바라며. 늘 할 일을 찾아다니는 프랜 신 수녀가 도와주지 않을까? 아니면 무슨 일이든 척척 해결하는 대니엘 수녀? 아기 울음소리는 갈수록 요란해졌지만 아무도 일어 나지 않았다.

마거릿 진은 목에 건 금 십자가를 어루만졌다. 수녀원에 온 지 겨우 두세 달, 아직은 수녀 지망생이었다. 다음 주면 수녀들이 마 거릿 진을 수녀로 받아들일지 말지 결정해야 한다. 오늘은 그녀의 첫 당직이었다. 일종의 시험이었다.

사실 마거릿 진은 천주교 신자가 아니었다. 그녀는 세례증명서를 위조했다. 종교에 귀의하려는 젊은 여인이라니, 기막힌 위장인 듯했다. 지금껏 시도해 본 사기를 통틀어 단연 최고의 수법이었다. 이곳에 숨어있으면 아무도 찾지 못할 것이다. 끝까지 안전할 것이다. 단, 성자의 삶을 살아야 할 뿐. 그녀는 성자가 아니었다.

　아기 울음은 그치지 않았다. 밖에는 맹추위가 기승을 부리고 있었다. 저 아기는 죽을지도 모른다. 그녀는 간신히 일어나 카디건을 걸친 뒤 손전등을 들고 복도로 나갔다.

　바람이 어찌나 거센지 현관문을 세차게 밀어야 했다. 계단 한가운데 자그마한 꾸러미가 놓여있었다. 분홍색 담요 꾸러미. 꼭 움켜쥔 채 떨고 있는 조그만 주먹이 보였다. '아, 하느님, 이런 일은 다른 사람에게 맡겨주세요.' 마거릿 진은 어느새 기도를 올리는 자신을 발견했다. 오늘 저녁 빌려 입은 이 수녀복만큼이나 어색하게 느껴졌다. 마치 가장무도회의 의상을 걸친 듯했다.

　한 사내가 성당을 향해 보도를 걸어오고 있었다. 그는 계단 밑에서 걸음을 멈추고 잠시 아기 울음에 귀를 기울이더니 아기와 그녀에게로 다가왔다. 마거릿 진은 잠자코 서서 지켜보았다. 사내는 무릎을 꿇고 앉았다. 아기에게 무어라고 속삭이는 듯했지만 바람소리와 울음소리가 요란해서 마거릿 진에게는 들리지 않았다. 사내가 아기를 안아 올리자 아기는 울음을 그쳤다.

　마거릿 진은 꼼짝도 않고 서있었다. 사내가 고개를 들어 그녀를 보았다. 그러곤 가슴에 손을 얹으며 말했다.

　"수녀님."

바람이 잦아들었다. 펄럭이던 수녀복이 다시 그녀의 얼굴과 어깨를 감쌌다. 사내는 아기를 안고 계단을 올라오며 다시 그녀를 불렀다.

"수녀님."

그녀는 고개를 까닥였다.

"안녕하세요."

무척 잘생긴 남자였다. 케리 그랜트나 록 허드슨처럼. 그녀도 이런 부류의 남자를 만난 적이 있었다. 이런 부류의 내밀한 진실을, 수녀라면 몰라야 마땅한 것들을 마거릿 진은 알고 있었다. 사내의 윗옷 팔꿈치는 다 해졌지만 구두는 거울처럼 반짝거렸다. 젤을 바른 머리카락은 바람이 불어도 헝클어지지 않았다.

사내가 말했다.

"저는 존이라고 합니다. 제 딸이 수녀님을 깨운 모양이네요. 죄송합니다."

"딸이라고요?"

"그렇습니다. 그리고……"

그는 하늘을 향해 눈을 치켜 올리며 말을 이었다.

"하느님께 감사드려야겠네요. 딸을 찾았으니. 제 아내 글로리아가 좀 안 좋습니다…… 산후 우울증을 앓고 있거든요."

그의 말투에서 어렴풋이 아일랜드 억양이 묻어 나왔다.

"저녁에 일하러 나갔다가 들어와 보니 아내가 안절부절못하고 있더라고요. 정신이 어떻게 됐었는지 아기를 어딘가에 두고 왔다는 겁니다. 어느 성당에 두고 온 것 같다기에 밤새 시내의 성당을 다 돌아다녔어요. 그런데 드디어 찾았네요. 하느님, 감사합니다."

"경찰에 신고하시지 그러셨어요?"

"그럼 아내가 잡혀갈 텐데요?"

사내는 마거릿 진의 눈을 들여다보며 무언가를 찾는 듯했다. 끝내 찾지 못하리라는 것을 그녀는 알고 있었다.

"그래서 대신 기도를 했죠. 기적이 일어나게 해달라고. 그런데 정말 기적이 일어났네요! 이렇게 찾다니. 그만 들어가서 주무세요, 수녀님."

마거릿 진은 아기를 내려다보았다.

"부인께서는 치료를 받으셔야 할 것 같네요."

"그래야죠. 그렇게 할 겁니다. 그래도 한 번 더 기회를 줘야지요. 하느님의 자식이라면 누구나 한 번 더 기회를 얻어야 하지 않겠습니까, 수녀님?"

그는 어쩐지 그녀를 꿰뚫어보는 듯했다. 그녀가 누려야 하는, 혹은 누려선 안 되는 두 번째 기회를 모조리 알고 있기라도 한 것처럼. 새벽 배송에 나선 빵 배달 트럭이 거리를 질주했다. 그 트럭만큼이나 별안간, 그에게 연민이 밀려들었다.

"부디……"

그녀는 적당한 말을 고심했다.

"부디 가족 모두에게 행운이 함께하길 바랄게요."

사내는 그녀의 목에 걸린 금 십자가를 바라보았다.

"혹시 조금 도와주실 수 있을까요. 그 금을 팔면 도움이 될 텐데. 벗어주시면 안 될까요? 수녀님 성함이……?"

"마거릿 진이에요."

그녀가 대꾸했다.

"그 목걸이를 주시면 먹을 것도 조금 사고 분유도 살 수 있을 겁니다. 아내의 상태가 안 좋아서 모유를 먹일 수 없거든요."

그 목걸이는 장식품에 불과했다. 진짜 금이었지만 그녀에겐 장식품이었다. 그녀는 목걸이를 벗어 아기 담요 위에 올려놓았다.

"14캐럿이에요."

좋은 일을 하자 기분이 좋았다. 받기보다는 베푸는 편이 더 좋다는 것을 문득 깨달았다.

그녀는 아기를 내려다보며 물었다.

"아기 이름이 뭐예요?"

사내는 잠시 머뭇거리더니 이내 '루시아나'라고 대꾸했다.

"제 어머니의 이름을 땄습니다."

마거릿 진은 사내를 믿어주기로 했다. 그녀는 루시아나의 이마에 손을 얹고 십자가를 그렸다. 몇 시간 전 재의 수요일 예배에서 신부님이 그녀에게 해주었듯이.

"당신의 죄는 사해졌습니다."

그런 뒤 그녀는 시선을 들어 사내의 눈을 보았다.

수녀 지망생은 매일 성경을 읽어야 한다. 그러다 보니 어디에서나 기적이 일어날 수 있다고 믿게 되는 듯했다. 이곳 뉴욕의 퀸스에서도 기적이 일어날 수 있다. 마거릿 진은 자신이 실제로 아기와 사내에게 축복을 내려주었다고 멋대로 생각했다. 자신이 그들을 수호하고 있다고, 언젠가 부녀를 다시 만나게 될 거라고, 자신은 옳은 일을 했다고 믿기로 했다.

　그녀는 안으로 들어가 문을 걸어 잠그고 수녀 방으로 돌아가 아기와 사내를 위해 기도했다. 그들이 축복받기를, 그리고 그들에게 행운이 함께하기를.

PART 1

루시아나 암스트롱은 네바다주 경계와 가까운 아이다호주의 어느 주유소 화장실에 서있었다. 하얀 블라우스와 감청색 스커트 정장, 굽 낮은 구두 차림이었다. 머리칼은 깔끔하게 넘겨 말아 올렸다.

"잘 가, 앨레이나."

그녀는 거울 속의 자신에게 말하며 애써 서글픔을 떨쳐냈다. 앨레이나로 계속 살아갈 수 있을 줄 알았는데.

그녀는 옷을 벗어 핸드백에 쑤셔 넣었다. 그러곤 짧은 드레스와 스틸레토 구두를 꺼냈다. 금빛 비즈가 수놓인 드레스를 꿈틀거리며 몸에 끼워 넣은 뒤 옷매무새를 다듬으며 두 손으로 납작한 배를 쓸어내리자 다시 슬픔이 밀려들었다. 머리를 흔들어, 말아 올렸던 머리칼도 풀어헤쳤다. 그러곤 자신을 바라보는 거울 속의 낯선 여자에게 인사를 건넸다.

"안녕, 럭키."

이윽고 그녀는 주유소 편의점을 돌아보았다. 치즈퍼프 과자와 프레첼 사이에서 고민하고 있을 때 담배를 사러 온 사내가 그녀를 보며 휘파람을 불었다. 그녀는 치즈퍼프와 프레첼을 모두 집어 들고 계산대로 걸어가 차례를 기다리며 신문의 머리기사들을 훑어보았다. '월가 심판의 날' 분석가들, 2008년 역대 최악의 시장 붕괴 내다봐' 그때 카운터에 놓인 마분지 복권꽂이가 그녀의 눈길을 끌었다. '당첨금 수억 달러'라고 적혀 있었다. 어느새 그녀는 열 살로 돌아가 있었다. 아빠와 함께 목적지도 정하지 않은 채 I-90 주간고속도로를 달리던 시절, 아빠는 늘 "넌 세상에서 가장 럭키한 아이야. 가장 운이 좋다니까." 하고 말하곤 했다. 그는 주유소 휴게소에 들릴 때마다 복권을 한 장씩 샀다.

"당첨되진 않겠지만 희망을 가져볼 수는 있잖아. 복권은 인류 역사상 가장 끝내주는 사기야. 따지고 보면 정부도 우리랑 다를 게 없다니까. 우리처럼 사람들을 속여서 어떤 꿈이든 이룰 수 있다고 믿게 하잖아."

그런 말을 들으면 럭키는 그들이 살아온 삶과 그들이 해온 일이 그리 미안하게 느껴지지 않았다.

차례가 돌아왔다. 럭키는 충동적으로 복권꽂이에서 용지 한 장을 꺼내 어릴 때 재미 삼아 골랐던 숫자들을 표시했다. 행운의 숫자가 있다고 생각했던 나이 11. 열한 살 때 어른이 되면 삶에 마법이 일어날 것 같아서 한시라도 빨리 이르고 싶었던 나이 18. 숫자를 고르던 시절의 아빠의 나이 42. 그날 달렸던 고속도로 번호 95.

그리고 그냥 고른 숫자 77.

그녀는 계산대의 남자에게 복권 용지를 건넸다. 남자는 그 번호대로 출력한 복권을 그녀에게 내주며 말했다.

"이름 써놓으세요. 잊어버리고 있다가 도둑맞거나 잃어버리는 경우도 있거든요. 이번엔 초대박이에요. 3억 9천만 달러라니까요."

"그런 초대박을 터트릴 확률보다 벼락을 '두 번쯤' 맞을 확률이 더 높을걸요. 그냥 꿈만 꾸는 거죠."

럭키는 돌아서서 고개를 숙이고 보안 카메라를 지나 주차장으로 나갔다. 복권을 지갑에 넣으면서 그녀는 도미니카 공화국의 바다가 보이는 집에서 이따금씩 그 복권을 꺼내 아빠를, 그러니까 교도소에 가기 전의 아빠를 추억하는 자신을 그려보았다.

밖에서는 남자친구 케리가 은색 아우디의 연료 탱크를 채운 뒤 기다리고 있었다. 그는 그녀를 보고 빙긋 웃으며 입 모양으로 '죽이네' 하고 말했다. 그녀는 그에게 키스를 날린 뒤 엉덩이를 흔들며 차로 걸어갔다. 그때 누군가의 목소리가 그녀를 돌려 세웠다.

"몇 푼만 나눠주세요."

한 여자가 '실직. 파산. 도와주세요.'라고 적힌 팻말을 들고 주유소의 콘크리트 벽에 기대 앉아있었다. 럭키는 지갑을 꺼냈다. 그 안에 들어있던 몇백 달러를 모조리 꺼낸 뒤 잠시 멈칫했다가 가방에서 블라우스와 스커트, 재킷, 구두를 꺼냈다.

"받으세요."

럭키가 말했다.

"제가 이런 걸 입고 어디에 가겠어요?"

"우편으로 팔면 되죠. 아니면……"

럭키는 상체를 굽히며 말을 이었다.

"변장하는 데 쓰든가요."

여자는 어리둥절한 얼굴로 눈을 깜빡거렸다.

"*네?*"

"아니에요. 그냥…… 안녕히 계세요."

케리는 다시 자신을 향해 걸어오는 그녀를 보며 웃고 있었다. 그녀가 차에 타자 그는 그녀의 턱을 잡더니 얼굴을 돌려 입맞춤을 했다.

"더럽게 섹시하네요, 사모님…… 우리가 그 호텔에 어떤 이름으로 예약했더라? 앤더슨 부인인가? 어쨌든 투자은행가로 들어갔다가 과거의 여자로 변신해서 나오는 것도 나쁘지 않네. 한참 이런 옷 안 입었잖아. 좋은데. 네가 왜 그렇게 라스베이거스에 가고 싶어 했는지 알겠다."

그는 그녀를 놓아주었다. 그녀는 둘 사이의 기류가 미묘하게 바뀌는 것을 느꼈다.

"그런데 이해가 안 가. 넌 왜 항상, 뭐랄까, 저런 사람들한테 돈을 주면 구원받을 수 있다고 생각해? 어차피 이제 구원도 필요 없어. 곧 신경도 안 쓰게 될 걸."

럭키는 갑자기 부아가 났다.

"*저런*' 사람들? 그리고 난 구원받으려는 게 아니야. 도움이 필요한 사람들을 도우려는 거지."

"왜?"

창밖에서 여자가 손을 흔들었지만 럭키는 고개를 돌려 외면했다.

케리가 말을 이었다.

"로빈 후드가 돼서 우리가 훔친 돈을 갚으려고? 부자들 돈을 훔쳐서 가난한 이들에게 주겠다? 귀엽네."

그는 시동을 걸고 출발했다.

"하지만 그렇게는 안 돼. 그런다고 우리가 다른 사람이 되진 않는다고, 럭키."

케리에게는 상대의 내밀한 아픔을 후벼 파는 버릇이 있었다. 럭키는 줄곧 그 부분이 마음에 걸렸다. 두 사람은 함께 먼 섬나라로 가려 한다. 이제 단둘이 살아야 했다. 그곳에 들어가면 다시는 나오지 못할 것이다.

케리는 혼잡한 고속도로로 들어서며 스테레오 볼륨을 높였다. 쿵쿵 울리는 테크노 음악이 차 안을 가득 메웠다. 그는 그녀를 흘끗 보고 미소를 지었다. 그녀도 빙긋 웃었다.

"재미있을 거야."

그녀가 말했다. 케리뿐 아니라 자신도 설득하려는 듯이.

"그럼, 당연하지. 우리도 이제 좀 즐기자. 영광의 광휘를."

그녀는 프레첼 봉지를 뜯어 그에게로 기울여 주었다. 그들은 그저 여행을 떠나는 평범한 연인일 뿐이다. 걱정할 일은 아무것도 없다.

"도미니카는 어떨까? 우린 어떤 집에서 살게 될까?"

두 사람이 처음 만났을 때만 해도 함께 꾸려갈 삶을 꿈꾸는 일, 머릿속에 미래를 설계하는 일이 한없이 즐거웠다. 이번에는 서둘러 떠나느라 어떤 삶이 기다릴지 꿈꿔볼 시간조차 없었다.

"당연히 바닷가에 살게 되겠지. 수영장은 있을까, 없을까?"

"응?"

케리는 봉지 안으로 손을 넣어 프레첼 한 움큼을 꺼낸 뒤 다시 룸미러를 흘끗 보았다.

럭키는 혼자 결론을 내렸다.

"없는 게 좋겠다. 바다가 바로 앞에 있는데 수영장이 왜 필요해, 안 그래? 그리고 개도 한 마리 키우자. 베티 같은 유기견. 매일 개를 데리고 오랫동안 해변을 산책하는 거야."

베티 얘기가 나오자 말을 이어가기가 어려웠다. 그들이 살던 보이시의 동네에는 여전히 전봇대마다 베티를 찾는 전단지가 붙어 있었다. 그렇지 않아도 공허해진 그녀의 뱃속에 베티의 빈자리가 고통을 더했다.

럭키가 다시 입을 열었다.

"누군가가 찾았을까? 좋은 사람을 만나야 할 텐데."

케리는 그녀를 흘끗 보고 다시 도로를 주시했다.

"뭘 찾아?"

"베티."

목에 무언가가 걸린 듯했다.

"틀림없이 누군가가 잘 돌봐주고 있을 거야. 걱정하지 마. 베티는 잘 살 거야."

케리는 핸들에서 한 손을 떼어 럭키의 손을 잡으며 말을 이었다.

"힘든 거 알아. 하지만 괜찮아질 거야."

그의 손이 미끈거렸다. 겁이 나는 모양이었다.

사실은 그녀도 그랬다.

럭키는 아빠와 함께 일했다. 이 말은 곧, 아주 어릴 때부터 전국 방방곡곡을 누비고 다녔다는 뜻이었다. 이제 겨우 열 살. 아빠는 서른 살과 맞먹는다고 말하곤 했다. 럭키는 많은 세상을 겪었고 많은 것을 알고 있었다.

예를 들면, 돈이 절로 생기지 않는다는 사실을 일찌감치 알았다. 돈은 적극적으로 찾아다녀야 했다. 그것은 지치는 일이었다. 아빠는 이렇게 말하곤 했다.

"남들보다 더 열심히 뛰어다녀야 하는 사람도 있어. 하지만 솔직히 너에겐 이름이 있잖아. 돈에 관해선 넌 남들에 비해 운이 좋다니까. 그래도 그 운을 잘 갈고닦아야 한다. 절대 내쳐선 안 돼. 쉬운 일은 아닐 거야."

그래도 오늘은 두 사람이 난생처음 진짜 휴가를 떠나는 길이었다. 최근에 큰 행운이 따라준 덕에 럭키의 아빠는 여유를 부릴 수 있었다. 그래서 럭키를 데리고 애디론댁 산맥에 있는 고급 호텔로 향하는 중이었다.

"일주일 동안은 일 안 한다. 그냥 책 읽고 쉬면서 수영도 하고 너 하고 싶은 거 다 해."

럭키는 차창에 얼굴을 댄 채 언제나 목에 걸고 다니는 금 십자가를 만지작거렸다. 아기 때부터 지닌 물건이었다. 오래전에 떠난 엄마의 선물. 어디를 가든 꼭 챙기는 몇 안 되는 소지품 가운데 하나이자, 럭키가 자기 소유라고 부를 수 있는 유일한 물건이었다.

지난번에 떠나온 도시의 도서관에서 '빌린' 책들이 뒷좌석의 럭키를 에워싸고 있었다. 사실 럭키는 도서관에서 책을 훔치는 일이 다른 무엇보다도 죄스럽게 느껴졌지만, 아빠는 어차피 정부의 돈으로 구입한 책이며 정부는 그들에게 그만큼을 내줄 책임이 있다고 했다. 게다가 어쨌든 홈스쿨링을 하는 럭키에게는 책이 필요했다. 아빠는 '로드 스쿨링'이라고 했지만.

'엠파이어 스테이트(Empire State: 뉴욕주의 별칭 - 옮긴이) 뉴욕주에 오신 것을 환영합니다.'라고 적힌 팻말이 스쳐지나갔다.

"아빠, 여기가 내가 태어난 곳 아니야? 여기 어딘가에서 태어났지?"

"넌 이런 산지가 아니라 뉴욕시에서 태어났지."

아빠가 대꾸했다.

"그래도 엄마는 여기 출신이라며? 이 근처 아니에요? 아빠가 그랬잖아. 글로리아 데버로가 여기 출신이라고."

"내가 그랬니?"

럭키는 읽던 책을 내려놓았다. 《엘리건트 유니버스》. 또래 아이들은 끈 이론에 관한 책보다는 《구스범스》 시리즈(1992년부터 미국에서 출간된 어린이용 공포 소설 시리즈로, 세계적인 베스트셀러이다. ─옮긴이)를 읽는다는 사실을 럭키는 알지 못했다. 동갑내기 친구가 없는 탓이었다.

"응, 그랬어. 전에 포커 게임하고 밤늦게 들어왔을 때 내가 글로리아 데버로의 고향이 어디냐고 물었더니 아빠가 '애디론댁 산맥'이라고 했어."

"내가 너무 취했을 때는 아무것도 물어보지 마. 그날도 아마 포커 게임 끝나고 술을 진탕 마셨겠지. 지금 읽는 건 무슨 책이야?"

"엄마 얘기해 줘. 글로리아 데버로에 대해 얘기해 달라고."

럭키는 끈질기게 졸랐다.

"운전에 집중해야지."

거짓말이었다. 그는 눈을 가리고도 고속도로를 달릴 수 있었다.

럭키가 다시 말했다.

"그러지 말고 아무거나 하나만 얘기해 줘."

"어느 날 내가 네 분유를 사갖고 돌아와 보니까 펑 하고 사라졌어."

그는 늘 럭키의 엄마가 그렇게 떠났다고 했다. 세상에서 완전히 사라져 버린 것처럼. 하지만 분명 어딘가에서 살고 있을 것이 아닌가?

오늘처럼 럭키가 자꾸 캐물을 때면 아빠의 반응이 그리 좋지 않았다. 화를 내며 오래된 상처를 후벼 파지 말라고 꾸짖을 때도 있었다. 굳이 가슴 아픈 얘기를 꺼낸다며 잔인하다고 비난하기도 했다. 하지만 가끔은 졌다는 듯이 무언가를 하나씩 던져주기도 했다.

"엄마한테 이 목걸이는 어떤 의미였어? 왜 나한테 주고 간 거야? 나를 키우고 싶지 않았다면 왜 나한테 이런 걸 남겨줬을까?"

럭키는 아빠가 대답하지 않을 거라고 생각했다. 그런데 그가 불쑥 말했다.

"네 엄마는 세인트모니카 성당에 다녔거든. 그 목걸이는 그 성당의 수녀님한테 선물로 받은 거야."

"성당?"

럭키가 되물었다.

"응, 천주교 성당."

럭키는 성당에 들어가 본 적이 없었다.

"성당에서는 무얼 하는 거예요?"

잠시 침묵이 흘렀다.

"착한 사람이 되려면 어떻게 해야 하는지, 나쁜 짓을 하면 하느님이 어떻게 하는지, 어디로 보내는지, 지옥은 어떤 곳인지, 그런 걸 가르쳐 줘."

"아."

럭키는 눈살을 찌푸렸다. 지옥이라는 곳에 대해 들어본 적은 있지만 딱히 생각해 본 적은 없었다. 가끔 사람들이 아빠에게 지옥에나 가라고 하는 소리를 들었을 뿐.

럭키는 목걸이를 만지며 다시 창밖을 보았다. 벨벳처럼 펼쳐진 애디론댁 산맥이 점차 선명해지기 시작했다. 종교가 무엇인지, 선한 사람과 악한 사람을 어떻게 가르는지는 잘 몰랐지만 자신과 아빠는 틀림없이 나쁜 사람에 속하지 않을까 걱정이었다. 그들은 거짓말과 도둑질을 하며 숨어 다녔다. 영웅과 악당에 관한 책을 충분히 읽은 터라 그들이 어느 쪽에 속하는지 알 것 같았다.

아빠에게 열두 가지쯤 더 물어보고 싶었지만 딱히 대답을 듣고 싶지 않았다. 럭키는 다시 읽던 책을 집어 들었다. 아빠는 라디오를 켜더니 양키스 경기 중계방송으로 주파수를 돌렸다.

"한 시간쯤 더 가야 해. 그러니까 편하게 앉아있어. 끝내주는 한 주를 보내게 될 거야."

마침내 짧은 다리로 육지와 연결된 섬에 자리한 아름다운 호텔이 나왔다. 반짝거리는 조지호가 섬을 에워싸고 있었다.

"닉슨 대통령도 여기 묵었어."

사가모어 리조트가 가까워지자 아빠가 말했다. 이를 시작으로 갖가지 지식이 들어간 짧은 강연이 시작되었다.

"닉슨은 '좋은' 일도 몇 가지 했어."

그는 둥글게 휘어진 진입로로 들어가 장엄한 흰색 건물 앞에 차를 세우며 강연을 마무리했다.

"하지만 수많은 나쁜 짓에 묻혔지. 흔히 있는 일이야."

럭키는 작은 탑과 발코니, 채색 유리창이 갖춰진 호텔을 감상한 뒤 주변 사람들에게로 시선을 옮겼다.

"이 얘기랑 아까 읽은 책을 합쳐서 오늘 수업은 이걸로 끝내자, 딸."

럭키의 귀에는 아빠의 이야기가 들어오지 않았다. 사실 럭키는 가능성이 희박하다는 것을 알면서도 투숙객과 호텔 직원들의 얼굴을 보며 엄마를 찾고 있었다. 이제 새로운 단서를 얻었다. 엄마가 성당에 다녔다는 것. 그리고 어떤 수녀와 친한 사이였다.

주차요원이 다가왔다. 럭키는 창문을 내리고 고개를 내밀었다. 공기가 상쾌했다. 완벽한 일주일이 될 것 같았다. 럭키는 느낄 수 있었다.

객실로 올라가자 큼직한 창문으로 산과 호수, 리조트 부지가 내려다보였다. 럭키의 아빠는 지금껏 돌아다닌 수많은 도시의 스티커가 덕지덕지 붙은 낡은 여행 가방을 내려놓았다. 그러곤 반짝거리는 구두를 신은 채로 창문 쪽 침대에 털썩 누워 두 손으로 머리를 받치고 흡족한 듯 한숨을 내쉬며 눈을 감았다. 럭키는 옆 침대에 좀 더 작은 여행 가방을 놓고 지퍼를 열어 짐을 풀기 시작했다. 그러다 노란 수영복을 꺼내 들고 아빠를 흘끗 보았다.

"수영장에 가도 돼요?"

"휴가라니까, 럭키. 원하는 건 뭐든지 해도 돼."

"어리다고 수영장에 혼자 못 들어가게 하면 어떡해?"

아빠는 눈을 감은 채로 대꾸했다.

"그럼 나이를 속여."

럭키는 밖으로 나가 잠시 리조트를 둘러보았다. 북적거리는 수영장을 지나 호숫가로 걸어갔다. 들어가서 수영을 하려는데 인명구조대원이 호루라기를 불며 소리쳤다.

"거기서 수영하면 안 돼!"

럭키는 그를 돌아보고 눈을 찌푸렸다.

"왜요?"

구조대원은 호수 한쪽에 부표로 표시한 작은 구역을 가리켰다.

"저기가 수영하는 곳이야!"

럭키는 그쪽으로 걸어갔다. 사람들이 바글거렸다. 잠시 물가에 서서 북적거리는 몸뚱이들을 살펴보았다. 소리치는 어른들, 깩깩거리는 아이들. 결국 럭키는 돌아서서 다시 수영장으로 걸음을 옮겼다. 그나마 조용한 (하지만 썩 조용하지 않은) 구석으로 가서 물가에 걸터앉아 발만 담근 채로 아이들을 살펴보았다. 헤엄치거나 물을 튀기거나 침을 뱉지 않으면 서로 빠뜨리며 놀고 있었다. 한 소년이 가장자리로 헤엄쳐 오더니 눈을 감고 콘크리트를 붙잡은 채 황홀한 표정을 지었다. 소년의 몸 아래로 노란 액체가 구름처럼 퍼져 나갔다. 럭키는 몸서리치며 고개를 돌렸다.

그때 웬 소녀가 럭키의 옆에 와서 앉았다. 또래로 보이는 소녀의 밤색 머리칼은 거칠고 헝클어진 럭키의 머리칼과는 달리 부드럽고 윤기가 흘렀다. 소녀가 물에 발을 담그자 럭키는 물속을 내려다보았다. 발가락지가 햇살에 반짝거렸다.

"웃기지 않아?"

소녀의 말에 럭키는 화들짝 놀랐다.

"응."

럭키는 간신히 대꾸했다. 무엇이 웃긴지는 몰라도 그저 소녀에게 맞장구를 쳐주고 싶었다.

"아니, 저렇게 아름다운 호수가 있는데 꼭 저기서만 수영을 하라잖아."

소녀는 호숫가에 표시된 작은 구역을 가리킨 뒤 다시 럭키와 수영장을 보며 덧붙였다.

"아니면 여기. 난 '사양'하겠어."

럭키는 소녀를 가늠해 보려 했지만 아이들의 마음을 읽는 데는 익숙하지 않았다. 딱히 다른 꿍꿍이가 있는 것 같지 않았다.

"나도 '사양'할래. 저기 쟤, 방금 오줌 싸는 것 같더라."

소녀는 폭소를 터트리며 물에서 발을 뺐다.

"우웩!"

럭키도 발을 빼고 다리를 끌어안았다.

소녀가 말했다.

"같이 갈래? 저 모퉁이를 돌아가면 구조대원 눈에 안 보일 거야. 거기서 제대로 수영해 보자."

소녀가 일어서자 럭키도 황급히 따라 일어섰다.

"참, 난 스테파니라고 해."

럭키는 그 이름이 마음에 들었다. 좋아하는 이름을 따로 적어놓았는데 그 안에 있는 이름이었다.

"난 앤드리아야."

럭키가 말했다. 이번 여행을 위해 아빠와 함께 지은 이름이었다.

"사람들은 그냥 앤디라고 불러."

이 애칭은 방금 지어낸 것이었다. 다행히도 스테파니는 빙긋 웃었다.

"앤디. 예쁜 이름이네. 어서 가자."

스테파니와 '앤디'는 한참 어울려 놀았다. 태양이 수평선을 넘어가며 산이 회녹색에서 남색으로 바뀌자 마침내 스테파니가 말했다.

"엄마가 걱정하시겠다. 그만 돌아가야겠어."

"그래, 우리 아빠도 걱정할 거야."

럭키가 대꾸했다. 딱히 그럴 것 같지 않았지만.

"아빠만 계셔?"

럭키는 고개를 끄덕였다.

"난 엄마뿐인데."

스테파니가 말했다. 그러더니 일어서려다 말고 다시 모래밭에 털썩 누웠다. 럭키는 그저 기다리기로 했다. 어느새 하늘은 짙은 푸른색으로 변해가고 있었다.

"아빠가 돌아가셨거든."

스테파니가 말했다.

"그렇구나, 저런."

"그래. 나도 보고 싶어."

"어쩌다가?"

"심장마비로. 정말 건강하셨는데 일 때문에 스트레스를 많이 받았나 봐. 엄마는 늘 아빠가 그렇게 열심히 일하지 않았다면 아직 살아있을 거라고 하더라. 돈이 많아도 다 무슨 소용이냐고 하면서 만날 울어. 자선단체에 기부도 하고. 차라리 가난하더라도 아빠가 살아있었으면 좋겠대. 난 가끔 아빠가 죽은 걸 까먹고 아빠를 찾기도 해. 미안. 넌 모를 거야."

"나도 알아."

럭키가 말했다. 그러곤 남은 귀걸이 한 짝을 마저 걸듯 거짓말을 보탰다.

"우리 엄마도 돌아가셨거든."

지어낸 이야기가 술술 흘러나왔다. 너무도 원했던 일이라 죄책감도 들지 않았다. 럭키가 이야기를 끝내자 스테파니는 손을 뻗어 럭키의 손을 꼭 잡았다. 어느새 해가 완전히 저물었다. 하늘에 별 하나가 깜빡거리며 모습을 드러냈다. 럭키도 스테파니의 손을 꼭 잡았다. 뺨으로 눈물이 흘러내렸다. 슬퍼서가 아니었다. 엄마를 위한 눈물도 아니었다. 이번만큼은 행복에 겨운 눈물이었다. 드디어 친구가 생겼으니까.

*

"좋아, 다시 정리해 볼게."

다음 날 밤 럭키의 아빠가 말했다.

"난 그대로 버질이고 네 이름은 줄여서 앤디야. 우리는 랜싱에서 왔어. 여름이 가기 전에 휴가를 보내러 왔지. 토론토에도 갔었고 씨앤타워(토론토 시내에 위치한 높이 553미터의 송출탑 옮긴이) 꼭대기에도 올라갔어. 네 엄마는 작년에 죽었어. 희귀한 혈액병으로. 끝내주네, 럭키. 대단해."

"그러려고 한 거 아니야. 내가 아빠한테 얘기해 주는 건 혹시라도 아빠가 그 애를 만나게 될까봐서야. 내가 거짓말했다는 게 들통나면 안 되니까. 걔는 내 친……"

"내가 아까 걔 엄마랑 잠깐 대화를 나눴거든. 이름은 달라야. 우리 넷이서 같이 저녁 먹기로 했어. 아무래도 휴가는 끝난 것 같다, 딸. 다시 일을 해야 할 것 같아. 그 집 엄청 부자야. 와, 아까 수영장에서 보니까 달라가 다이아몬드 팔찌를 하고 있더라니까. 결혼반지도 끼고 있던데 네 덕분에 이젠 과부라는 걸 알았고. 어쨌든 30분 뒤에 그쪽이랑 만날 거니까 이야기를 좀 더 보태보자. 너도 아프다고 하는 거야. 네 엄마를 죽게 한 희귀 유전 혈액병을 앓고 있는 거지. 그런데 우린 치료비가 없어. 하지만 네 소원을 들어주려고 여기에 온 거야. 네가 얼마나 살지 모르니까."

"아빠. 꼭 그렇게 해야 돼? 그냥 여기서 만족하면 안 돼?"

그는 거울을 보며 넥타이를 매만지다가 어이없다는 듯이 딸을 돌아보았다.

"우린 이번 주까지만 여기 있을 거야. 그러곤 다른 곳으로 떠날 거라고. 늘 그랬듯이. 그럼 어차피 그 애를 다시 못 만나. 걔는 네 친구가 아니야. 이제 일이 되어버렸어! 생각해 봐. 지금은 돈이 좀 들어왔지만 언제 또 운이 바뀔지 모르잖아. 게다가 돈은 영원하지 않아. 여기 오려고 돈을 얼마나 많이 썼는데."

럭키는 고개를 떨구었다.

"휴가라며! 그냥 휴가를 즐기러 온 거라며!"

아빠는 한숨을 쉬더니 럭키의 침대에 나란히 앉았다.

"딸, 기회가 생기면 잡아야 해. 안 그러면 딴 사람이 채간다니까.

그 정도는 가르쳐 준 것 같은데. 언제든 준비를 하고 있어야 해. 그냥 즐길 때에도, 아니 그럴 때일수록 더더욱 준비를 해야지. 자, 어서 움직여. 머리도 매만지고 얼굴도 닦아. 그만 내려가야 해."

*

다음 날 아침 럭키는 수영장 가장자리에 걸터앉아 발끝을 물에 담갔다. 거친 콘크리트에 허벅지가 쓸렸다. 스테파니가 옆으로 와서 털썩 앉았다. 럭키는 스테파니를 돌아보며 그 애의 모습을 머릿속에 담으려 애썼다. 이번 일을 잊지 않기 위해서. 스테파니의 어깨로 내려온 머리칼은 폭포처럼 풍성했다. 콧잔등에 난 주근깨, 비뚜름한 미소. 하지만 지금은 웃고 있지 않았다.

스테파니가 럭키의 발 옆에 자기 발을 나란히 담그며 시무룩하게 말했다.

"다음 주부터 학교에 가야 해. 여름방학이 이렇게 끝나다니. 너무해."

럭키가 대답을 궁리하고 있을 때 스테파니가 무언가를 깨달은 듯 얼굴을 찡그렸다.

"미안. 넌 학교에 안 다니지. 집에서 공부하니까. 왜냐면……"

럭키는 불현듯 속이 메슥거렸다. 친구라 부르고 싶었지만 결국 '표적'이 되어버린 이 소녀에게 환자 행세를 하고 있자니 욕지기가 났다. 드디어 친구를 사귀나 했는데. 온몸이 아파왔다. 희귀 혈액 질환을 앓고 있다는 거짓말이 진짜이기라도 한 것처럼. 럭키는 본 적도 없는 엄마도 같은 병으로 죽었다고 거짓말을 했다.

"나, 아프지 않아."

럭키가 말했다. 목이 타들어가는 듯했다. 정말 아빠를 배신할 수 있을까? 다 거짓말이라고 털어놓을 수 있을까? 그러면 이 호텔을 떠나야 한다. 지금 당장. 두 번 다시 스테파니를 만나지 못할 것이다. 그 편이 나을지도 모른다. 어차피 다시 만나지 못할 테니까. 게다가 친구가 되려 했던 이 소녀는 럭키를, '이 사기'를 평생 기억할 것이다.

"아빠가 거짓말한 거야."

럭키는 시선을 들어 태양을 똑바로 보았다. 눈이 멀어도 상관없었다.

"난 아프지 않아. 멀쩡해. 아주 건강하다고. 아무런 병도 없어."

스테파니는 고개를 돌렸다. 그러곤 손을 내밀어 럭키의 손에 얹으며 물었다.

"정말?"

"정말."

럭키가 대답했다.

스테파니는 잠시 생각하다가 다시 입을 열었다.

"괜찮아."

"괜찮지 않아. 괜찮지 '않다'고."

럭키는 울음을 터트렸다.

"다 알아. 낫고 싶어서 안 아픈 척하는 거잖아. 우리 엄마가 은행에 전화하는 소리 들었어. 원래 놀라게 해주려 했는데, 어쨌든 엄마가 네 아빠한테 치료비를 줄 거야. 넌 이제 나을 수 있어. '좋지' 않아?"

검은 점들이 럭키의 시야를 수놓았다.

"안 돼. 네 엄마는……"

"앤디. 괜찮아. 우린 돈이 많아. 이제 넌 학교에 다닐 수 있을지도 몰라."

럭키의 뺨에 흐르던 눈물이 턱 끝에 맺혔다가 쇄골로 툭, 툭, 떨어졌다.

"'나'랑 더 가까이 살면 좋겠다. 너희가 벨뷰로 이사 오면 우리가 가까이 살 수 있을 텐데. 엄마도 좋아할 거야. 엄마는 네 아빠를 다시 만나고 싶어 하거든. 우리가 같은 학교에 다니면 정말 좋겠다. 그리고 어쩌면……"

스테파니는 럭키의 팔을 꼭 잡으며 말을 이었다.

"우리 엄마랑 너희 아빠랑 결혼하면 좋겠다. 그럼 우리는 '자매'가 되잖아. 생각해 봐!"

럭키는 태양에서 눈을 떼고 거듭 깜빡거렸다. 세상이 다시 또렷하게 보이자 수영장 물과 그 안에 나란히 담근 그들의 발을 내려다보았다. 스테파니는 럭키에게 발가락지도 하나 나눠주었다. 이제 똑같은 발가락지 한 쌍이 나란히 물속에서 반짝거렸다. 진짜 자매의 발처럼.

"넌 모를 거야."

럭키는 스테파니에게서 손을 빼내어 뺨의 눈물을 훔쳤다. 그러나 스테파니는 다시 손을 뻗어 럭키의 손을 잡았다.

"'난' 알아. 넌 나을 거야. 언젠가 너의 그 희귀병이…… 감쪽같이 사라질 거야."

"그래, 언젠가는. 결국에는 정말 그렇게 될 거야."

럭키가 대꾸했다.

02

벨라지오 호텔 깊숙한 곳에서 럭키는 케리를 찾아보았다. 그는 멀찍이 떨어진 바에 기대서서 지켜보고 있었다. 럭키는 그에게 윙크를 한 뒤 다시 자신의 패를 내려다보았다. 왼쪽에 앉은 상대는 턱에 여드름이 난 애송이 청년이었다. 그가 이번 판 텍사스 홀덤의 판돈을 불렀다.

"200."

그녀는 고민하는 척했다. 요란한 카지노의 소음이 주위를 에워쌌다. 음악 소리, 유리잔 부딪치는 소리, 웃음소리. 외침 소리.

"300으로 레이즈할게요."

그녀가 말하자 여드름 애송이가 가까스로 웃음을 참았다.

딜러가 말했다.

"손님, 규칙에 어긋납니다. 베팅을 올릴 때는 두 배수로 올려야 해요."

"그렇죠. 바보같이! 그럼 두 배로 올릴게요."

"400으로요?"

"네, 맞아요."

딜러는 럭키의 오른쪽에 앉은 평범한 중년 남자를 돌아보았다. 그는 결혼반지를 끼고 있었지만 럭키가 자리에 앉는 순간부터 노골적으로 추파를 던졌다. 그도 베팅을 올린 뒤 럭키의 옷깃 안쪽을 흘깃거렸다. 럭키는 아무것도 모르는 척했다. 너무 헐렁해 보이는 정장을 입은 다른 참가자가 폴드를 외쳤다. 여드름 애송이도 패를 접었다.

"저도 폴드할게요."

럭키가 붉은 곱슬머리를 어깨 뒤로 넘기며 말했다. 멀리서 여전히 지켜보고 있는 케리의 시선이 느껴졌다. 럭키는 한 번 더 그와 눈을 맞추고 한쪽 입꼬리를 올리며 은밀하게 미소를 지었다. 패가 새로 돌아가자 그녀는 자신의 카드 두 장을 중년 사내가 보지 못하도록 가슴골에 갖다 댔다. 케리는 웃음을 터트렸다. 느낌이 좋았다. 케리도 같은 기분이기를 바랐다. 럭키가 이곳에 오고 싶어한 이유이기도 했다. 떠나기 전에 그와 예전의 사이로 돌아가고 싶었던 것이다.

"손님? 카드는 테이블 위에 놓아주세요."

"어머. 죄송해요. 또 규칙을 깜빡했네요."

럭키는 카드를 내려놓고 딜러를 보며 빙긋 웃었다.

헐렁한 정장의 사내가 프리 플롭 단계에서 콜을 외쳤다. 지금까지 한 시간 동안 이 사내는 딱 한 번 베팅을 올렸다. 이번에 콜을 외쳤다면 엄청난 패를 가졌다는 뜻이었다. 그래봐야 달라질 것은 없지만. 차례가 되자 럭키는 600으로 판돈을 올리고 마침내 감을 잡은 자신이 대견하다는 듯 고개를 끄덕거렸다.

"2,500."

여드름 애송이가 말했다.

중년 사내가 콜을 외쳤다. 헐렁한 정장의 사내도.

"저는 올인이요."

럭키가 말했다. 그러곤 케리 쪽을 보았다. 그는 바에서 웬 사내와 고개를 숙인 채 진지한 표정으로 얘기를 나누고 있었다. 저릿한 불안감이 밀려들었다. '누구지?' 하는 속삭임이 귓전을 울렸다.

"저기요? 이봐요."

여드름 애송이가 눈을 가늘게 뜬 채 상체를 바싹 기울이며 물었다.

"블러핑하는 거예요?"

럭키는 몸 앞으로 두 손을 모아 쥐고 눈을 크게 뜨며 그를 돌아보았다.

"그야 알려줄 수 없죠."

애송이는 어깨를 으쓱했다.

"난 접을래요."

그러자 나머지 두 사람도 폴드를 외쳤다.

딜러가 럭키에게 고개를 까닥하며 칩들을 그녀 쪽으로 밀어주었다. 총 9천 달러. 판돈이 모두 그녀의 것이었다. 멀리서 케리는 다시 혼자가 되어 바에 몸을 기댄 채 먼 곳을 바라보고 있었다.

여드름 애송이가 말했다.

"좋아요. 블러핑이 아니라면 에이스를 보여주시죠."

"블러핑이 아니라고 말한 적 없는데."

럭키는 자리에서 일어서며 자신의 패를 뒤집었다. 겨우 스페이드 5와 다이아몬드 10이었다. 그녀는 판돈을 내려다보며 절반을 딜러에게 팁으로 밀어주고 나머지 절반은 여드름 애송이에게 밀어주었다. 딜러는 못 믿겠다는 듯이 눈을 깜빡거렸다.

"이걸로 즐겨요. 재미있었어요. 모두 고마워요."

테이블의 참가자들이 멍하니 바라보는 가운데 그녀는 돌아서서 바로 향했다.

그녀가 다가오자 케리가 말했다.

"칩을 가져왔어야지. 엄청 딴 것 같던데."

"뭐 하러? 우린 내일 떠날 거잖아. 도미니카 계좌에 돈도 충분히 있고. 저거 현금으로 바꾸려면 신분증 보여줘야 해. 그냥 재미로 해본 거야. 저 사람들 얼굴 좀 봐! 난 만족해."

케리의 표정을 가늠하기 어려웠다. 특유의 포커페이스. 럭키는 마음이 무거워졌다.

"무슨 일 있었어? 아까 누구랑 얘기했어?"

그녀가 물었다.

"아, 그냥 지나가던 사람이야. 화장실을 묻더라고."

케리는 좀 더 바싹 다가왔다. 그러곤 두 사람이 처음 만났을 때와 똑같은 눈빛으로 그녀를 바라보았다. 그때는 그의 눈빛만으로 럭키는 경이로운 존재가 된 기분이 들었다.

"내가 얼마나 사랑하는지 알지? 네가 있으면 모든 게 재미있어진다니까. 이리 와."

그는 그녀를 바 쪽으로 끌어당겼다.

"네 말이 맞아. 우린 이제 부자야. 그러니까 축배를 들자. 우리의 인생을 위해. 85년산 돔페리뇽 한 병 주세요."

그가 바텐더에게 말했다.

"케리, 안 돼. 시간이 너무 늦었어. 우리 아침 일찍 비행기를 타야……"

"그럼 그냥 밤을 새자."

케리는 웃으면서 말을 이었다.

"떠나기 전에 인생 최고의 밤을 보내고 싶다고 했잖아. 아직 초저녁이야."

그가 병으로 손을 뻗자 그녀는 그에게로 손을 뻗었다.

"이걸 다 마시지는 말자는 뜻이었어. 공항에 가려면 아침 일찍 일어나야 하잖아. 난 그냥 방으로 올라가서……"

그녀가 그에게 입을 맞추자 그는 바에서 몸을 돌렸다.

"그런 건 앞으로 수없이 할 수 있잖아, 럭키. 우린 내일 도망가야 해. 오늘 밤에는 파티를 즐기자. 지상에서 보내는 마지막 밤인 것처럼."

그는 그녀의 입술에 한 번 더 입을 맞췄다. 바텐더가 샴페인의 코르크를 따자 케리가 럭키에게 말했다.

"내 말 따라 해. 나는 밤새도록 파티를 즐기고 싶다."

그녀가 잔을 받아 들었다.

"나는 파티를 즐기고 싶다."

"밤새도록."

"밤새도록."

그녀가 마지못해 따라했다.

케리는 술병을 들고 카지노장을 성큼성큼 가로질렀다. 출입구에 이르자 보안요원이 소리쳤다.

"손님, 그 병 갖고 나가면 안 됩……"

그러나 케리는 그에게 백 달러짜리 지폐 한 장을 건넨 뒤 계속 걸음을 옮겼다. 럭키는 스틸레토를 벗어 손끝에 대롱대롱 든 채로 뛰다시피 하며 승강기까지 그를 따라갔다.

그는 주머니에서 카드 한 장을 꺼냈다. '직원 전용'이라고 적혀있었다. 승강기에 올라탄 그는 그 카드로 출입이 제한된 층을 눌렀다.

"그건 대체 어디서 난…… 뭐, 아무렴 어때."

"그래, 넌 몰라도 돼."

승강기 문이 열리자 그는 그녀의 손을 잡고 복도를 걸어 어느 문으로 데려갔다. 문을 열고 나가자 아찔한 도시 풍경이 내려다보이는 옥상이 나왔다.

케리는 가장자리로 걸어가 두 팔을 올렸다. 한 손에는 술병이, 다른 손에는 잔이 들려있었다.

럭키가 그를 조심스레 끌어당겼지만 그는 꿈쩍도 하지 않았다. 그녀가 말했다.

"조심해."

마침내 그는 뒤로 물러서서 그녀를 품에 안았다.

"나랑 잊지 못할 밤을 보낼 준비 됐지?"

"이미 잊지 못할 것 같은데. 아까 그 포커판에서 남자들을 속이고……"

그는 그녀의 잔을 다시 채워주었다.

"다른 건 다 잊고 나만 생각해. 다시 나랑 사랑에 빠지는 거야, 럭키. 나를 사랑한다고, 무슨 일이 있어도 사랑할 거라고 말해줘."

"물론이지."

"언제나? 무슨 일이 있어도?"

"케리, 왜 그래?"

"아니야. 아무것도 아니야. 그냥…… 정말 여기까지 왔다니 믿어지지가 않아서 그래."

"어쩔 수 없어. 이제는 돌아갈 수도 없잖아."

그는 잔을 올려 그녀와 건배를 했다.

"돌아갈 수 없지."

그들은 돌아서서 스카이라인을 마주했다. 저 아래 까마득한 라스베이거스의 지상에는 마치 보석 상자를 쏟은 듯 불빛이 가득했다. 그러나 어느 지점에 이르러 사막이 모든 불빛을 집어삼켰다. 그녀는 그 광경을 내려다보며 숨을 깊이 들이마셨다. 두려움이 흥분으로 바뀌었다. 안에서 무언가가 꿈틀거리는 듯했다. 희망 같은 무언가. 복권을 맞춰보기 전에 느끼는, 그런 아련한 희망이었다. 케리는 그녀의 손을 잡고 그녀를 어둠 속으로, 이제 막 시작된 라스베이거스의 후끈한 밤으로 이끌었다.

1992년 9월
뉴욕주, 채플 연못

그 일은 그렇게 끝났다. 럭키와 아빠는 계획한 날보다 하루 일찍, 스테파니 모녀에게 작별 인사도 하지 않고 사가모어 호텔을 떠났다. 존의 셔츠 주머니에는 우편환이 들어있었다. 럭키는 그것을 보았다. 그러곤 아빠와 얘기하고 싶지 않아서 《엘리건트 유니버스》에 코를 박았다. 다른 세상, 아니 다른 은하계에 살고 있다고 상상하고 싶었다. 그들은 은행 앞에 차를 세웠다. 럭키의 아빠가 안으로 들어가더니 두둑한 현금 봉투를 들고 가벼운 발걸음으로 나왔다. 그는 보조석 수납함에 봉투를 넣고 잠그며 말했다.

"이제 돈이 정말 많아졌어, 딸."

럭키는 대답하지 않았다.

"에이, 왜 그래? 아직도 삐쳤어?"

침묵.

"좋아. 기운 나게 해줄 묘약이 있지."

그는 한 시간쯤 달리다가 도로변에 차를 세웠다. 줄지어 늘어선 나무들 뒤로 반짝거리는 물이 보였다.

"봐, 채플 연못이야."

그가 차에서 내리며 말했다. 럭키는 지금껏 어디에서도 이런 연못을 본 적이 없었다. 연못이라기보다는 호수에 가까웠고 주위를 에워싼 절벽에는 등반가들이 점점이 매달려 있었다. 럭키는 그들을 올려다보았다. 어쩜 저렇게 용감할까? 개미처럼 암벽을 올라가는 등반가들 주위로 매와 송골매가 쌩쌩 날아다녔다.

"여기서 수영해도 돼."

아빠의 말에 럭키는 다시 시선을 내려 물을 보았다.

"깨끗하고 시원한, 완벽한 수영장이지. 네가 싫어하는 까딱이도 없잖아."

"부표겠지."

럭키가 말했다. 여전히 기분이 엉망인 데다 아빠에게 화가 풀리지 않았지만 부정할 수 없었다. 정말이지 이곳은 너무도 훌륭했다. 럭키의 아빠는 셔츠를 벗고 호리호리한 몸을 드러냈다. 여자들은 아빠가 멋지다고 생각했다. 영화배우 같다고. 스테파니의 엄마도 그랬다. 그래서 그녀를 손쉽게 유혹해 돈을 뜯어낼 수 있었다.

"오늘은 여기가 학교야. 여기보다 더 좋은 학교는 세상에 없을 걸, 루시아나."

아빠가 럭키라는 애칭 대신 본명을 부르는 일은 드물었다.

"그 여자는 이 돈이 없어도 아쉽지 않을 거야."

전날 밤 잠들기 전에 아빠는 이렇게 속삭였다. 딸에게 하는 말인지 혼잣말인지 알 수 없는 투로.

"스테파니의 아빠는 돈이 많았어. 생명보험도 들어놓았고."

하지만 중요한 건 돈이 아니었다. 아빠는 스테파니의 엄마에게 마음을 빼앗긴 척했다. 그녀를 사랑하는 척했단 말이다. '그것만큼은' 그녀도 아쉬워할 것이다. 럭키는 알고 있었다.

그는 등반가들을 가리키며 말했다.

"세계 최고의 등반가들도 이 암벽을 등반했어."

이를 시작으로 그는 다시 한번 이 반짝이는 연못보다 깊은 지식의 저수지로 손을 뻗었다. 럭키는 늘 아빠의 넓은 지식에 감탄했다. 지금도 슬프고 화가 났지만 아빠의 이야기에 절로 귀가 틔었다.

아빠가 말을 이었다.

"예전에 여기서 불이 난 적이 있어. 어떤 시인은 '단테의 불지옥'이라고 묘사하기도 했지. 어디선가 읽었어. 뜨거운 불길에 저 바위들이 조각조각 부서져 연못으로 떨어져 내렸어. 생각해 봐. 그 돌멩이들이 연못물에 닿을 때마다 지글거리며 김이 피어올랐겠지. 말 그대로 불못이었다니까."

럭키는 등반가들을 올려다보며 수백 년 전 저 차디찬 바위들을 용암으로 바꿔놓은 그 불길을 상상해 보았다.

아빠의 이야기는 아직 끝나지 않았다.

"그런데 지금은 어떠니? 다시 멀쩡해졌잖아. 언제 불이 났냐는 듯이. 세상일도 똑같아. 지금은 아주 중요했던 일이 조금 지나면 아무것도 아닌 일이 돼. 부서졌던 조각들도 결국에는 다시 합쳐지고. 모든 일은 지나가게 돼있어. 그건 확실해."

"그럼 우리도 그렇게 될 수 있겠네. 우리도 바뀔 수 있잖아. 스테파니의 엄마가 준 돈으로 계약금을 내고 집을 마련해서 정착하면 안 돼요?"

럭키가 물었다.

"생각해 보자, 딸."

모래밭과 맞닿은 물은 투명했지만 한가운데로 갈수록 깊어져서 칠판처럼 검은색을 띠었다. 반대편 가장자리는 거울 같았다. 럭키는 그리로 헤엄쳐 가서 바위 위에 올라앉고 싶었다. 그러면 주빈석에 앉은 듯 연못의 표면을 내려다볼 수 있을 테니까. 거북이처럼 일광욕을 하며 다 잊고 싶었다.

"가볼까?"

아빠가 말했다. 럭키는 고개를 끄덕이고는 모래밭을 달려가는 아빠를 따라갔다. 모래밭 위에 하얗게 색이 바랜 나무의 뼈대가 쓰러져 있었다. 럭키는 그 옆을 지나 물속으로 풍덩 뛰어들었다. 수온은 적당히 시원했다. 사가모어에서 일주일 내내 마음껏 헤엄치고 싶었는데 이곳에 와서야 소원을 풀었다. 럭키는 바위를 향해 헤엄쳐 갔다. 최대한 숨을 참고 물속을 헤엄치다가 수면 위로 올라와 한껏 공기를 마신 뒤 다시 들어가기를 반복했다. 막상 바위에 이르자 멀리서 보았을 때보다 경사가 가팔랐다. 럭키는 마음을 다잡고 바위 위로 몸을 끌어올렸다. 잔뜩 힘을 준 두 팔이 부들부들 떨렸다.

아빠는 이미 도착해서 기다리고 있었다. 하지만 그는 마지막 순간에야 손을 내밀었다.

"잘했어, 럭키. 훌륭해. 아빤 네가 정말 대견하다."

"듣고 싶지 않아."

럭키가 말했다. 불현듯 다시 수치심이 밀려들었다. 차라리 물속으로 뛰어들어 반대편으로 헤엄쳐 가려 하는데 아빠가 붙잡았다.

"미안해. 우리를 위해서 그렇게 원하던 무언가를 포기하기가 쉽지 않았겠지. 알아. 속상하게 해서 미안해. 세상이 이렇지 않다면 좋겠지만 아닌 걸 어떡하니. 운이 따라주지 않으니까 기회가 오면 바로 잡아야지. 가끔은 옳은 일이 아니라도 어쩔 수 없이 해야 해. 이번엔 정말 큰 기회였어, 딸. 이 정도 돈이면 한동안은 먹고살 걱정 없이 조금은 우리의 꿈을 좇을 수 있잖아. 다 네가 희생한 덕분이야. 그래서 대견하다는 거야. 사기를 잘 쳐서가 아니라 어려운 일을 했으니까. 사랑한다, 딸."

아빠의 말을 들으며 럭키는 위쪽으로 시선을 돌렸다. 한 등반가가 암벽의 정상에 도달했다. 그는 벼랑 끝에 서서 주위를 둘러보았다. 이 연못을 내려다본다면 무슨 생각을 할까? 두 사람이 그저 평범한 아버지와 딸이라고 생각할 것이다. 곧 물을 건너가 차를 타고 평범한 집으로, 평범한 삶으로 돌아갈 것이라고.

"아빠도 최선을 다하고 있어."

아빠의 목소리가 들렸다.

"알아, 아빠. 괜찮아."

럭키는 아빠에게로 고개를 돌렸다.

"나한테는 너밖에 없어. 알잖아."

"나한테도 아빠밖에 없어. 마음 푸세요. 내가 잘못했어."

그가 손을 뻗어 딸을 끌어안았다. 럭키는 어째서 결국 '자신'이 사과를 하게 될까, 어째서 항상 둘의 입장이 뒤바뀌는 것일까 궁금했지만 지금은 생각하지 않기로 했다.

"넌 강한 아이야, 럭키. 넌 무엇이든 할 수 있어."

옳은 말이었다. 럭키는 강했다. 평생 세상이 불리하게만 돌아가지는 않을 것이다. 운이 바뀌면 그녀는 세상에서 가장 운 좋은 사람이 될 것이다.

03

럭키는 킹사이즈 침대에서 기지개를 켜며 보드라운 침대 시트를 더듬어 케리의 온기를 찾았다. 그러다 턱을 들고 등을 둥글게 구부리며 말했다.

"좋은 아침……"

대답이 없었다.

럭키는 눈을 떴다. 침대에는 아무도 없었다. 벽에 걸린 거울에 자신의 모습이 보였다. 머리칼은 기름에 절어 뒤엉켰고 얼굴에는 지우지 않은 마스카라가 흘러내렸다. 벨라지오 호텔 스위트룸의 투숙객이 아니라 쓰레기통을 뒤지다 기어 나온 몰골이었다. 메슥거림이 밀려왔다. 간밤에 샴페인을 너무 많이 마신 탓이었다.

"케리?"

정적이 흘렀다.

새벽 5시까지 공항에 가기 위해 전화기 알람을 새벽 4시로 맞춰 놓았다. 아니었나? 럭키는 이마를 문지르고 눈을 비볐다. 어젯밤 호텔로 돌아왔을 때 로비에 웬 사내가 서있었다. 카지노의 바에서 케리와 얘기를 나누던 그 사내였다.

"이 사람 누구야?"

럭키가 혀 꼬인 소리로 물었다. 케리가 뭐라고 대답했더라? 새로 사귄 친구? 샴페인에 취한 판단력으로는 그리 이상할 게 없는 듯했다.

그가 그녀의 귀에 대고 속삭이던 일이 어렴풋이 떠올랐다.

"올라가 있어, 어서. 나 말고는 아무한테도 문 열어주지 마. 바로 떠날 수 있게 짐 싸놓고 잠깐 눈이라도 붙여. 금방 갈게."

그녀는 침대에 눕자마자 기절하다시피 했다. 그가 돌아와서 깨울 거라고 생각하며.

커튼 사이로 햇살이 쏟아져 들어왔다. 침대 옆 탁자에 놓인 시계를 보니 10시 23분이었다. 비행기에 타고 있어야 할 시간. 케리는 어디 있지?

"케리?"

그녀는 샤워 소리가 들리는지 귀를 기울여 보았다. 조용했다.

어쩌면 비행기 시간이 변경되었는지도 모른다. 그렇다면 케리는 커피와 아침 식사를 가지러 갔을 것이다. 그녀는 응접실로 들어갔다. 그의 가방이 그녀의 가방과 나란히 문 옆에 놓여있었다. 전화기를 집어 그에게 전화를 걸어보았다. 곧바로 음성메일로 넘어갔다.

속이 다시 메슥거렸다. 그녀는 헛구역질을 하며 욕실로 달려가 가까스로 변기에 속을 게웠다. 샴페인에 무엇이 들어있었지? 혹시 케리가……

아니다. 그럴 리가 없다. 설마 케리가. 설마 그녀에게. 그냥 숙취일 뿐이다.

마침내 그녀는 차가운 대리석 바닥에서 몸을 일으켰다. 한 번 더 그에게 전화를 해보았지만 전화기는 여전히 꺼져있었다. 텔레비전을 켜고 시간을 확인하려고 뉴스 채널로 돌렸다. 현재 시각 10:45.

"……데이비드 퍼거슨과 앨리아나 카덴스는……"

그들이 아이다호주에서 쓰던 가명이 들려왔다.

"보이시의 은퇴 노인 수십 명을 속여 저축을 인출하게 하고 돈세탁을 한 혐의로 수배 중입니다. 이들은 각각 회계사와 식당 경영자를 사칭했으며, 도주에 앞서 거액의 돈을 해외 은행 계좌로 송금한 혐의를 받고 있습니다. 퇴직연금이 사라지고 노년의 삶이 무너졌습니다. 경찰의 발표에 따르면 이들은 조직범죄와 연계된 것으로 보이며……"

럭키는 고개를 돌렸다. 텔레비전에 그녀의 얼굴이 나오고 있었다. 케리의 얼굴도 함께.

'사기, 횡령, 공갈 혐의로 수배 중.' 그들의 얼굴 밑에 자막이 실렸다.

뉴스를 들을수록 럭키는 기가 찼다. 그들이 보이시에서 살던 집을 에워싼 뉴스 중계차들이 화면에 비쳤다. 럭키는 좀 더 가까이

갔다. 왜 자꾸 노인을 들먹이지? 사실이 아니었다. 그 사람들은 노인이 아니라 부자들이었다. 그녀와 케리는 부자들의 돈을 빼내기로 했다. 아빠도 늘 그렇게 가르쳤다. 부자의 돈을 훔쳐 가난한 이들에게 주어야 한다고. 뭐, 로빈 후드 같긴 하지만. 남아도는 사람의 돈을 조금 훔쳤을 뿐인데 뭐가 그렇게 잘못되었단 말인가? 화면 속의 기자는 그들이 아주 큰 잘못을 저질렀다는 듯이 떠들어댔다. 럭키는 저런 짓을 하지 않았다. 어쨌든 저 세 가지 모두를 저지르지는 않았다. 무엇보다도 공갈에 가담한 적은 없었다.

'케리, 대체 무슨 짓을 한 거야?'

럭키는 텔레비전을 껐다. 금고로 가서 안을 들여다보았다. 케리는 자기 여권도 챙겨가지 않았다. 그렇다면 다른 가명을 만들어놓았다는 뜻이다. 그녀로서는 짐작할 수 없는 다른 신원. 그렇다면 몇 달 전부터 계획을 세웠다는 의미다. 그는 애초 그녀와 함께 도미니카 공화국으로 도주할 생각이 없었다. 그녀에게 모든 일을 뒤집어씌운 채 혼자 떠나는 계획을 세운 것이다.

"안 돼!"

텅 빈 방에 그녀의 목소리가 씁쓸하고 쓸쓸하게 울려 퍼졌다. 그녀는 침대에 털썩 앉아 두 손에 얼굴을 묻었다. 지난 수년 동안 아빠는 늘 표적을 찾으라고 가르쳤는데, 어리석게도 그녀가 표적이 되었다. 사랑이나 우정, 혹은 눈물 나는 사연을 내주면 금세 속아 넘어가 맹목적으로 믿어버리는 호구가 되어버린 것이다. 아빠는 이렇게 말하곤 했다.

"맹목적인 믿음이 세상을 돌아가게 하는 거야. 그런 상대를 만나면 귀중한 기회니까 잡아야 해. 잡을 수 있다면 뭐든지 잡아."

케리도 똑같은 조언을 들었을 것이다. 이렇게 속수무책으로 당하다니.

'도망쳐야 해, 럭키. 가만히 앉아서 붙잡힐 때까지 기다릴 수는 없잖아.'

럭키는 일어나서 자신의 여행 가방을 열었다. 깊숙이 손을 넣어 뒤적이며 지퍼 달린 주머니를 찾았다. 그 안에는 가짜 신분증 여러 개와 머리 염색약 한 통, 가위 한 자루가 들어있었다.

복권도 함께 있었다. 어제 산 복권이지만 아주 오래전의 일처럼 느껴졌다. 그것을 꺼내자 다시 한번 어렴풋한 희망이 고개를 들었다. '혹시?'

하지만 꿈일 뿐이었다. 이제 무엇도 그녀를 구할 수 없었다. 그녀는 복권을 바닥에 던져놓은 채 염색약과 가위를 들고 욕실로 들어가 눈에 잘 띄는 붉은색 곱슬머리를 자르기 시작했다. 다른 생각을 모두 떨쳐내고 새로운 신원을 만들어 도망치는 데 필요한 정보를 머릿속에 채워 넣었다.

"보니 스키너."

그녀는 거울 속의 자신을 보며 말했다. 어제 케리와 함께 스위트룸에 도착했을 때 바에 널려있던 잡지들 가운데《갬블링 인사이더》라는 잡지에서 본 기자의 이름이었다.

"보니."

그녀는 그 이름을 되뇌며 잡지가 놓인 곳으로 가서 발행인란을 확인했다. 발행지는 피닉스였다. 이제부터 그녀는 피닉스 출신이

다. 보니는 두 아이를 키우는 프리랜서 기고가로, 잠시 집안일을 접어두고 출장 차 이곳에 와서 신나는 나날을 보내고 있다.

그녀는 잘린 머리칼을 베갯잇 속에 밀어 넣고 남은 머리칼을 염색했다. 염색약을 헹궈내고 나자 짧고 곱슬곱슬한 갈색 머리칼이 나왔다. 나이 먹은 여자의 스타일. 완벽했다. 그녀는 방 안을 돌아다니며 배낭에 옷가지들을 넣고 다른 소지품을 챙겼다. 지폐와 동전, 바닥에 던져놓은 복권까지 모두 지갑에 넣은 뒤 지폐나 동전이 더 있는지 방 안을 훑어보았다. 두 사람의 여권과 그녀의 전화기는 자른 머리칼을 넣은 베갯잇에 넣고 단단히 봉한 뒤 배낭을 집어 들고 문으로 향했다.

'절대 돌아보지 마.' 그녀의 아빠는 장소를 옮길 때마다 이렇게 말하곤 했다. 하지만 그럴 수가 없었다. 그녀는 고개를 돌려 뒤를 보았다. 난장판이었다. 염색약이 묻은 수건들, 깨진 유리잔, 빈 병들이 바닥을 뒹굴었다. 이 방을 청소할 사람을 떠올려 보았다. 경찰 조사를 받느라 급여가 줄어들지도 모른다. 럭키는 가방에서 20달러짜리 지폐 몇 장을 꺼내 베개 위에 놓았다. 그런 뒤 문이 닫히고 럭키는 떠났다.

1992년 10월
메인주 북부의 숲지대

"머리 좀 자르자."

럭키의 아빠가 한밤중에 딸을 깨우며 말했다. 엄마가 남기고 갔
다는, 붉은 장미와 흰 장미 장식이 달린 등나무 반짇고리에서 꺼
낸 가위를 손에 든 채였다.

"응?"

럭키는 웅얼거리며 고개를 돌리고 퀴퀴한 베개에 얼굴을 묻었
다. 그들은 셋집에 묵고 있었다. 메인주 북부의 숲지대 언저리에
자리한 허름한 통나무집이었다.

"머리를 잘라야 해. 그리고 여기서 나가자. 어서 일어나."

아빠의 말투는 사무적이었다. 럭키는 일어나 앉아 그를 마주했
다. 위스키와 시가 냄새가 코를 찔렀다. 럭키의 가슴이 덜컥 내려
앉았다.

"왜? 여기서 한동안 지내는 줄 알았는데."

"그럴 수 없게 됐어. 집세 송금을 조작했는데 아무래도 곧 발각될 것 같아. 그리고…… 오늘 밤에 블랙잭을 했는데 잘못 걸렸어."

"*아빠.*"

그의 처량한 얼굴이 너무도 낯익었다.

"남은 돈을 다 날리고 더 잃었거든."

그가 말했다. 럭키가 이미 눈치채지 못하기라도 한 듯.

"그 사람들이 돈 받으러 오기 전에 여길 떠나야 해."

"내가 말했잖아. 그런 거 하지……"

"나도 말했잖아. 어쩔 수 없어서 하는 거라고. 돈을 털렸으니 조금이라도 만회해 보려고 한 거야. 결국 실패했지만."

그들 같은 부류에게는 안타까운 현실이었다. 은행 계좌를 만들 수 없으니 현금을 갖고 다녀야 했다. 나갈 일이 생기면 돈을 몽땅 갖고 나갈지 방에 두고 나갈지 결정해야 한다. 때로는 믿지 말아야 할 사람을 믿기도 하고 때로는 누군가가 돈 냄새를 맡기도 한다. 그리고 나면 눈 깜짝할 사이에 돈이 사라진다. 어떤 때는 그저 운에 좌우되기도 한다. 전에도 돈을 털려본 적이 있지만 이번처럼 많은 액수는 아니었다. 물론, 그렇게 많은 돈을 가져본 적이 없는 탓이기도 했지만.

"난 머리 자르기 싫어. 그냥 잘래!"

"이런 일로 고집부리지 말자. 나도 너만큼 속상해."

아빠의 말에 럭키는 눈을 꼭 감았다.

"그건 아닐걸. 누가 아빠더러 머리를 자르라고 하지는 않잖아."

"그냥 '머리카락'일 뿐이잖아."

엄마가 있었다면 머리카락이 그렇게 하찮지 않다는 것을 이해했을 텐데. 럭키는 이제 거울을 오랫동안 들여다볼 때가 되었다는 사실을, 또래 소녀들의 머리 스타일을 보고 따라 하고 싶은 나이가 되었다는 사실을 이해했을 것이다.

"어서 일어나. 조그만 게 벌써부터 사춘기 짓을 하네."

럭키는 이불을 바닥으로 내던지고 아빠를 노려보았다.

"조그맣다고? 아빠 늘 내가 다 컸다고 하잖아! 그러니까 이제 내가 원하는 건 뭐든지 해도 될 것 같은데!"

아빠는 한숨을 쉬며 애처로운 얼굴로 럭키를 보았다. 그런 얼굴을 보자 럭키는 더욱 화가 치밀었다.

"어쩔 수 없어. 우린 다시 들어가야 해."

'들어간다'는 말은 주 경계나 국경의 도시를 떠난다는 뜻이었다. 돈을 벌기 수월한 대도시로 돌아간다는 뜻. 그들은 늘 고지를 코앞에 두고 물러서야 했다.

"캐나다에 가면 정직하게 살 거야."

아빠는 이렇게 말하곤 했다. 하지만 그는 '정직하게 사는 것'이 어떤 의미인지 알지 못했다.

럭키는 소리치고 싶었다. 울고 싶었다. 갈수록 이런 충동이 자주 일었다. 세상이 부당한 것 같았다. 럭키의 세상. 다른 아이들은 이렇게 살지 않는다. 럭키는 알고 있었다. 더는 이렇게 살 수 없다.

터져 나오는 눈물을 참으려 안간힘을 썼지만 소용없었다. 왼쪽 뺨으로 눈물 한 방울이 흘러내렸다. 눈물 때문에 잠시 방심한 사이, 아빠가 펄럭이는 깃발처럼 고불거리는 긴 머리카락 한 터럭을 잡더니 '싹둑' 잘랐다. 바닥으로 떨어진 머리칼이 마치 짐승의 사체 같았다.

"아무렇지도 않지? 별것 아니잖아."

럭키는 침대에서 벌떡 일어났다.

"어떻게 이래?"

럭키가 빽 소리치자 아빠는 움씰 놀랐다.

"좀 조용히 해! 말했잖아. 문제가 터졌다고."

"언제나 문제가 터졌지. 언제나, 언제나, 언제나!"

그는 어깨를 으쓱했다. 달리 할 말이 없었다. 그들은 언제나 문제에 처했다. 그들이 바로 문제였으니까.

럭키는 흘끗 문을 보았다. 손가락과 맨발가락이 저릿했다. 머릿속에서 노랫가락이 울려 퍼졌다. '도망쳐.' 셋집 뒤쪽으로 나가면 넓은 숲이 시작되는 경계가 나온다. 차고 축축한 숲의 초록색 이끼는 맨발로 밟아도 괜찮을 것이다. 산딸기와 나무껍질을 먹으며 버티면 된다. 나무 속에 들어가 있으면 아빠가 절대 찾지 못할 것이다.

'도망쳐, 도망쳐, 도망쳐.' 럭키는 돌아서서 문을 열었다. 그러곤 아빠가 알아챌 새도 없이 내달리기 시작했다. 이제 혼자 살아갈 것이다. 캐나다로 가면 된다. 아무도 필요치 않다. 아빠는 더더욱.

04

럭키는 계단으로 20개 층을 내려간 뒤 뒷문으로 벨라지오 호텔을 나가 라스베이거스의 뜨거운 아침으로 들어갔다. 커다란 쓰레기 소각통을 발견한 그녀는 머리카락과 휴대전화, 여권 등을 넣은 베갯잇을 던져 넣었다. 심^{SIM} 카드는 방에서 이미 변기에 넣고 물로 내려 보냈다.

그녀는 커다란 선글라스를 쓰고 배낭을 추어올린 뒤 보도로 들어서서 라스베이거스 대로를 가득 메운 관광객들 속에 섞여 들어갔다. 어느 상점으로 들어가 티셔츠를 둘러보다가 '환상적인 라스베이거스'라고 적힌 분홍색 티셔츠와 야구 모자 세트를 발견했다.

"탈의실이 있나요?"

그녀는 문을 닫고 들어가 진분홍색 벨트 백의 가격표를 뜯은 뒤 배낭에 쑤셔 넣었다.

다음으로 듀앤리드(Duane Reade: 미국의 프랜차이즈 약국 겸 잡화점 - 옮긴이)에 들어가 탁한 갈색의 립스틱과 그녀의 얼굴 색과는 다른 색의 파운데이션, 쥐색 아이섀도를 샀다.

그런 다음 어느 커피숍의 화장실을 찾아서 화장을 한 뒤 이에 립스틱을 조금 묻혔다. 다시 대로를 걷기 시작하자 온몸의 근육이 팽팽해지며 방어태세를 취하는 듯했다. 어느새 그녀는 마음의 준비를 하고 있었다. 금방이라도 누군가가 그녀의 다른 이름을 부를 것 같았다. 누군가의 단단한 손이 그녀의 어깨를 잡고 당신은 체포되었다고 말할 것만 같았다.

마침내 목적지에 도착했다. 다시 벨라지오 호텔. 그녀는 화려하게 장식된 정문을 지나 카지노 보안대로 향했다. 슬롯머신 소리가 더욱 요란해지고 건조한 사막의 공기는 정적이고 시원한 공기로 바뀌었다. 간밤에 만난 애송이 여드름 도박꾼을 떠올리며 그에게 사용할 전략을 궁리하자 두려움이 기대감으로 바뀌기 시작했다. 마치 샴페인 잔의 기포처럼 끓어오르는 기대감에 뱃속이 서늘해지는 기분이었다.

그녀는 바 쪽으로 걸음을 옮겨 라임과 얼음을 넣은 다이어트 콜라를 주문했다.

"럼이나 위스키, 보드카를 넣어드릴까요?"

바텐더가 한쪽 눈썹을 치켜 올리며 묻자 보니 스키너가 대꾸했다.

"아뇨, 괜찮아요. 술을 못 마시거든요. 하지만 사막의 열기 때문에 목이 마르네요. 뭐, 청량음료도 너무 많이 마시면 배가 나오겠지만……"

그녀는 자신의 배를 토닥이며 얼굴을 찌푸렸다. 바텐더는 고개를 돌렸다.

"그러니까 작은 잔으로 주세요."

바텐더는 브랜디 잔을 닦기 시작했다. 그녀는 고개를 숙이고 빙긋 웃었다. 성공이다. 누구도 관심을 갖지 않는 여자로 변신한 것이다.

럭키는 음료를 손에 들고 바에서 나와 슬롯머신 구역을 지나갔다. 돈이 들락거리는 소리가 끊이지 않았다. 언제나 카지노가 이긴다는 것을 그녀는 알고 있었다. 하지만 그녀의 관심사는 카지노가 아니었다.

럭키는 계속 걸음을 옮겼다. 여러 가지 기계를 보고 입술을 오므리거나 눈을 찡그리며 적당한 것을 고르는 척했다. 끊임없이 돌아가는 슬롯머신들이 요란하게 돈을 삼키고 있었다. 그녀는 초록색의 블랙잭 테이블과 룰렛 테이블, 크랩스 테이블, 바카라 테이블을 지나 마침내 전날 밤에 앉아있던 포커 테이블로 걸어갔다. 그리고 그 앞에서 걸음을 멈췄다. 난간으로 둘러싸인 구역의 한가운데 테이블이 놓여있었다. 그녀는 난간에 기대섰다. 남자 네 명이 게임을 하고 있었다. 그녀가 다가가자 한 명이 잘 안 풀리는 듯 고개를 저으며 일어나서 자리를 떠났다. 늙수그레한 중년 사내와 좀 더 젊고 기름진 검정 머리칼을 넘겨 묶은 사내는 몸을 잔뜩 웅크리고 사활이 걸린 듯 자기 패를 열심히 들여다보았다.

나머지 한 명은 바로 럭키가 찾던 사람이었다. 어젯밤에 만난 여드름 애송이가 어제와 똑같은 옷차림으로 앉아있었다. 조금 기다릴 각오를 했는데, 다행히 밤을 꼬박 새운 몰골로 눈앞에 있는 것이었다. 어젯밤처럼 여유만만한 자세로 앉아 자신의 패 위에서 두 손을 깍지 끼었다. 이윽고 그는 상체를 내밀고 베팅을 올렸다. 나머지 두 명이 콜을 외쳤다. 검은 머리 사내가 베팅을 올리자 중년 남자는 패를 접었고 여드름 애송이는 빙긋 웃으며 목에 걸린 메달을 어루만졌다. 어젯밤에도 똑같이 하는 것을 럭키는 목격했다. 어떤 메달인지 보려 했지만 너무 멀어서 잘 보이지 않았다.

"올인."

그가 말했다.

그 후 약 한 시간에 걸쳐 세 남자는 폴드와 베팅을 되풀이하며 게임을 이어갔다. 매번 애송이가 이겼다. 럭키는 난간에 기댄 채 게임에 빠져든 척했다.

마침내 애송이가 시계를 확인했다.

"오후 낮잠 시간이네요."

그는 딜러에게 이렇게 말한 뒤 팁으로 칩 몇 개를 밀어주었다. 럭키가 세어보니 일곱 개였다.

"고맙습니다."

딜러가 인사하며 팁을 테이블 밑에 넣었다.

청년이 걸음을 옮기자 럭키는 뒤따라가서 그와 보조를 맞췄다. 그는 그녀를 보지 못한 듯했다. 어쩌면 모른 척하는 것인지도 모른다. 그녀가 말했다.

"와, '정말' 재미있었어요. 사실 제 버킷리스트에 벨라지오에서 최고의 도박사와 포커 해보기가 있거든요. 그런데 게임을 정말

'잘' 하시던데요. 아이고, 저는 너무 새가슴이라 못 끼겠더라고요. 아직 배우는 중이에요. 연구하는 중이죠."

마침내 그가 그녀를 똑바로 보았다. 그의 눈에 소년 같은 자부심이 얼핏 스쳤다. 그녀를 알아보지는 못하는 것 같았다. 다행이었다.

"오래 했나 봐요?"

"꽤 됐죠."

그가 말했다.

"그럼 아기 때부터 하셨나?"

그는 출구 쪽으로 방향을 틀며 대꾸했다.

"뭐, 그럼 셈이죠. 어쨌든 고맙습니다. 저는 이만."

그녀는 빠르게 멀어지는 그를 따라가 다시 말을 걸었다.

"저는 기자예요. 《갬블링 인사이더》 소속이죠."

그 말에 그가 걸음을 멈췄다.

"그래요?"

"그쪽 같은 신예 포커 유망주들을 주제로 기사를 쓰고 있어요. 미국 도박의 현장에 흥미를 불어넣는 젊고 신선한 얼굴을 취재하고 있죠. 인터뷰를 하고 싶은데, 성함이……?"

"깁슨. 제레미 깁슨이에요."

그가 말했다.

"제가 말하려고 했어요! 당연히 알고 있었죠. 모르는 사람이 없잖아요. 게임하는 것을 볼 수 있어서 정말 기뻤답니다. 그런데 제가 오늘 밤에 여기를 떠나거든요. 그래서 말인데 혹시 인터뷰를 지금 하면……"

"그렇게 하세요. 안 될 것 없죠."

그가 주머니에서 손을 뺐다.

"고마워요. 커피 한 잔 하실래요?"

"아뇨, 제 스위트룸으로 올라가시죠. 게임을 끝마치고 늘 하는 일이 있는데 그걸 꼭 해야 하거든요."

그가 승강기 쪽으로 방향을 돌리자 그녀는 그를 따라갔다. 자신을 승리의 파도에 태워줄 표적을 잘 골랐다는 느낌이 들었다. 어젯밤 그를 본 순간부터 럭키는 그가 아주 쉬운 표적이라고 생각했다. 그는 돈을 원하는 것이 아니었다. 그저 아무도 갖지 못한 능력을 인정받기를, 칭송받기를 원했다. 다만 그것이 아무도 갖지 못한 능력이 아니라는 사실을 몰랐을 뿐.

"와."

7층 스위트룸 717호에 들어서면서 그녀가 탄성을 질렀다. 하지만 사실 그곳은 오늘 아침 그녀가 떠나온 스위트룸과 똑같은 구조였다.

"와, 정말 굉장하네요."

그녀는 문가에 놓인 작은 책상에서 로고가 찍힌 수첩과 펜을 집어 들었다.

"자, 그럼 처음부터 시작해 보죠. 가족은 집안에 포커 스타가 있다는 점을 어떻게 생각하세요?"

하지만 그의 관심은 다른 곳에 가 있었다. 그는 텔레비전을 켜고 CNN으로 채널을 돌렸다. 켄터키주 예비선거에서 승리한 힐러리

클린턴이 무대에 서서 두 손을 높이 올리는 장면이 재방송되고 있었다. 제레미가 말했다.

"저 여자는 절대 대통령이 못 돼요. 금융 위기에 누가 여자를 대통령으로 뽑겠어요. 여자들이 돈에 대해 뭘 안다고."

"지금은 2008년이랍니다. 요즘 여자들은……"

그는 그녀의 말을 아랑곳하지 않고 다시 떠들어댔다.

"그리고 저 여자도 봐요. 맨해튼 지방검사라는데 만날 TV에 나오더라고요. 언론에서는 엄청 좋아하던데 이유가 뭘까요? '영계'도 아닌데."

럭키는 그가 폄하하는 여자를 흘끗 보았다. 붉은 머리칼과 열의에 찬 얼굴. 어딘지 낯이 익었다. 아마도 TV에서 보았을 것이다. 어쨌든 지금은 제레미의 말에 집중해야 했다.

"아까 뭐라고 하셨죠? 부모님이 어떻게 생각하느냐고요? 싫어하죠. 제가 하는 거. 이해를 못 해요. 아버지는 뉴욕으로 돌아와서 가업을 배워 물려받으라고 하지만 나한테는 그런 삶이 안 맞거든요. 아시죠?"

럭키는 침을 꿀꺽 삼키며 달콤한 미소를 지었다.

"우리 부모님도 내가 간호사가 되길 바랐는데 난 어릴 때부터 글을 쓰고 싶었어요. 그래서 밀고 나갔죠. 평범하게 살고 싶지 않은 거죠? 이해해요. '특출난' 사람이잖아요. 포커판에 앉아있을 때 보면 마법 같던데요. 나한테는 그게 보였어요. '누구에게나' 보였겠죠."

"그렇죠."

제레미는 고개를 끄덕이며 그녀가 엮어내는 이야기에 장단을 맞췄다. 그러다 바 쪽으로 걸어가 손으로 표면을 훑으며 물었다.

"뭐라도 드릴까요? 칵테일 어때요? 아니면 다른 거?"

"저는 됐어요."

그는 냉장고를 열고 콜라 캔 하나를 꺼내 마개를 따더니 단숨에 절반쯤 들이켰다. 그러고는 마치 왕국을 과시하는 왕처럼 팔을 휘두르며 말했다.

"운 좋게 저를 바로 만나셨네요."

그는 캔을 내려놓았다. 뉴스 진행자들이 엄청난 당첨금의 초대박 복권으로 화제를 돌려 아직 당첨자가 나타나지 않았다고 떠들어 댔지만 제레미가 TV를 꺼버렸다.

"지금까지 그 잡지에 실린 기사를 통틀어 가장 흥미로운 기사를 만들어 드리죠. 여기 욕실 좀 보세요. 이쪽이요."

그는 계속 떠들어 대며 앞장서서 걸음을 옮겼다. 그녀에겐 이미 낯익은 욕실의 대리석 벽에 그의 목소리가 메아리쳤다. 그녀는 바를 지나 그를 따라갔다. 그는 욕실로 들어가는 길에 주머니의 물건들을 바 위에 쏟아놓았다. 지폐 몇 장과 동전, 잘못 딸려온 포커칩이 뒤섞인 가운데 카드 열쇠가 놓여있었다. 럭키는 유연하고 노련하게 자신의 스위트룸 카드 열쇠와 그의 카드 열쇠를 맞바꾼 뒤 계속해서 그를 따라 욕실로 들어갔다.

그녀가 말했다.

"어마어마하네요. 너무 멋져요. 와! 욕실이 제 방만 한데요! 이런 욕실은 처음 봐요."

그들은 욕실 한가운데 서있었다. 수십 개의 거울에 그들의 얼굴이 반사되었다. 보니 스키너와 제레미 깁슨. 두 사람의 얼굴이 끝없이 이어졌다.

"어딘지 낯이 익네요."

제레미가 불쑥 말했다. 그도 수많은 거울의 반영을 보고 있었던 것이다. 순간 럭키는 심장이 멎는 듯했지만 미소를 잃지 않았다. 억지로 웃으려니 뺨이 아파왔다. 그래도 표정을 바꾸지 않으려 안간힘을 썼다.

"특히 눈이······"

그의 말에 럭키는 컬러 렌즈를 사서 이 독특한 연녹색 눈을 가릴 걸 그랬다는 후회가 밀려들었다. 여기서 나가는 대로 렌즈부터 사야 한다.

"아, 그런 얘기 많이 들어요. 흔한 얼굴인가 봐요."

그녀가 말했다.

"그런가 보네요."

그가 다시 어슬렁어슬렁 욕실을 나가자 그녀는 그대로 서서 자신의 수많은 반영을 노려보며 놀란 가슴이 진정되기를 기다렸다.

얼마 후 그녀는 수첩과 펜을 들고 욕실에서 나왔다.

"계속해 보세요. 흥미진진한데요. 하루 종일 들어도 지루하지 않겠어요. 참, 아까 게임을 끝내면 늘 하는 일이 있다고 했잖아요. 그것도 얘기해 줘요. 게임을 잘하기 위해 꼭 치러야 하는 일이 뭐가 있죠?"

제레미는 소파에 앉아 다리를 꼬며 말했다.

"흥미로운 질문이네요."

럭키는 그의 맞은편 의자에 앉아 그의 대답을 끼적거리기 시작했다.

그가 몇 시간에 걸쳐 자기 얘기를 떠들어 대는 동안 '보니'는 의무적으로 받아 적었다. 수첩에는 그의 실체가 마치 스케치처럼 서서히 그려졌다. 그는 미신을 믿었고 포커 게임에 임할 때면 반드시 성인 카예타노가 새겨진 펜던트를 목에 걸었다. 카예타노는 행운의 수호성인으로, 모든 성인을 통틀어 가장 큰 행운을 가져다주며, 축일은 8월 7일이었다.

"좀 유치하게 들리겠지만 '행운의 숫자 7'이 저한테는 정말 효과가 있거든요. 보시다시피 숙소를 항상 7층으로 잡고 방 번호에 7이 적어도 하나는 들어가 있어야 해요. 호텔에서는 당연히 그런 방을 내주죠. 제가 여기서 쓰는 돈이 얼만데요. 원하는 건 무엇이든 얻을 수 있어요."

마침내 그가 하품을 하며 눈을 비볐다. 그의 눈은 생기를 잃고 붉게 충혈된 상태였다. 그가 말했다.

"이제 정말 자야겠어요. 원래 낮잠을 조금 자고 일어나서 다시 시작하거든요."

"평소 몇 시간이나 자요? 지금부터 저녁까지 계속 자는 거예요? 아님……?"

"에이, 그건 아니죠. 저는 한두 시간만 자면 충분해요. 숙면을 취하는 편이거든요. 일어나서 레드불 하나 마시면 그걸로 끝이에요."

"저도 그만 방으로 돌아가서 집에 갈 차비를 해야겠네요. 시간 내주셔서 정말 고마워요. 다음 달에 잡지 나오면 여기로 몇 부 보낼게요. 제레미 앞으로요."

럭키는 승강기로 가지 않고 얼음 기계가 놓인 복도 끝 방으로 들어가 기다렸다. 25분 뒤 그녀는 다시 그의 방으로 향했다. 그가 잠에서 깰 경우에 대비해 핑계를 마련해 두었다. 그들의 방 열쇠가 바뀐 것 같다고, 휴식을 취하는 천재를 방해하지 않고 조용히 열쇠를 바꿔갈 생각이었다고 둘러댈 작정이었다.

침실에서 그의 코고는 소리가 들렸다. 바 위에는 여전히 지폐와 카지노 칩 따위가 아무렇게나 흩어져 있었다. 그녀는 몇 개를 집어 들었다. 그러나 티 나지 않을 정도만 챙겼다. 그에게 의심할 빌미를 주고 싶지 않았다. 그런 다음 침실로 가서 옷장을 열었다. 요란하게 코고는 소리가 한 번 들리더니 그의 호흡이 다시 조용하고 일정하게 변했다. 금고의 비밀번호는 네 자리였지만 그녀는 단번에 맞췄다. 7777. 제레미는 예측 가능한 사람이었다.

금고 안에 든 돈은 적어도 2만 달러는 되어 보였다. 다 가져갈 수도 있었지만 그러면 그가 경찰에 신고해 그녀의 인상착의를 설명할 것이다. 그런 상황은 피해야 한다. 그녀는 천 달러만 집어 들었다. 그마저도 알아차릴 수 있지만 그럴 가능성은 희박했다.

그녀는 다시 전실로 나왔다. 카드 열쇠를 맞바꾼 뒤 밖으로 나갔다. 그러곤 들릴락 말락 하게 조용히 문을 닫았다.

1992년 10월
메인주 북부의 숲

럭키는 전속력으로 계단을 달려 내려가 셋집 현관을 뛰쳐나갔다. 마당을 지나고 울타리를 껑충 넘어 그 앞에 펼쳐진 숲으로 들어갔다. 양파와 돼지기름 냄새가 진동하던 셋집과 달리 숲에서는 이끼와 솔방울 냄새가 풍겼다. 럭키는 숨을 헐떡거리며 모든 냄새를 들이마셨다. '도망쳐. 달려야 해.' 맨발이 숲 바닥을 밟으며 여기저기 찢기는 듯했고 가슴은 금방이라도 터질 것 같았지만 멈추지 않았다. 계속 내달렸다. 더 나아갈 수 없을 때까지.

그러다 럭키는 털썩 무릎을 꿇었다. 팔다리로 바닥을 짚고 이끼와 잔가지, 돌멩이, 솔방울이 뒤섞인 땅을 내려다보았다. 그러곤 고개를 들어 주위를 빽빽이 에워싼 커다란 나무들과 그 꼭대기 너머로 펼쳐진 어둠을 올려다보았다. 두세 발짝 앞에 나무 그루터기가 보였다. 럭키는 그리로 기어가 걸터앉았다. 마구 뛰던 심장이 진정되면서 서서히 다른 소리들이 귀에 들어오기 시작했다. 귀뚤 귀뚤, 가까이서 귀뚜라미가 울고 있었다. 아우우우, 하고 올빼미가 울며 날개를 퍼덕거리기도 했다. 바스락거리는 소리에 겁을 먹고 돌아보니 어디선가 들쥐 한 마리가 나타나 묘한 눈초리로 럭키를 보다가 덤불 속으로 쏜살같이 달려 들어갔다. 럭키는 다시 긴장을 풀고 팔꿈치를 무릎에 얹은 채 손으로 턱을 괴며 중얼거렸다.

"이제 어쩔 셈이야, 럭키?"

차가운 날씨였다. 숲 바닥을 밟느라 따끔거리던 발이 이제는 가을밤의 추위로 아려왔고, 몸에 걸친 것이라고는 잠옷뿐이었다. 어쩌려고 이런 일을 벌였을까? 딱히 생각해 보지 않았다. 럭키는 손을 올려 머리칼을 만져보았다. 아빠의 속을 썩인 머리칼. 두려움이 가슴과 뱃속을 휘저었다. 왔던 길을 돌아가야 할까? 정확히 어디로 왔지? 아빠를 따돌리기 위해 두세 번 방향을 틀거나 꺾은 기억이 났다. 아빠는 확실히 따돌린 듯했지만 럭키 자신도 길을 잃은 것이 아닐까?

럭키는 잠시 눈을 감았다 떴다. 앞에 무언가가 보였다. 덤불에 숨어있다 나온 듯했다. 럭키는 숨을 훅 들이켰다.

고양이였다. 커다란 고양이가 웅크리고 앉아 나지막이 하악거렸다. 럭키는 소리치고 싶었다. 도망치고 싶었다. 하지만 억지로 녀석과 눈을 맞추고 노려보았다. 이 상황을 어떻게 헤쳐 나가야 할까 머리를 굴리자 언젠가 로키 산맥 근처에서 아빠와 함께 야영한 일이 떠올랐다. 아침에 쓰레기를 버리러 갔을 때 구덩이에 커다란 갈색 곰들이 있었다. 럭키는 기겁했지만 아빠는 두 손을 들고 몸집을 최대한 부풀린 뒤 뒷걸음질 치면 곰들이 해치지 않는다고 일러주었다.

이번에도 럭키는 후들거리는 다리로 그루터기 위에 올라서서 그리 크지 않은 몸을 최대한 부풀렸다. 나중에야 알게 된 사실이지만 사실 그것은 고양이가 아니라 스라소니였다. 럭키는 스라소니를 향해 이렇게 말했다.

"난 '더럽게' 재수가 없거든. 날 잡아먹으면 넌 그 자리에서 죽을 거야. 내가 누군지 알아? 루시아나 암스트롱이야. 이 머리카락 보이지?"

럭키는 붉은 머리칼을 한 줌 들어올렸다.

"빨간 머리칼은 어떤 동물에게든 치명적이야. 고양이에겐 특히 그렇고."

스라소니는 움직이지 않았다.

럭키는 그루터기에서 내려선 뒤 뒷걸음질 치며 확고하고 단호한 목소리로 끈질기게 그 짐승을 위협했다.

"너…… 너 조심해, 알아들어?"

스라소니는 잠시 럭키를 바라보다가 돌아서서 덤불 속으로 사라졌다. 럭키는 섣불리 돌아서지 못하고 계속 뒷걸음질 쳤다. 그러다 따뜻하고 물컹한 무언가가 닿자 비명을 질렀다.

"나야! 네 아빠! 럭키, 다행이다! 바로 뒤따라 달려왔는데 아무리 찾아도 없더라고."

그렇게 겁에 질린 아빠의 목소리는 처음 들었다. 그때까지 화가 나 있던 럭키는 어느새 그의 가슴에 얼굴을 묻고 익숙한 체취를 들이마셨다. 그가 즐겨 피우는 가느다란 바닐라향 시가 냄새와 아릿하게 톡 쏘는 애프터셰이빙 로션 냄새, 셋집에 배어있던 양파 냄새, 그리고 아빠의 냄새. 세상에 오직 하나뿐인 피붙이의 익숙한 냄새가 났다. 럭키는 한참 얼굴을 묻고 있다가 마침내 고개를 들어 아빠를 보았다. 어떻게 혼자 살아갈 생각을 했을까?

"저기에 뭔가가 있어."

럭키는 떨리는 목소리로 말을 이었다.

"커다랗고 무서운 고양이야."

"알아, 딸. 아빠도 봤어. 네가 저 그루터기에 올라서서 스라소니를 혼내는 거. 너도 봤잖아! 커다란 고양이가 그냥 가버리던데. 왜인지 알아?"

여전히 두려움으로 머릿속이 윙윙거리는 탓에 럭키는 얼른 대답하지 못했다.

"아빠가 늘 말했잖아. 넌 운이 엄청 좋다고. 넌 다른 아이들과 달라. 다른 사람과는 다르다니까. 네겐 특별한 힘이 있어. 넌 마법 같은 존재야. 너도 알지?"

그는 쪼그리고 앉아 럭키를 무등 태웠다.

"무엇도 우리를 해칠 수 없어, 럭키! 우리가 함께 있다면 말이야. 알겠지? 그러니까 우린 함께 있어야 해."

울창한 나무가 서서히 사라지고 숲의 경계가 보이자 럭키는 마음이 놓였다. 곧 그들은 럭키가 숲으로 들어갈 때 달려갔던 오솔길에 이르렀다. 통나무 셋집이 가까워졌다.

아빠는 뒷마당 대문 앞에서 럭키를 내려놓았다. 밤바람에 대문이 살짝 열려있었다.

"우린 꼭 붙어있어야 해. 알았지? 네가 특별하다고 해서 너 혼자 다 헤쳐 나갈 수 있는 건 아니야. 아직은 많이 배워야 해."

"알았어요, 아빠."

"그리고 우리한테 또 뭐가 있겠니? 너와 나 말고는 아무것도 없잖아. 넌 아빠 말고는 아무도 믿어선 안 돼."

그는 앞장서서 대문을 지나 집 안으로 들어갔다. 럭키는 혼자 남을세라 얼른 뒤따라갔다.

"흙 묻은 발 씻고 몸 좀 데우고 있어. 아빠가 먹을 것을 만들어 올게."

럭키가 들어가자 그가 말했다.

얼마 후 럭키는 젖은 머리칼을 빗어 내린 채 욕실에서 나왔다. 그러곤 탁자에서 가위를 집어 들고 남은 머리칼을 직접 잘랐다.

05

네바다주 사막의 고속도로를 달리는 관광버스 안에서 럭키는 혼자 콧노래를 부르며 창밖을 내다보았다. 불안할 때 노래를 부르거나 콧노래를 흥얼거리면 마음이 진정된다는 기사를 최근에 어디선가 읽었는데, 그녀에겐 별 효과가 없는 듯했다.

럭키는 선글라스를 올리고 눈을 비볐다. 라스베이거스의 북쪽 대로를 헤매며 밤을 새운 탓에 눈이 흐릿했다. 먼저 인터넷 카페에 들러 케리와 함께 개설한 해외 계좌에 여러 번 접속을 시도했다. 하지만 계좌는 사라지고 없었다. 그녀는 끝내 돈에 접근하지 못했다. 이용 시간이 끝나자 인터넷 카페에서 나와 대로를 왔다 갔다 하며 새벽이 오기를 기다렸다. 관광버스를 타고 그랜드 캐니언으로 갈 계획이었다. 관광을 떠날 생각은 눈곱만큼도 없었지만 그녀는 아직 보니 스키너였다. 그런 여자라면 세계적인 절경을 보러 가는 일에 안달을 낼 것이다.

그녀는 뉴스도 확인해 보았다. 그들의 차가 벨라지오 호텔 지하 주차장에서 발견되었으니 경찰은 그녀와 케리가, 아니 데이비드 퍼거슨과 앨레이나 카덴스가 라스베이거스로 왔다는 사실을 알아냈을 것이다. 하지만 그들은 혼자 다니는 여자가 아니라 연인을 찾고 있었다. 게다가 관광버스를 확인하지는 않을 것이다. 수배 중인 범죄자라면 관광을 떠날 가능성이 희박할 테니까.

웬 사내가 옆자리에 앉는 바람에 럭키는 콧노래를 멈췄다. 아까 버스에 탈 때 사내를 본 기억이 났다. 반바지와 티셔츠 차림의 평범한 중년 남자. 어딘지 낯이 익었지만 그는 그녀를 지나 버스 뒤쪽으로 사라졌다. 그런데 다시 나타난 것이다. 왜 그녀의 옆자리로 옮겼을까? '모든 사람이 위협이 되는 건 아니야. 옆 사람이 끊임없이 말을 걸었나 보지. 아니면 뒷자리에서 멀미가 났거나.' 그녀는 속으로 이렇게 되뇌며 그가 눈치채지 못하게 흘끔거렸다. 갈색 머리칼과 갈색 눈. 결혼반지. 분명 어디선가 본 적이 있었다. 어디서 봤지? 카지노? 아니면 잠깐 들렀던 가게? 혹시 누가 봐도 낯이 익은 흔한 얼굴인가?

사내가 그녀의 시선을 의식하자 그녀는 억지로 미소를 지었다. 남자는 웃지 않았다. 럭키는 다시 콧노래를 흥얼거리며 방어하듯 두 손을 자신의 벨트 백 위에 얹었다.

"떨리지 않으세요?"

럭키가 먼저 말을 걸었다. 시끄럽게 떠들어 대면 그가 다시 자리를 옮길지도 모른다.

"곧 그랜드 캐니언을 보게 되다니. 버킷리스트 필수 항목이잖아요."

"그러게요. 떨리네요."

남자가 대꾸했다.

"잠깐 실례할게요. 화장실에 다녀오려고요."

그는 일어서기는커녕 조금도 비켜주지 않았다. 럭키는 비집고 나아가다 그와 다리가 스치자 화들짝 놀랐다. '도망쳐야 해. 어서 도망쳐.' 하지만 달리 갈 곳이 없었다.

버스 안의 작은 세면장에서 럭키는 화장을 점검했다. 손볼 필요는 없었다. 피부는 절로 누렇게 떴고 핏발 선 눈은 피곤해 보였다. 그녀는 거울에서 시선을 떼고 벨트 백의 지퍼를 열어 지폐를 꺼내 세어본 뒤 브래지어와 호주머니에 나눠 넣고 남은 두세 장은 신발 속에 넣었다. 이제 지갑에는 복권만 남았다. 그것을 꺼내어 잠시 내려다본 뒤 추첨일이 언제일까 생각하며 그대로 넣어두었다. 그런 뒤 벨트 백을 다시 허리에 두르고 화장실을 나왔다.

버스가 속도를 늦추기 시작했다. 그러다 방향을 돌리자 멀리 그랜드 캐니언이 보였다.

얼마 후 그녀는 다른 승객들과 함께 버스에서 내렸다. 묘하게 낯이 익은 사내가 앞장서 걸어갔다. 이내 그가 시야에서 사라지자 럭키는 마음이 놓였다. 위험은 없어. 걱정하지 않아도 돼. 그냥 지나가는 남자일 뿐이야. 그녀는 소지품을 챙기는 척하며 천천히 사람들에게서 뒤쳐졌다. 그러다가 아무도 보지 않는 틈을 타서 방향을 돌려 반대편으로 걸음을 옮겼다. 어차피 처음부터 그녀를 보는 사람은 아무도 없었다.

　도로를 따라 1킬로미터쯤 걸어갔지만 트럭 몇 대를 제외하곤 아무것도 보이지 않았다. 그녀는 투사얀 이정표를 따라갔다. 날이 찌는 듯 무더웠다. 조금씩 목을 축이던 그녀는 결국 잠시 걸음을 멈추고 속 시원히 물을 마시기로 했다. 끊임없이 갈증에 시달리는 탓에 걸음이 더 느려지는 듯했다. 그녀는 배낭을 내리고 허리를 숙여 버스에 타기 전에 산 커다란 물병을 찾았다.

　병을 막 입에 대려는 찰나, 누군가가 그녀의 등을 때렸다. 손에 든 병이 날아가더니 앞쪽에 떨어져 뚜껑을 잃은 채로 흙 밭에 내용물을 모조리 뱉어내기 시작했다. 누군가의 손이 죔쇠처럼 그녀의 팔뚝을 움켜잡았다.

　목에 차가운 금속이 닿았다. 잭나이프. 버스에서 만난 사내였다. 럭키는 그의 눈을 들여다보다가 문득 그를 만난 적이 있다는 사실을 깨달았다. 그것도 두 번이나. 한 번은 이틀 전 밤이었고 또 한 번은 어제 그 애송이를 가늠하기 위해 지켜보던 포커판에서였다.

　사내는 남은 손으로 그녀의 허리에 찬 벨트 백을 낚아챘다.

　"또 만났네."

　"안녕하세요."

　럭키는 관광객 보니 스키너 행세를 이어가기 위해 예의를 갖췄다.

　"좀 놓아주실래요? 아프단 말예요."

　사내는 징그럽게 웃었다.

　"연기는 그만하시지. 누군지 아는데."

　럭키는 저 멀리 서있던 트럭이 그들을 향해 다가오는 것을 보았다.

"맞지? 그럴 줄 알았다니까. 그 눈은 잊을 수가 없지. 그 젖꼭지도. 아무리 헐렁한 티셔츠를 입어도 다 보인다고."

이틀 전 포커판에서 사내가 치근덕거리던 일이 떠올랐다. 그때는 그저 성가신 인간일 뿐 해를 입힐 사람이라고 생각하지 않았다. 평소 같으면 이런 사람을 무심코 넘기지 않았을 것이다.

"어제 포커판 근처에서 어슬렁거리는 걸 보고 심상치 않다고 생각했지. 그러고 보니 블러핑으로 우리 모두를 속인 그년이더군. 사기꾼은 사기꾼을 알아보는 법이거든, 안 그래? '그런데' 또 그러고 보니 텔레비전에서 똑같은 얼굴을 봤지 뭐야."

그는 칼날로 천천히 그녀의 목을 훑으며 주근깨가 나올 때마다 칼을 멈췄다. 그 느린 동작이 위험하게 느껴졌다.

"난 사람 얼굴을 절대 잊지 않거든. 타고난 재능이지."

그의 칼이 그녀의 목걸이에 걸리자 그는 목걸이를 당겼다.

"이건 뭐야?"

그가 금 십자가를 만지며 물었다.

"변장용 소품이군."

그가 다시 당겼지만 목걸이는 끊어지지 않았다. 이윽고 그는 벨트 백을 내던졌다. 복권이 날아가자 그녀는 본능적으로 발을 이용해 그것을 낚은 뒤 밟고 섰다.

"어디 있어? 그 애송이한테 훔친 돈 다 어디에 뒀어? TV에서 노인네들 돈을 뜯어냈다고 하던데 그 돈은 어디 있고?"

그는 그녀의 배낭도 내던졌다.

"어디에 숨겼어? 빨리 말해."

그는 그녀의 팔을 움켜쥐고 흙무더기로 끌어내렸다. 그녀가 앞으로 고꾸라지면서 발이 들려 올라갔다. 복권이 산쑥 덤불로 날아가 시야에서 사라졌다. 그는 나무들 뒤로 그녀를 끌고 갔다. 이제 도로도 보이지 않았다.

럭키는 여러 가지 방법을 고심했다. 무릎으로 그의 사타구니를 세게 걷어찬 뒤 도망치면 어떨까? 도로변에 닿을 때쯤이면 아까 그 트럭이 지나가지 않을까? 하지만 타이밍이 맞지 않으면? 트럭이 세워주지 않거나 트럭 운전사도 그녀를 알아보고 경찰에 신고한다면? 게다가 사타구니를 제대로 가격하지 못하면 이 사내가 칼로 찌를지도 모른다. 변수가 너무 많았다.

어차피 늦었다. 트럭이 지나가는 소리가 들렸다. 사내가 바싹 들이댄 칼에 목이 쓸렸다.

"어렵게 갈 수도 있겠지."

그가 말했다. 기름진 머리카락 냄새와 고약한 입 냄새가 풍겼다.

"하지만 쉬운 방법도 있어."

그가 그녀의 티셔츠를 당기는 바람에 쇄골 부분이 벌어졌다.

"숨겨놓은 돈이 더 있잖아."

럭키는 앞으로 손을 올리고 손바닥을 펼쳐 방어를 시도하며 말했다.

"알았어요, 알았어. 기다려요. 줄게요. 돈 준다고요."

그녀가 브래지어 속으로 손을 넣자 그는 바싹 붙어 지켜보았다. 그녀는 브래지어에서 지폐 한 뭉치를, 그런 다음 주머니에서 또 한 뭉치를 꺼냈다. 두 뭉치를 모두 건네자 그는 칼을 내리고 돈을 세어보았다.

"웃기시네. 이게 다가 아니잖아."

돈을 다 세고 나자 그가 말했다.

"그 애송이의 돈은 필요한 만큼만 훔쳐왔어. 버스 표 사는 데 쓰고……"

"웃기지 마. 당장 옷 벗어. 전부 다. 다 벗고 숨긴 돈 전부 꺼내."

"정말이야. 내가 가진 돈은 그게 다야. 보이시에서 사기로 뜯어낸 돈은 내 파트너가 다 들고튀었어."

"옷. 다. 벗어."

때로는 무조건 해야 하는 일도 있다는 것을 럭키는 일찌감치 배웠다. 이를테면, 약을 삼키는 일, 혹은 높은 다이빙대에서 깊은 물 속으로 뛰어내리는 일, 혹은 사랑하려 했던 사람의 돈을 훔치는 일.

하지만 이런 일은 그 안에 포함되지 않았다.

그녀는 몸을 꼿꼿이 폈다. 그러자 사내보다 2~3센티미터쯤 더 커졌다. 그녀는 그를 아래위로 훑어보았다. 아무것도 아니었다. 무서워할 필요도 없었다.

"네가 가져간 게 다라고."

럭키는 단호하고 위압적인 목소리로 말을 이었다.

"다 가져갔잖아. 전부 다. 그 정도면 하루 벌이치곤 나쁘지 않을 텐데. 하지만 줄 게 더 있긴 하지……"

"그래, 그럴 줄 알았……"

"날 놓아주겠다고 약속해. 그럼 줄게."

"뭐?"

"운에 대해서 알려주지. 어떻게 하면 돈이 저절로 굴러 들어오게 하는지. 싸구려 칼로 도로변에서 여자나 위협하는 쪼잔한 인생을 바꾸려면 어떻게 해야 하는지."

"대체 무슨 소릴……"

"좀 더 크게 놀고 싶지 않아? 벨라지오 같은 데서 스위트룸을 내주는 사람, 모두가 우러러보는 그런 사람이 되고 싶지 않아? 예쁜 여자들이 졸졸 따라다니고 주머니와 은행에는 돈이 두둑하고……"

그는 대꾸하지 않았지만 어느새 손을 내렸다. 칼의 위협이 사라지자 럭키는 자신이 상황을 주도하고 있다고 느꼈다.

"날 놓아주겠다고 약속해. 그럼 내가 아는 걸 좀 더 알려주지."

그는 목을 가다듬었다. 그러곤 눈을 가늘게 좁히며 그녀를 노려보았다.

"넌 나 같은 사람을 두 번 다시 못 만날 거야. 나 같은 사람은 없거든."

럭키가 말했다.

"좋아, 약속할게."

그가 컬컬해진 목소리로 말했다.

럭키는 심호흡을 하려 했지만 폐로 들어온 공기는 뜨겁고 건조했다.

"나처럼 사기꾼으로 성공하고 싶으면 직감에 귀를 기울여야 해. 직감이 이끄는 대로 가라고. 직관을 제대로 읽고 그대로 따라야 해. 둘째, 스스로 원하는 곳에 도달할 수 있다고 진심으로 믿어야 해. 네가 되고 싶은 사람처럼 입고 말하고 실제로 그 사람이 되어야 하지. 정말 그런 사람이 된 것처럼 행동해야 해."

그녀는 손을 옆으로 내렸다. 그의 손에 느슨하게 들린 칼과 나란해지도록.

"그리고 포커판에서는?"

그는 이제 고개를 끄덕이고 있었다. 그녀의 말에 맞춰 고개를 끄덕이며 인생을 바꿔줄 조언을 기다렸다. 그녀는 칼을 잡았다. 칼이 손바닥을 파고들었지만 있는 힘껏 그것을 빼앗아 그의 눈앞으로 들어 올렸다.

"'절대, 무슨 일이 있어도 상대를 얕잡아 보지 마.' 특히 '나' 같은 상대라면."

럭키는 여전히 칼로 그를 겨눈 채 뒷걸음질 쳤다. 여전히 떨면서.

"저리 가."

그녀가 도로를 가리키며 말했다. 빼앗긴 돈을 다시 빼앗을까 잠시 고민했다. 그 돈이 꼭 필요했으니까. 하지만 그를 떼어놓는 일이 더 시급했다. 지금 화를 돋우면 그는 다시 칼을 빼앗을지도 모른다. 힘으로 그를 이길 자신이 없었다. 여기서 끝내야 한다. 가급적 빨리.

"저쪽으로 가면 살려줄게."

"재수 없는 년."

말은 그렇게 하면서도 그는 가까이 오지 않았다.

"그건 아닐걸. 날 만난 게 행운인 줄 알아, 개자식. 어서 가. 꼴도 보기 싫으니까. 알아들어?"

그런 뒤 그녀는 명령조로 다시 말했다.

"어서 가라고. 저쪽으로."

그녀는 여전히 칼을 높이 든 채 도로 쪽으로 그를 내몰며 그랜드 캐니언을 가리켰다. 그는 짐승처럼 잠시 으르렁거리다가 돌아서서 걸음을 옮겼다. 그녀의 손바닥에서 흐른 피가 도로변의 흙으로 떨어져 내렸다. 등과 다리에는 땀이 흘렀다. 사내가 지평선 위의 점이 되어 사라지자 그녀는 돌아서서 흙길을 걸으며 바닥에 떨어진 배낭과 물병을 주워 들었다. 남은 물로 혀를 축이고 나자 몸이 떨리기 시작했다.

손을 올려 목걸이와 십자가를 어루만지자 떨리던 몸이 진정되었다. 이럴 때마다, 이렇게 외롭고 처참한 순간마다 여태 찾지 못한 엄마가 곁에 있다면 얼마나 좋을까 생각했다.

그녀는 허리를 굽혀 신발 속에 넣어둔 지폐를 꺼냈다. 가까운 덤불에서 매끈한 노란색 종이가 그녀의 눈길을 끌었다. 그녀는 앞으로 걸어가 몸을 굽히고 작은 나뭇가지에 걸린 복권을 집어 들었다.

그런 다음 그것을 손에 넣고 구겼다. 지금은 아빠를 생각하고 싶지 않았다. 어차피 그는 교도소에 갇혀 도와줄 수 없다. 생각해 봐야 더 외로워질 뿐이었다. 그녀가 들고 있는 이 종이는 아무런 가치도 없었다. 하지만 그것을 주머니에 넣으면서 잠시나마 희망이 끓어오르는 것을 느꼈다. 그런 희망이 있다면 다시 나아갈 수 있었다.

●

1993년 3월
미시건주 노바이

"생일 축하한다, 딸. 올해는 행운이 있을 거야. 이제 열한 살이
됐잖아. 11은 행운의 숫자거든. 네겐 최고의 한 해가 될 거다."

럭키의 아빠는 딸에게 작은 상자를 건넨 뒤 재채기를 했다. 그
주 내내 그는 감기와 씨름하고 있었다. 럭키가 상자를 열자 반짝
이는 다이아몬드가 박힌 앙증맞은 로즈골드 귀걸이가 모습을 드
러냈다.

"진짜 다이아몬드야."

멍하니 귀걸이를 바라보는 럭키에게 아빠가 말했다.

"예쁘다. 그런데…… 나 귀 안 뚫었어."

럭키가 말했다.

"아, 그렇지."

아빠는 코를 푼 뒤 다시 말했다.

"그 보석상에서 슬쩍할 수 있는 게 그것밖에 없었거든."

럭키는 아빠가 서운해 한다는 것을 알았다.

"그럼 내가 다시 나가서 돈을 좀 더 벌어봐야겠다. 그래야 누구의 생일 케이크도 사고 근사한 저녁도 사주지."

아빠가 일어나서 나갈 채비를 하자 럭키는 마음이 편치 않았다.

"미안. 귀걸이가 마음에 안 든다는 뜻은 아니었어. 사실 난……"

럭키는 차마 말을 잇지 못했다. 사실은 디스크맨 셔츠를 갖고 싶었다고. 쇼핑몰에 갔을 때 다른 아이들이 죄다 입고 있던 브랜드의 셔츠. 마음만 먹으면 쉽게 손에 넣을 수 있었다. 하지만 다른 아이들처럼 평범해지고 싶었다. 어째서인지 그런 꿈은 날이 갈수록 더 멀어지는 것 같았다. 커튼도 없는 노바이의 셋집 창문으로 아침 햇살이 쏟아져 들어왔다. 럭키는 그 빛에 의지해 아빠를 뜯어보았다. 그러곤 귀걸이 상자의 뚜껑을 덮었다.

"오늘은 나 혼자 일할게. 아빠는 집에 계세요."

"아냐, 괜찮아."

"이제 혼자서도 할 수 있을 것 같아. 사람들이 '아빠'를 안 믿을 때도 있잖아. 그런데 난 어리니까."

럭키의 아빠는 어느새 고개를 끄덕이며 평소와 다른 눈으로 딸을 보았다.

"사람들이 애들 말은 잘 믿어주지. 좋아, 생일이니까 네가 해봐."

*

럭키는 이른바 수박 떨어뜨리기 수법(일본에서 수박 값이 폭등했을 때 유행했던 사기 수법. 상한 수박을 들고 걸어가다가 지나가는 사람과 의도적으로 부딪쳐 수박을 깨뜨린 뒤 수박 값을 뜯어내는 수법이다. ─옮긴이)을 사용하기로 했다. 아빠가 이 수법을 쓸 때 몇 차례 도운 적은 있지만 혼자 시도한 적은 없었다. 럭키는 먼저 부엌에서 유리잔을 가져와 두꺼운 비닐봉지에 넣은 뒤 싱크대에 놓고 망치로 깨뜨렸다. 소파에서 신문을 읽던 아빠가 유리 깨지는 소리에 고개를 들었다. 그러나 아무 말도 하지 않았다.

럭키는 신발 상자를 찾아 깨진 유리잔을 그 안에 쏟아붓고 갈색 종이로 상자를 포장했다. 그런 다음 포장지 위에 분홍색 형광펜으로 '엄마에게'라고 썼다. 하트와 꽃까지 그려 넣고 나자 충분하다는 생각이 들었다.

"갔다 올게요, 아빠. 쇼핑몰에 가요."

"착하네, 우리 딸. 행운을 빈다."

아빠가 대꾸했다.

럭키는 마치 부활절 달걀이나 귀한 보석을 다루듯 신발 상자 꾸러미를 두 손에 경건하게 들고 걸어갔다.

머릿속에서 아빠의 해묵은 조언이 울려 퍼졌다. '스스로 믿지 않으면 성공하지 못해.' 그래서 럭키는 믿었다. 자신이 연기하는 상황이 실제라고.

쇼핑몰에 이르자 럭키는 주차장으로 가서 연석 끝에 자리를 잡고 섰다. 지나가는 쇼핑객들을 유심히 지켜보며 한 사람 한 사람 얼굴을 살폈다. '아냐.' '아니.' '저 여자는 안 될 것 같아.' '저 남자

도 안 돼.' '저 사람. 그래, 저 여자야.'

럭키는 연석에서 내려와 점찍은 여자의 앞으로 끼어들었다. 사춘기 딸이 부루퉁한 얼굴로 몇 걸음 떨어져 걸어오고 있었다. 사실, 럭키의 눈에 먼저 들어온 것은 딸이었다. 여자는 딸이 엄마의 얼굴을 그림으로 그리거나 선물을 정성스레 포장하며 칭찬받으려 애쓰던 시절을 그리워하고 있을 것이다. 저 딸은 더 이상 그런 일을 하지 않을 테니까……

럭키는 모녀의 상황을 단번에 파악했다. 그러고 나자 몸이 절로 움직였다. 여자가 딸을 돌아보며 '빨리 오라'고 재촉했지만 딸은 눈을 굴리며 더욱 걸음을 늦췄다. 럭키는 그 소녀가 싫었다. 저 애는 자기가 얼마나 행운아인지 모른다. 불공평했다.

럭키는 적절한 위치를 잡았다. 마침내 여자가 럭키와 부딪치고 럭키는 바닥으로 나동그라졌다. 엉덩이에 멍이 들었을 게 분명했다. 하지만 모든 일에는 대가가 따르는 법. 역시 아빠가 가르쳐 준 교훈이었다.

신발 상자 꾸러미가 콘크리트에 부딪치면서 그 안에서 유리 깨지는 소리가 들렸다.

여자가 고개를 돌려 쇼핑몰 앞 보도에 쓰러진 럭키를 보고 소리쳤다.

"어머, 어떡해. 정말 미안해. 괜찮니?"

여자는 허리를 굽혀 럭키를 일으키려 했다. 그러나 럭키는 넘어진 채로 최대한 슬픈 생각을 떠올리려 애썼다. 엄마를 생각해 보았다. 글로리아라는 이름만 알 뿐 럭키의 삶에는 존재하지 않는 사람. 저 소녀는 엄마가 없는 삶을 생각해 본 적도 없을 것이다. 씁쓸함과 노여움, 서글픔에 눈물이 차올랐다. 럭키는 콘크리트 위에 일어나 앉아 두 손에 머리를 묻고 왔다 갔다 몸을 흔들며 흐느끼기 시작했다.

"아아, 엄마. 이건 우리 엄마의 생일 선물이에요. 몇 달 동안 저축한 돈을 털어서 샀는데. 엄마를 놀라게 해주고 싶었거든요. 엄마가 편찮으세요. 아아, 아아, 이제 어떡하지?"

또 한 번 숨이 넘어갈 듯한 흐느낌이 터져 나왔다. 럭키는 천천히 두 손과 무릎으로 바닥을 짚고 일어나 두세 발짝 떨어진 상자로 손을 뻗었다. 그런 뒤 그것을 집어 들고 흔들어 보았다.

"들어보세요. 깨졌어요. 못쓰게 됐어요!"

여자는 어쩔 줄 몰라 하며 럭키와 자기 딸을 번갈아 보았다. 딸은 눈을 굴리며 엄마가 창피하다느니 조심성이 없다느니 종알거렸다. 그 모습에 럭키의 울음이 더욱 거세졌다.

"자자, 뚝."

여자가 말하며 핸드백에서 휴대용 티슈를 꺼내 럭키에게 한 장을 건넸다.

"고맙습니다."

럭키는 그것으로 눈물을 닦았다. 여자는 럭키의 손에 들린 상자를 바라보다 하트와 꽃, 그리고 '엄마에게'라는 글씨를 발견했다.

"그 안에 든 게 뭐였니?"

여자가 다정한 목소리로 물었다. 부루퉁한 딸이 팔짱을 끼고 몇 발짝 떨어져 있다가 입을 열었다.

"엄마, 한 시간 뒤에 푸드 코트에서 만나. 알았죠?"

그러고는 대답도 듣지 않고 가버렸다.

"무슨 선물이었어?"

여자가 럭키에게 다시 물었다.

"도, 도, 도자기 인형이요. 로, 로, 로열, 더, 덜튼 거예요.(로열 덜튼Royal Doulton은 영국의 도자기 브랜드이다. - 옮긴이) 다이애나 비 인형인데, 엄마가 열, 열혈 팬이거든요. 1년 내내 돈을 모았어요. 아아, 어떡해."

"여기서 샀니? 이 쇼핑몰에서?"

"아, 아뇨. 여긴 카드를 사러 왔어요. 이건 시내의 아주 특별한 골동품점에서 샀어요. 주인아저씨가 구하기 엄청 어려운 거라고 했는데."

또 한 번 숨넘어가는 흐느낌.

"어, 어떻게 이런 일이. 저는 정말 운이 없나 봐요. 지독하게 운이 없어요. 엄마를 기쁘게 해주고 싶었는데."

여자는 손을 뻗어 럭키의 팔을 어루만졌다. 됐다. 성공이다.

"그 인형, 얼마 주고 샀니?"

여자가 물었다.

"145달러요."

심장이 귓전에서 뛰는 듯했다.

"저, 저는 그만 가봐야겠어요. 엄마가 기다려요."

그러자 여자가 말했다.

"이리 와봐. 괜찮아."

럭키는 여자를 따라 쇼핑몰 정문으로 들어가 현금인출기로 향했다. 여자는 기계에서 160달러를 인출하더니 전부 다 럭키에게 건넸다.

"조금 더 보탰어. 예쁜 카드를 사렴. 간식도 조금 사 먹고. 정말 착한 아이구나. 어머니께서 얼마나 자랑스러우실까."

여자는 자신의 부루퉁한 딸을 생각하며 다시 오지 않을 지난날을 애도하고 있을 것이다. 끈끈한 포옹과 입맞춤. 조건 없는 사랑. 어떻게 엄마를 사랑하지 않는단 말인가? 엄마가 곁에 있는 것만 해도 얼마나 큰 행운인데.

"고맙습니다."

럭키는 그 돈을 주머니에 넣으며 말했다. 그러곤 돌아서서 빠르게 걸음을 옮겼다. 한시라도 빨리 엄마를 보러 집에 가려는 모양이라고 여자가 생각하기를 바라며.

쇼핑몰을 나서자 마치 탄산수처럼 온몸에서 부글거리던 기포가 잠잠해졌다. 돈은 주머니에 안전하게 들어있었지만 럭키의 기분은 엉망이었다. 사가모어 호텔에서 스테파니 모녀를 만난 뒤로 이제는 표적을 하나씩 점찍고 상대할 때마다 그들이 자신에게 표시를 남기는 것이 아닐까 하는 의심이 들었다. 아니길 바랐다. 그런데 오늘 그것이 증명되었다. 럭키가 사기를 친 저 여자는 아무것도 잘못하지 않았다. 딸에게 그런 대우를 받는 것도 부당했다. 그 여자는 아무런 잘못이 없었다.

럭키는 집에 돌아와 울음을 터트렸다. 어둠과 외로움이 자리한 마음 한 구석, 날이 갈수록 점점 커져가는 그곳에서 진심이 담긴 진짜 눈물이 터져 나왔다.

문으로 들어서자 소파에 앉아있던 아빠가 벌떡 일어났다.

"아이고, 럭키. 오래 걸렸네. 무슨 일 있었니?"

럭키는 아빠에게 돈을 건네며 대꾸했다.

"성공했어."

그러곤 소파로 올라가 낡고 해진 담요를 뒤집어썼다. 울음이 그치지 않았다. 아빠는 어쩔 줄 몰라 하며 잠자코 서있었다.

"엄마는 어디 있어?"

마침내 말을 할 수 있게 되자 럭키가 물었다.

"찾아보면 안 돼? 그냥 찾는다고 말만 하지 말고 정말 찾아보면 안 돼?"

럭키의 아빠는 한참 딸을 바라보다가 옆자리에 앉으며 말했다.

"엄마가 있었으면 하는구나."

럭키는 고개를 끄덕였다.

"지금과는 다른 삶을 살고 싶겠지. 뭔가 다른, 뭐랄까, 좀 더…… 평범한 삶. 그런 걸 원하는 거지?"

럭키는 콧물을 닦고 또 한 번 고개를 끄덕였다.

"그리고 네 친구라는 그 아이, 스테파니, 그 애랑 그 엄마 달라의 일로 아직도 속이 상할 테고. 우리가 그런 짓을 하지 않았더라면 좋았을 텐데, 싶겠지."

마치 표적을 가늠하듯 럭키의 마음을 읽는 아빠에게 화가 치밀법도 했지만 그렇지 않았다. 오히려 설명할 필요가 없다는 사실에 마음이 놓였다.

그는 잠시 아무 말도 하지 않고 조심스레 딸을 살폈다. 그에게는 다른 무엇이 보이는 것일까? 럭키 자신도 깨닫지 못하는 무언가가? 그는 그저 이렇게 말했다.

"네 짐 챙겨. 전부 다."

"왜? 또 어디로 가게?"

"워싱턴주 벨뷰. 스테파니와 달라를 만나러 가자. 네 말이 맞아. 제대로 된 생일 선물을 줘야지. 네가 정말 원하는 걸로."

"하지만 스테파니네는 우리를 만나고 싶지 않을걸. 우리가 돈을 뜯어냈잖아."

럭키가 대꾸했다.

"그들은 우리가 돈을 뜯어냈다는 사실도 몰라. 우리를 보면 엄청 기뻐할걸. 나만 믿어. 왜 진작 그 생각을 못 했나 몰라."

06

럭키는 투사얀의 24시간 식당 구석 자리에서 여러 차례 리필한 커피를 홀짝이고 있었다. 그랜드 캐니언에서부터 이곳 애리조나주 도시까지 걸어온 탓에 아직도 발이 아팠다. 총 두 시간이 걸렸다. 아까 그 사내의 칼에 벤 손바닥이 따끔거렸지만 다행히 피는 멎었다.

지저분한 유리창 밖에는 황금빛 시간이 펼쳐지고 있었다. 거리의 먼지조차도 특별하게 보이는 시간. 하지만 실상은 그렇지 않다는 것을 럭키는 알고 있었다. 그저 밋밋한 사막의 흙먼지일 뿐이다. 오랜 시간 걸어오는 내내 그녀의 피부와 옷을 뒤덮은 흙먼지.

"커피 더 드릴까요?"

웨이트리스가 한 손에 커피 주전자를 들고 다른 손은 여윈 허리춤에 얹은 채 럭키의 테이블 옆에 서있었다. 하지만 눈은 럭키를 보고 있지 않았다. 그녀는 식당의 카운터 뒤에 늘어선 텔레비전을 보고 있었다. 여러 개의 화면에서 제각기 다른 뉴스 방송이 나왔다. 라스베이거스의 호텔 방에서 제레미와 함께 보았던 맨해튼 지방검사도 보였다. 아무래도 낯이 익었다. 럭키는 일어서서 그녀를 좀 더 자세히 보고 싶었지만 차마 그럴 수 없었다. 다른 화면에 케리와 그녀의 얼굴이 떠있고 그 밑에는 '사기꾼 보니와 클라이드, 여전히 도주 중'이라는 자막이 보였다. 럭키는 눈에 띄지 않도록 텔레비전에서 고개를 돌렸다.

"네, 고맙습니다. 그리고 종일 되는 아침 식사 세트 주문할게요. 계란은 한쪽만 익히고 빵은 호밀 빵으로 주세요."

"알겠습니다."

웨이트리스는 텔레비전에서 눈을 떼지 않은 채 커피를 따라주었다. 그녀가 가고 나자 럭키는 테이블을 내려다보며 책이라도 있다면 좋겠다고 생각했다. 손과 머리를 바쁘게 놀릴만한 무언가가 있다면 좋을 텐데. 그때 옆 테이블에서 들리는 여자 목소리에 럭키는 퍼뜩 정신이 들었다.

"노인들만 꾀어 돈을 몽땅 빼돌린 젊은 커플 얘기 들었어? 대체 세상이 어떻게 돌아가는 거야? 요즘 젊은 것들은 날로 먹으려고만 들지, 제대로 일을 하려 들지 않는다니까."

럭키는 눈살을 찌푸렸다. '노인들만'이라니. '전부 다' 노인은 아니었다. 뭐, 일부 고객이 노인이긴 했지만. 럭키는 미처 생각하지 못했다. 그러고 보니 해리와 페이 알페르는 80대였고 버트 마틴슨은 아내를 잃고 혼자 사는 노인이었다. 왜 그 점을 생각하지 못했을까? 죄책감과 수치심이 밀려들었다. 하지만 다른 고객들은? 그들은 필요 이상으로, 그러니까 '누가' 봐도 과분할 만큼 돈이 많은 젊은 부자들이었다. 돈이 조금 없어져도 딱히 아쉬워하지 않을 사람들이었다.

옆에서 다른 목소리가 들렸다.

"돈이 없어서 심장 수술까지 취소한 사람도 있다며? 가진 돈을 몽땅 털렸대. 보조금 같은 걸로 도우려는 모양이야. 가엾어라. 나도 기부하려고."

럭키는 입술을 깨물며 다시 화면을 흘끗 보았지만 그녀의 얼굴은 사라지고 없었다. '심장 수술?' 누구였지? '돈을 몽땅 털렸다'고? 정말 그들이 몽땅 빼앗았다고? 럭키는 그렇게 생각하지 않았다. 누구의 돈도 싹쓸이하지 않았다. 그녀의 고객은 모두 일정 수준의 수입과 자산을 갖고 있었다. 돈이 마르지 않는 사람들이었다. 모두 별일 없을 거라고 생각했다. 아니었나?

"빨리 잡아야 할 텐데."

럭키는 할 말이 없었다. 주문한 계란이 나왔다. 그녀는 포크로 노른자를 휘저었다. 부끄러움과 억울함이 동시에 밀려와 식욕이 나지 않았다.

"어머."

조금 전 여자의 목소리가 다시 들렸다.

"저것 봐. 그 대박 복권이 팔렸네. 3억 9천만 달러래, 세상에."

"어디서, 여기 애리조나에서?"

"아니. 아이다호."

그러고 보니 화면 두 개에 어느 주유소의 편의점 내부가 보였다. 한 남자가 대형 수표를 들고 서있었다. 럭키는 눈에 힘을 주고 자세히 보았지만 여느 편의점과 다를 게 없었다. 그러나 럭키는 화면을 계속 주시했다. 심장이 빠르게 뛰기 시작했다. 저 가게, 낯이 익지 않나? 그녀가 아이다호에서 복권을 산 가게가 아닐까? 그것이 바로 복권의 묘미였다. 사기와 똑같이 사람들의 마음을 홀리는 무엇. 희망이 너울거리고 심장박동이 빨라지면서 이런 생각이 머릿속을 가득 메운다. '혹시? 혹시 나라면? 혹시 저게 내 복권이라면? 그 돈으로 무얼 하지? 이제 난 어떻게 되는 거지?'

럭키는 지갑에서 복권을 꺼내 기름으로 미끈거리는 테이블 위에 펼쳐놓았다. 숫자들이 그녀를 올려다보았다.

"더 필요하신 것 있으세요?"

럭키는 얼른 손으로 복권을 덮고 웨이트리스에게 대꾸했다.

"계산서 갖다 주세요."

잠시 후 웨이트리스가 테이블에 계산서를 내려놓았다. 럭키는 복권을 다시 지갑에 넣고 음식 값과 팁을 계산해 적당한 액수를 놓아둔 뒤 자리에서 일어났다. 꿈에서 퍼뜩 깬 듯 현기증이 밀려들었다.

밖으로 나가자 황금빛 시간은 이미 지나갔다. 먼지 티끌은 빛을 잃고 럭키가 익히 알고 있는 먼지로 다시 돌아갔다. 그녀는 천천히 걸음을 옮겼다. 식사를 마친 뒤 버스 정류장으로 가서 30분 뒤에 오는 윌리엄스행 버스를 탈 계획이었다. 윌리엄스에는 기차역이 있고 기차를 타면 어디로 가든 버스보다 빠르게 이동할 수 있었다. 하지만 이제 그녀의 머릿속에는 복권을 확인해야 한다는 생각뿐이었다.

저만치 앞에 데이지 마트 편의점의 간판이 보이자 럭키는 걸음을 재촉했다.

"이번 주 대박 복권 당첨 번호 좀 뽑아주실 수 있나요?"

안으로 들어간 그녀는 자기 차례가 되자 이렇게 물었다.

"그럼요."

계산대 직원은 금전등록기 옆에 놓인 종이를 집어 들었다.

"손님들이 자꾸 물어봐서 많이 뽑아놓았어요. 여기요."

럭키는 종이를 흘끗 본 뒤 다시 시선을 들었다. 11-18-42-95-77. 익숙한 숫자들이었다. '*그녀의*' 행운 번호.

"이거 확실하죠? 이번 주 당첨 번호?"

"그렇답니다, 손님."

럭키는 황급히 가게를 나와 거리에 섰다. 가슴이 마구 뛰고 손바닥에 땀이 흥건했다. 아무도 없는 곳에 가서 제대로 맞춰봐야 한다. 번호가 정말 맞는지 직접 확인해야 한다.

조금 떨어진 곳에 맥도널드가 보였다. 그녀는 안으로 들어가 CNN 방송이 나오는 홀 텔레비전을 흘끗 보았다. '*아이다호 편의점에서 팔린 3억 9천만 달러 복권의 당첨금 아직 회수 안 돼*'라는 자막이 화면에 나오고 있었다.

럭키는 안쪽 화장실로 향했다. 문을 잠근 뒤 문에 기대섰다. 호흡이 가팔라지고 몸이 떨렸다.

지갑에서 복권을 꺼냈다. 오래전에 죽었다고 믿었던 세상, 그 세상의 유물이 그녀를 똑바로 노려보았다. '넌 특별해. 넌 마법이

야. 넌 운이 아주 좋은 아이야. 너 같은 사람은 어디에도 없어.'

11-18-42-95-77.

데이지 마트에서 받아온 종이를 주머니에서 꺼내 다시 맞춰보
았다.

11-18-42-95-77.

그녀는 복권에 당첨되었다.

비명을 지르고 싶었다. 하지만 보통 사람이 복권에 당첨되었을
때 내지르는 환호성이 아니었다. 럭키가 당첨자로 나서면 체포될
게 분명했다. 그렇다면 당첨되었다 한들 무슨 소용이란 말인가?

그녀는 복권을 접어 신발 속에 넣었다. 그러곤 똑바로 서서 거
울 속의 자신을 노려보았다. 낯익은 자세, 무언가를 궁리할 때 나
오는 자세였다. 새로운 신원을, 새로운 계획을, 멀리서 아른거리
는 꿈을 손에 쥐는 방법을 생각해야 했다. 어떻게 해서든.

'이름을 지어봐. 이야기를 지어봐. 뭐든 생각해 보라고.'

하지만 그저 자신의 얼굴을 노려볼 뿐 아무것도 할 수 없었다.

"럭키."

그녀는 거울을 향해 내뱉었다. 그러곤 맥도널드를 나와 다시 어
두운 거리로 들어섰다. 확실한 목적지가 있는 사람처럼 걸으려 했
지만 사실은 어느 때보다도 길을 잃은 기분이었다.

럭키 아빠의 뷰익이 요란한 소리를 내며 스테파니의 집 앞에 멈춰 섰다. 층을 엇갈리게 지은 널찍한 타운하우스와 잘 정돈된 잔디밭, 길게 이어진 진입로, 럭키가 상상한 모습 그대로였다. 배경에 산마루가 솟아있고 연푸른 하늘이 황혼에 물들어 갔다. 가로등이 깜빡거리며 살아나자 캐치볼을 하거나 개에게 막대를 던져주며 놀던 아이들이 하나둘 집으로 들어갔다. 몇몇은 걸음을 멈추고 요란하게 덜덜거리는 낡고 커다란 뷰익을 경계 가득한 눈으로 바라보았다. 아빠가 시동을 끄기 전에 뷰익이 다시 한번 요란한 소리를 내자 럭키는 뒷좌석 밑으로 들어가 영원히 숨어있고 싶었다. 하지만 그러면 깨끗한 유리창에 노을빛이 반사되는 광경도, 덤불로 날아가던 나비들이 문득 마저 할 일이 생각난 듯 되돌아오는 광경도 놓칠 것이다. 맛있는 음식 냄새가 허공을 가득 메웠다. 옛

날 셋집에서 풍기던 양파와 돼지기름 냄새가 아니라 그릴 위에서 스테이크가 익어가고 오븐에서 파이가 구워지는 냄새였다.

아빠가 한쪽 눈썹을 치올리며 말했다.

"자, 앤디. 가볼까?"

럭키는 차에서 내렸다. 열려있는 현관문에 스테파니의 엄마 달라의 윤곽이 보였다. 개 짖는 소리가 들리더니 골든 레트리버 한 마리가 껑충껑충 진입로를 달려 내려왔다. 스테파니에게서 아빠가 심장마비로 세상을 떠난 뒤 엄마가 외로움을 달래기 위해 개를 샀다는 이야기를 들었는데, 이 녀석이 바로 그 블로섬이라는 개인 모양이었다. 스테파니는 녀석이 조금은 도움이 되었다고 했다. 강아지는 모든 면에서 도움이 된다고. 블로섬이 짖다 말고 럭키의 손에 코를 비볐다.

"*버질?*"

"달라."

럭키의 아빠가 대꾸했다. 럭키마저도 진심이라고 믿을 만큼 감정에 겨운 목소리로.

"정말 미안해요. 그렇게 떠난 나를 용서해 줘요. 겁이 났거든. 걷잡을 수 없이 당신에게 빠져들다 보니 겁이 났어. 안 될 것 같았지. 그래서 도망쳤어요. 어떻게 해야 할지 알 수가 없었어. 당신을 향한 마음은 지난여름부터 더 깊어지기만 하더군. 매일 한시도 빼놓지 않고 당신을 생각했어요."

"아아, 버질. 나도 마찬가지예요. 언젠가는 우리가 다시 만날 거라 믿었어요. 그런데 정말 이렇게 나타났네요."

럭키는 속이 메슥거렸다. 다시 거짓말을 하는 아빠를 달라는 철석같이 믿는 듯했다. 어째서 의심하지 않을까? 화내는 시늉이라도 해야 하지 않나? 작별인사도 없이 야반도주한 남자를 무작정 믿어주다니. 어른들이 징그럽게 쪽쪽거리며 입을 맞추자 럭키는 소리를 듣지 않으려고 무릎을 꿇고 앉아 털북숭이 개에게 머리를 파묻었다.

"앤디?"

럭키는 고개를 들었다. 순간, 오길 잘했다는 생각이 들었다.

스테파니가 진입로를 달려오며 소리쳤다.

"와, 세상에. 다시는 못 만나는 줄 알았어! 성공한 거야? 다 나았어? 치료받은 거야?"

럭키는 심호흡을 한 뒤 대답했다.

"응, 완전히 나았어. 기적이었대."

스테파니는 빙긋 웃다가 함성을 질렀다.

"정말? 굉장하다! 그럼 이제……"

"이렇게 왔잖아."

럭키가 말했다. 부모들은 둘만의 재회를 이어가려고 집 옆으로 돌아갔다. 스테파니는 눈을 굴리다가 곧 럭키를 보고 다시 빙긋 웃었다. 블로섬은 럭키의 옆에 서서 꼬리를 흔들었다.

"얘도 네가 좋은가 봐."

스테파니가 말했다. 블로섬은 스테파니에게 들은 것보다 훨씬 더 아름다웠다. 어느새 환하게 켜진 가로등 불빛을 받아 반짝거리는 황금빛 털옷, 느릿느릿 살랑거리는 꼬리, 럭키를 올려다보면서

환영의 미소를 짓듯 커다랗게 벌린 채로 헐떡거리는 입. 럭키는
너무 행복해서 실감이 나지 않았다. 하지만 현실이 틀림없었다.
달라는 두 팔 벌려 럭키의 아빠를 환영해 주었다. 존은 달라가 자
기를 보고 화를 내지만 않으면 함께 살아도 좋다는 신호라고 럭키
에게 일렀다.

뒷마당으로 갔던 달라와 '버질'이 다시 집 옆을 돌아 나왔다. 달
라는 미소를 짓고 있었다. 립스틱이 조금 뭉개졌다.

"앤디! 어디 좀 보자. 정말 다 나은 거니?"

"그렇다니까."

럭키의 아빠가 딸을 보며 말했다. 알 듯 말 듯 자연스레 손을 올
려 나오지도 않은 눈물을 손마디로 찍어내는 모습이 제법 감동적
이었다.

"수혈을 받고 나았어요. 봐요! 아주 건강해졌어. '당신' 덕분이에
요, 달라. 내가 한 일은 용서해 줘요."

"제발 그만해요, 버질. 벌써 용서했다니까. 당신이 집 앞에 차를
세우는 순간 다 용서했어요."

어느새 달라는 마치 영화의 주인공이 된 듯 다시 그의 품으로
들어가 아까보다 더 한껏 그를 끌어안고 있었다.

"들어가자."

스테파니가 말했다. 럭키가 그 애를 따라 집 안으로 들어가자
개도 두 소녀의 뒤를 따랐다. 원하던 일이 이뤄졌지만 럭키는 찝
찝한 기분을 떨쳐낼 수 없었다. 스테파니 모녀를 속이고 있다는
사실을 잊어버리면 괜찮을 텐데. 아빠와 자기가 한 거짓말이 모두

사실이라 믿기만 한다면.

　문제는 그럴 수 없다는 것이었다. 꿈에 그리던 친구와 함께 꿈에 그리던 집으로 들어가자 거짓말이 굴레처럼 무겁게 어깨를 내리눌렀다. 순간, 럭키는 난생처음 깨달았다. 소원은 자유롭게 말할 수 있지만 자신은 예외라는 것을, 소원을 말할 때는 늘 조심해야 한다는 것을.

*

　두 달이 흘렀다. 럭키는 행복해지려고 노력했다. 하루도 빠짐없이. 하지만 언젠가는 이런 생활이 끝날 거라는 생각을 지울 수 없었다. 언제가 될지 아빠와 얘기해 보지 않았지만 어쨌든 이런 삶이 영원히 지속되지는 않을 것이다. 그들에게는 모든 것이 임시였다. 그래도 아빠를 보면 행복하게 지내고 있는 듯했다. 그는 이 상황을 즐기고 있었다. 그러지 않을 이유가 없었다. 달라는 그를 신처럼 모셨으니까. 그녀는 이렇게 말하곤 했다.

　"다시 맛있는 음식을 해먹일 남자가 생겨서 얼마나 행복한지 몰라. 아니야. 자기는 그냥 발 올리고 편하게 앉아있어."

　심지어 달라는 가족의 친구가 운영하는 가구점에 부탁해 존을 판매직원으로 취직하게 했다. 그가 퇴근하고 돌아오면 달라는 술과 직접 만든 음식을 차려놓고 기다리고 있었다.

　스테파니는 럭키에게 속닥거렸다.

　"이상해. 1993년이 아니라 1952년 같아."

하지만 스테파니도 엄마가 행복해할 뿐 아니라 딸을 향한 집착에서 벗어났다는 사실에 내심 좋아하고 있다는 것을 럭키는 알았다. 럭키 부녀가 나타나기 전까지 달라는 스테파니에게 온 신경을 쏟아부은 모양이었다. 스테파니는 여러 가지 규칙을 지켜야 했다. 가로등이 켜지기 전에는 집에 들어와야 했고 30초만 늦어도 달라는 몹시 걱정했다. 하지만 이제 스테파니와 럭키는 매일 저녁 동네 아이들과 함께 들판을 뛰어다니며 손으로 도롱뇽을 잡았다가 놓아주곤 했다. 어스름이 깔리며 밤이 찾아오면 그제야 둘은 수다를 떨며 느릿느릿 집으로 걸음을 옮겼다. 그들이 늦게 돌아와도 달라는 화내지 않았다.

여름이 다가오면서 두 소녀는 더 늦게까지 뛰어놀 수 있었다. 난생처음 럭키에게도 계절의 변화가 의미를 갖게 되었다. 학교 때문이었다. 아빠는 따로 챙겨온 허위 문서로 스테파니가 다니는 사립학교에 럭키를 입학시켰다. 달라와 함께 학교의 행정관을 만나고 돌아온 날 그는 럭키에게 이렇게 속삭였다.

"제대로 확인도 안 해. 등록금만 두둑이 받으면 장땡이지."

당연히 등록금은 달라가 부담했다. 모든 비용은 달라가 지불하고 있었다. 존은 개의치 않는 듯했지만 럭키는 끊임없이 속이 메스거렸다. 안 좋은 줄 알면서도 단것을 너무 많이 먹었을 때처럼. 입맛이 없었지만 배가 고프지 않다고 하면 달라는 눈을 크게 뜨고 걱정스러운 표정을 지었다. 그러곤 럭키의 이마에 깃털처럼 가볍게 손을 얹고 한동안 그렇게 있었다. 그럴 때면 럭키는 잠자코 기다렸다. 이런 엄마의 행동이 익숙한 것처럼. 엄마가 살아있을 때

경험해 본 것처럼. 어김없이 눈물이 고였지만 절대 눈물을 떨어뜨리지 않았다.

학교는 말할 수 없이 좋은 곳이었다. 학교에 가면 진짜가 된 느낌이 들었다. 진짜 5학년생 앤드리아 '앤디' 템플턴이 된 듯했다. 스테파니가 한 학년 위라는 사실이 처음에는 불편했지만 지내다 보니 나쁘지 않았다. 덕분에 럭키는 공부에 집중할 수 있었다. 럭키는 금세 최고 성적을 받았다. 특히 수학에 뛰어났다.

쉬는 시간이나 점심시간, 혹은 하루의 끝을 알리는 종이 울리면 스테파니가 득달같이 찾아왔다. 럭키는 혼자가 아니었다. 뒤늦게 학교에 다니기 시작한 아이들이 겪는 문제를 럭키는 전혀 겪지 않았다. 이미 절친한 친구가 있었으니까. 게다가 친구를 넘어 자매와도 같았다. 스테파니는 "우린 자매야." 하고 속삭이곤 했다.

"가끔은 네가 겨우 열 살이라는 사실을 잊어버리곤 해. 넌 좀 특별하거든, 앤디. 넌 놀라운 일을 할 거야."

어느 황금빛 오후에 개즈비 선생님은 럭키에게 이렇게 말했다.

"고맙습니다, 개즈비 선생님. 저도 선생님 같은 분은 처음 뵈어요."

어쨌든 거짓말은 아니었다. 럭키는 매일 가급적 진실을 많이 얘기하려고 노력했다.

07

지금 럭키가 있는 곳은 애리조나주 윌리엄스였다. 복권은 잃어버릴까 봐 브래지어 속에 넣었다. 복권 당첨에 따라오는 환희의 순간을 기다렸지만 좀처럼 오지 않았다. 이룰 수 없는 꿈이었으니까. 그 꿈을 구제할 방법이 떠오르지 않았다. 자신을 구제할 방법도 아직 찾지 못했다.

가까스로 캘리포니아를 다음 목적지로 정했지만 거기까지 갈 돈이 부족했다. 버스 터미널을 빠져나온 그녀는 어느 가게에 들러 의류용 테이프와 헤어 젤, 계산대 옆 냉장고에 들어있던 눅눅한 샌드위치 하나를 샀다. 그런 뒤 샌드위치를 먹으며 도심에 있는 커다란 호텔로 걸어갔다. 컨퍼런스 센터가 있는 호텔이었다. 그녀는 자신 있는 걸음으로 성큼성큼 로비를 가로지르며 원하는 정보가 적힌 표지판을 찾았다. 컨퍼런스 홀 하나에서는 전문 미용인

박람회가 열렸고 다른 홀에서는 소기업 세일즈 컨퍼런스가 진행 중이었다.

럭키는 화장실로 들어가 화장을 시작했다. 아이라이너를 고양이처럼 길게 빼고 짙게 염색한 머리칼에 어울리는 짙은 색 펜슬로 눈썹을 그린 뒤 짧게 자른 머리칼이 조금이나마 더 멋지고 세련돼 보이도록 젤을 발라 매끈하게 넘겼다. 등이 파인 칵테일 드레스 속에 브래지어를 입을 수 없어서 복권은 아까 산 테이프로 스커트 안쪽에 정성스레 붙였다.

"리사."

그녀는 거울 속의 자신을 불러보았다. 리사는 큰 꿈을 안고 미네소타에서 온 헤어드레서다. 영양이 풍부한 컨디셔너와 그것을 적용하는 특별한 기법을 소개하러 박람회에 왔다.

변신을 끝낸 럭키는 배낭을 팔에 편안하게 걸치고 복도로 나왔다. 돋보이면서도 사람들과 어우러지는 모습이었다.

그녀는 호텔 배치도를 확인한 뒤 승강기를 타고 5층으로 올라가 호텔 바로 향했다. 벤치에 버려진 박람회 팸플릿을 주워 들고 소다수를 마시며 그것을 훑어보는 척하면서 오후를 보냈다. 얼마 후 일과를 마친 영업사원들과 미용인들이 호텔 바로 몰려들기 시작했다. 럭키는 보드카 마티니를 주문한 뒤 한 시간 동안 그것을 홀짝이며 때를 기다렸다. 한 남자가 그녀의 옆에 앉더니 의식적으로 그녀를 흘끔거렸다. 한 번. 그리고 두 번. 서글서글했지만 썩 잘생긴 외모는 아니었다. 칙칙한 회색 셔츠에 누런 넥타이. 결혼반지는 없었지만 손가락에 희끄무레한 자국이 남아있었다. 방에 빼놓고 온 모양이었다.

"제가 한 잔 사드려도 될까요?"

아니나 다를까, 그가 말을 걸었다.

"아, 그게……"

그녀는 자신의 빈 잔을 내려다보았다. 때마침 뱃속이 꼬르륵거리면서 뜻밖의 감정이 밀려들었다. 서글픔. 갑작스레 찾아온 감정의 급물살은 쉽게 가시지 않았다. 그녀는 다음에 이어질 상황을 그려 보았다. 케리가 아닌 다른 사람과 시시덕거리며 웃음을 파는 자신. 어쩌면 몸을 만지거나 입을 맞춰야 할지도 모른다. 내키지 않았다. 그리고 화가 치밀었다. 케리는 그녀를 버렸다. 그들의 관계는 아주 긴 한 편의 사기극에 불과했다. 그럼에도 그는 그녀가 유일하게 사랑한 남자였다. 삶의 일부를 함께한 유일한 남자.

"됐어요."

그녀가 가까스로 입을 열었다.

사내는 어깨를 으쓱하고는 자기 술값을 낸 뒤 사라졌다.

럭키는 자신의 처지를 생각해 보았다. '이거라도 하지 않으면 버스 터미널에서 자야 해. 경찰에게 발견돼서 체포될지도 몰라. 그럼 끝이잖아. 모든 게 끝이라고.'

머지않아 다른 사내가 그녀의 왼쪽 옆에 자리를 잡았다. 럭키는 그가 스툴에 올라앉아 맥주를 주문하는 모습을 지켜보았다. 그는 먼저 이러저러한 생맥주가 있는지 물었다. 뉴욕 억양이 묻어났다. 럭키는 다시 그를 곁눈질하다가 그와 눈이 마주치자 수줍은 미소를 지었다. 남자도 예의 바르게 빙긋 웃고는 자신의 전화기를 내려다보았다. 방금 전에 가버린 사내처럼 중년이었다. 멀끔한 얼굴에 갈수록 넓어지는 이마. 왼쪽 약지에서 금반지가 반짝거렸다. 잠을 설쳤는지 눈이 피곤해 보이고 눈 밑이 거무스름했다. 그저 그런 도시에서 열리는 그저 그런 세일즈 컨퍼런스에 한두 번 와본 것이 아닐 테니까. 그는 서류 가방에서 책 한 권을 꺼냈다. 데일 카네기의《인간관계론》이었다.

"저도 그 책 좋아해요."

럭키가 말했다. 어느 정도는 사실이었다. 열 살 때 아빠가 읽어준 뒤로 그 가운데 많은 수법을 지난 수년간 사기에 써먹었으니까. '상대가 나를 좋아하게 만드는 여섯 가지 방법'을 아직도 기억하고 있었다. '관심 갖기. 미소 짓기. 이름 기억하기. 자기 얘기를 하도록 독려하기. 상대의 관심사에 맞춰 이야기하기. 상대를 중요한 사람처럼 대하기.' 물론, 카네기는 이 모든 것을 진심으로 하라고 했다. 럭키의 아빠는 그렇지 않았다.

그녀는 손으로 얼른 입을 막았다.

"죄송해요. 독서하시는데 방해했네요. 신경 쓰지 마세요."

"아."

남자는 그녀가 말을 걸었다는 사실에 놀란 듯 보였다.

"괜찮습니다. 흥미로운 책이죠."

"컨퍼런스에 오셨어요?"

"네. 소기업 세일즈 컨퍼런스요. 그쪽은?"

"미용인 컨퍼런스요."

그의 손 옆에 그의 전화기가 놓여있었다. 엉덩이가 큰 금발 여인이 선글라스를 쓴 채 양손으로 두 아이의 손을 하나씩 잡고 해변에 서서 웃고 있는 사진이 배경 화면을 장식했다. 럭키의 머릿속에 그의 삶이 그려지는 듯했다. 출장을 마치고 피곤한 몸으로 집에 돌아가면 아내는 그보다 더 지쳐있을 것이다. 혼자 아이들을 돌보느라 녹초가 되었을 테니까. '이 사내' 역시 돈을 벌어오느라 녹초가 되었다. 둘은 티격태격하기 시작한다. 그는 아무리 고생해도 몰라준다고 느낀다. 아내도 마찬가지다. 두 사람 모두 틀림없이 이런 순간을 꿈꿨을 것이다. 낯선 이와 호텔 바에서 노닥거리는 순간. 아무도 모르는 가벼운 만남.

그녀가 말했다.

"저는 출장을 처음 왔거든요. 사실, 여행도 못 해봤어요. 게다가……"

그녀는 빠르게 눈을 깜빡이며 손을 올려 눈 밑을 콕콕 찍었다.

"죄송해요. 신경 쓰지 마세요. 처음 보는 분 앞에서 주책이네요."

"괜찮습니다. 무슨 일 있으세요?"

그가 몸을 기울이며 물었다.

"그냥, 잘 안 풀려서요. 그게……"

그녀는 부들부들 숨을 내뱉은 뒤 바텐더를 불렀다.

"여기 테킬라 두 잔 주실래요?"

그러곤 다시 옆자리 남자를 보며 물었다.

"같이 마셔주실 거죠? 작은 위로가 필요한데 테킬라만한 게 없거든요."

바텐더가 두 사람 앞에 테킬라 두 잔과 소금 통을 내놓았다. 남자는 잠시 망설이다 대꾸했다.

"그럼요."

두 사람은 잔을 비웠다.

"무슨 일로 이렇게 울적하세요?"

"말씀드려도 재미없을 거예요."

"해보세요."

"그럼…… 성함이?"

"팀이요."

"팀, 난 리사예요. 미용실에 미용용품을 판매하고 있어요. 따분하죠?"

"그래도 흥미로운 '부분'이 있겠죠."

"뭐, 사실 그렇긴 해요."

그녀는 그에게 바싹 몸을 기울이며 말을 이었다.

"딥 컨디셔너를 바르는 저만의 기법이 있거든요. 특별한 머리 마사지 기법이죠. 한 번 받아보면 누구든 좋아하며 전담 미용사를 맡아달라고 할 걸요. 뿐만 아니라, 제품이 잘 흡수돼서 머리칼이 아주 부드럽고 건강해지죠. 손상을 예방할 수도 있고, 스타일링도 더 잘되고……"

그녀는 말끝을 흐렸다.

"제가 여기서 제품 홍보를 하고 있네요.

그런 뒤 그녀는 그의 눈을 들여다보았다.

"데킬라 때문인지 몰라도 저도 그 기분 좋은 머리 마사지를 받고 싶은데요, 리사.”

그가 말했다.

“그렇다면……”

그녀는 좀 더 가까이 다가가며 말을 이었다.

“팀, 정말 마사지를 받고 싶다면 내가 해줄게요.”

세 잔째의 데킬라를 놓고 두 번째 머리 마사지를 이어갈 무렵 그의 결혼반지와 시계, 지갑은 이미 그녀의 손에 들어와 있었다. 입맞춤까지 할 필요도 없었다.

“정말 오랜만에 즐거운 시간을 보내는 것 같아요.”

팀은 점점 더 진지해졌다. 무언가가 없어진 줄도 모르고 그저 해맑게 즐거워했다.

“고마워요.”

그녀가 말했다.

그의 손이 다가오자 그녀는 자신의 새끼손가락을 그의 새끼손가락에 맞비볐다.

“어디 살아요, 리사?”

그가 잠긴 목소리로 물었다.

“위스콘신. 난 위스콘신에서 온 평범한 여자예요.”

“‘절대’ 평범하지 않아요.”

두 사람은 서로의 눈을 보았다. 이윽고 그녀가 말했다.

“내 방으로 가죠. 대신 5분만 시간을 줘요…… 편한 옷으로 갈아입게.”

그녀는 킬킬거리며 다시 말했다.

"미안, 내가 질척대네요. 어쨌든 5분 뒤에 505호로 와요. 문 열어놓을게요."

"달려갈게요, 리사. 이게 웬 횡재인지 모르겠네요."

그녀는 자리에서 일어나 배낭을 집어 들고 당당하게 걸어가다가 마지막으로 그의 얼빠진 얼굴을 돌아보며 도발적인 눈빛을 날렸다.

그런 뒤 승강기를 타고 로비로 내려갔다. 화장실로 들어가 스틸레토 구두와 드레스를 벗고 스커트 안쪽에 붙여놓았던 복권을 조심스레 떼어내 다시 브래지어 속에 밀어 넣었다. 머리 위로 티셔츠를 끼워 넣고 청바지를 입은 뒤 야구 모자를 썼다.

호텔에서 나오자 시내버스의 불빛이 보였다. 그녀는 고개를 숙이고 그리로 달려갔다. 요금을 낸 뒤 뒤쪽에 자리를 잡고 앉아서 혹시 누가 볼세라 창문에서 고개를 돌렸다.

버스가 출발했다. 두세 블록이 지나서야 럭키는 마음이 놓였다. 배낭 앞주머니에 손을 넣어 차가운 쇠붙이들을 만져보았다. 남자의 시계와 지갑, 그리고 결혼반지. 그는 아내에게 뭐라고 둘러댈까? 아마 소매치기를 당했다고 얘기할 것이다. 그리고 두 번 다시 같은 실수를 되풀이하지 않을 것이다. 죄책감을 느낄 가능성은 희박하다. 이미 대가를 치렀으니까. 그는 부적절한 짓을 했고, 혹은 하려고 했고, 그 대가로 부적절한 일을 당했다.

결국 잊어버릴 것이다.

시내버스의 노선은 그녀가 확인한 그대로였다. 이지폰(EZ Pawn: 미국의 전당포 체인 – 옮긴이)의 환한 불빛이 보였다. 그녀는 안으로 들어가 시계와 결혼반지를 카운터에 올려놓았다. 그 안에 앉은 여자가 말없이 물건들을 집어 들더니 안쪽 방으로 가져갔다. 잠시 후 여자가 다시 모습을 드러냈다. "14K는 그램당 23.50달러, 바로 현금으로 드리면 22달러예요. 이 반지는 6그램이니까 141달러, 현금으로 받아 가시면 132달러예요. 그리고 이 시계는 위탁 판매를 선택하시면 200달러로 책정해서 절반을 드릴게요. 바로 현금을 원하시면 50달러이고요. 그 목걸이는요? 값이 꽤 나갈 것 같은데."

럭키는 잠시 망설이다가 목덜미로 손을 가져가 금 십자가 목걸이를 풀었다. 그러곤 카운터 위에 올려놓았다. 여자는 그것을 다시 안쪽 방으로 가져가더니 잠시 후에 돌아왔다.

"이것도 똑같아요. 위탁 판매를 선택하면 200달러를 50대 50으로 나눠드리고 바로 현금으로 받으시려면 50달러예요."

럭키는 목걸이를 도로 낚아챘다.

"이건 됐어요. 다른 것만 현금으로 계산해 주세요."

여자는 어깨를 으쓱했다.

"알겠습니다. 그럼 총 182달러네요."

그녀가 현금을 세며 말했다. 아까 남자의 지갑에 200달러가 있었고 전에 만난 강도에게 들키지 않은 100달러를 더하면 이제 럭키의 수중에는 500달러에 가까운 돈이 있었다.

밖으로 나온 그녀는 전당포 앞에 잠시 서서 엄마의 목걸이를 다시 목에 걸었다. 그제야 깨달았다. 자신이 언젠가 엄마를 찾으리라는 꿈을 아직 포기하지 않았음을. 지금은 더더욱 포기할 수 없었다. 어느 때보다도 가족이 절실히 필요했다. 엄마가 어디에 있는지는 몰라도 언젠가는 찾을 거라는 희망을 절대 놓지 않을 생각이었다.

럭키는 다시 기차역을 향해 걸음을 옮겼다. 시간이 맞는다면 아침에 샌 퀜틴에 도착해 마지막 목적지로 향할 수 있었다.

1993년 5월
워싱턴주 벨뷰

어느 토요일 저녁 럭키와 스테파니가 친구들과 놀다가 집으로 돌아와 보니 존과 달라가 뒷마당에서 다투고 있었다. 럭키는 그 자리에 얼어붙었다. 혹시 달라가 진실을 알게 되었나?

럭키가 말했다.

"우리 다시 나갈까? 두 분한테 시간을 주어야……"

"안 돼. 벌써 캄캄해졌잖아. 다시 나가면 외출금지 당할 거야."

럭키는 여전히 대문 앞에서 머뭇거렸다.

"그렇지. 하지만……"

어둠 속에서 럭키의 아빠가 언성을 높였다.

"내 딸이잖아. 어떤 의사에게 데려갈지는 내가 정해. 2주 뒤에 정기 검진이 있으니까 내가 데려갈게. 달라, 걱정할 필요……"

"그 병원에 가는 걸 걱정하는 게 아니야, 버질. 앤디가 걱정돼서 그래! 다른 주에 있는 의사한테 몇 달에 한 번씩 검사받는 걸로 되겠어? 돈은 내가 낸다니까. 돈 걱정은 하지 마. 당신은 이제 여기 살잖아. 내가 다 해주고 싶어. 두 사람 다. 왜 그것도 못 하게 해?"

조용한 가운데 귀뚜라미 소리가 귓전을 울렸다. 이윽고 문이 쾅 닫혔다. 스테파니의 집 뒷문이 닫히는 소리였다. 럭키의 아빠가 더 이상 얘기하지 않기로 한 모양이었다. 달라는 머리를 떨군 채 컴컴한 데크에 앉아있었다.

"우리 아빠 가끔 저렇게 못되게 군다니까."

럭키가 대문을 붙잡은 채로 스테파니에게 말했다. 그 문을 놓으면 뒤로 넘어가기라도 할 것처럼. 벌써 모든 것이 손가락 사이로 빠져나가는 느낌이었다. 어쩌면 당장 오늘 밤에 떠나게 될지도 모른다. 아빠가 한밤중에 깨워 몰래 떠나자고 할지도 모른다는 생각이 들었다. 스테파니를 바라보자 눈에 눈물이 고였다. 럭키가 말했다.

"미안해."

"뭐가? 넌 잘못한 것도 없잖아."

스테파니는 럭키의 팔을 잡으며 말을 이었다.

"네 아빠는 이제 아무렇지 않다고 하지만 가끔 걱정되지 않아? 모든 게 다시……"

"무너질까 봐?"

럭키가 속삭였다.

"그래. 무서워. 걷잡을 수 없게 될까 봐."

"그러니까 우리가 돕게 해줘. 우린 이제 가족이잖아. 우리가 만난 건 숙명이었어. 그렇게 생각하지 않아?"

요즘 스테파니가 즐겨 쓰는 말이었다. '숙명.' 하지만 아니다. 숙명이 아니었다. 그저 불행일 뿐. 럭키는 알았지만 스테파니는 알지 못했다. 문득 그 사실이 두 사람을 갈라놓는 듯했다. 이 울타리의 말뚝처럼 두툼한 쐐기가 그들 사이를 파고드는 듯했다. 스테파니가 말했다.

"엄마는 너를 내 소아과 주치의한테 데려가고 싶어 해. 나더러 너한테 얘기해 보라고 했는데 내가 아직 안 했어. 네가 어떻게 생각할지 몰라서. 네가 아빠한테 얘기해 볼래?"

"그럴게."

럭키는 단호하게 대꾸했다.

"지금 가서 얘기해야겠다."

럭키는 스테파니를 세워두고 마당으로 들어가 달라를 지나쳐갔다. 그녀는 여전히 어둠 속에 혼자 앉아 아무 말도 하지 않았다. 럭키는 잠시 걸음을 멈추고 뒤를 돌아보았다. 달라가 지켜보고 있었다. 무방비 상태로, 기대에 찬 표정으로. 달라는 아무것도 몰랐다. 조금도 의심하지 않았다.

"괜찮니, 앤디? 얘기 좀 할까? 이리 와서 앉아봐."

"아빠부터 만나야 할 것 같아요."

럭키는 달라를 등지고 돌아섰다.

아빠는 안방 침대에 앉아있었다.

"왔구나, 딸. 나도 여기 더 있고 싶어. 너를 위해 더 있으려고 했는데 상황이 좀……"

"그냥 나를 그 소아과 의사한테 보내줘. 그럼 검사해 보고 아주 건강하다고 하겠지. 아무런 병도 없다고. 사실이잖아. 기적적인 일이지. 다들 기뻐할 거야. 그러고 이 집에 더 있으면 되잖아. 어쩌면 영영 있어도 되고. 부탁이야, 아빠, 응? 그렇게 해줘요."

아빠는 목소리를 낮춰 말했다.

"네가 몰라서 그래. 그렇게 간단한 일이 아니야. 어쨌든 우린 여기서 언제까지고 행복하게 살 수 없어."

"왜?"

"원래 인간의 본성이 그래. 만족할 줄 모르는 법이지. 지금 네가 느끼는 행복도 결국에는 깨질 거야. 지금이야 모르지만. 우리가 여기에 있으려고 온갖 거짓말을 했잖아."

'우리'. 그 말은 공모를 뜻했다. 함께 범죄에 가담했다는 뜻이었다.

"난 어른도 아니잖아."

럭키가 말했다. 하지만 과연 그럴까 싶었다. 럭키는 아이로 살 수 있는 기회를 누리지 못했다. '그래서' 이곳에 더 있고 싶었다. 아이가 되고 싶어서. 어쩌면, 정말 어쩌면, 평범한 사람으로 자랄 수 있을지도 모른다. 도둑이 아니라, 열한 살짜리 사기꾼이 아니라 남들처럼 평범한 사람으로.

럭키가 물었다.

"그래도 조금은 사랑하는 거지? 달라 아줌마 말이야. 그 아줌마는 아빠를 엄청 사랑하잖아."

그러자 그는 슬픈 얼굴로 입을 열었다.

"아니. 그럴 수가 없어. 너도 알잖아. 우리가 표적을 어떻게 생각하는지."

럭키는 굳이 고개를 끄덕이지 않았다.

"무시하게 돼. 그렇게 철석같이 믿다니. 사람이 어쩜 그렇게 쉽 게 넘어가는지. 어쩜 그렇게 곧이곧대로 다 믿는지. 난 그런 사람 을 사랑할 수 없어. 너도 알잖아, 럭키."

"아니."

사실은 알았다. 럭키도 달라에 대해 똑같이 느끼고 있었다. 이 따금 스테파니에게도 같은 생각이 들어 불현듯 화가 치밀었다. 그 애를 잡고 흔들며 '정신 좀 차려. 왜 이렇게 쉽게 넘어가는 거야?' 하고 따지고 싶었다.

럭키가 속삭였다.

"아빠 혼자 가. 난 여기 있을래. 아빠 혼자 그냥…… 떠나라고."

그가 램프를 켜자 드디어 그의 얼굴이 보였다. 슬픈 표정을 보 자 럭키는 혼자 가라고 말한 것이 후회되었다.

"딸. 네가 얼마나 원하는 일인지 알아. 하지만 내가 떠나도 달라 가 너를 똑같이 대해줄 것 같니? 너를 보면 내가 생각날 텐데."

"아니야. 그냥 해본 소리야."

"너랑 나, 우리는 같이 있어야 해. 너도 알잖아."

럭키는 침을 꿀꺽 삼켰다. 목에 걸린 무언가가 이제 영원히 자 리를 잡은 듯했다. 혹시 거짓말이 목구멍에 박혀 흉측한 자국으로 변한 것이 아닐까? 아니면 정말 병에 걸렸나? 럭키가 대꾸했다.

"알아. 그래도 1년만 있었으면 좋겠어. 한곳에서 온전히 1년 동 안 앤디로 살아보고 싶어. 그리고 나서 떠나요."

"오래 머무를수록 더 힘들어질 거야."

"상관없어. 지금보다 더 힘들어질 수는 없을걸. 날마다 아빠가 그만 떠나자고 할까봐 조마조마해. 마지막 날을 정해놓았으면 좋겠어. 적어도…… 이런 일이 진짜 있었다는 걸 실감할 만큼 머물렀으면 좋겠어."

긴 침묵이 이어지자 럭키는 아빠가 오만 가지 핑계를 생각하고 있다는 확신이 들었다. 반박할 수 없는 촘촘한 변명을 생각하고 있을 것이다. 하지만 막상 그는 이렇게 말했다.

"알았어. 그럼 아빠한테 맡겨. 최대한 해볼게."

"고마워요."

럭키가 말했다. 돌아서서 방을 나오면서 난생처음으로 복권에 당첨된 느낌이 들었다. 그렇다 해도 큰 힘이 되지는 않을 테지만.

08

가시철조망이 쳐진 샌 퀜틴 주립 교도소의 높은 문 안에서 럭키는 두 팔을 벌리고 잠자코 서서 교도관의 몸수색에 응했다. 죄 없는 복권은 지갑에 들어가 있었다.

"됐습니다. 저쪽으로 가세요."

교도관이 수색을 마치자 럭키는 다른 사람들과 함께 앞으로 나아갔다. 자갈길을 지나자 금세 접수 구역이 나왔다. 다시 한번 신분증을 제시해야 했다. 여기서 그녀의 신분은 존 암스트롱의 조카 세라 암스트롱이었다. 샌프란시스코에 살며 은행에서 일하는 여성. 지난 10년 동안 아빠를 면회할 때마다 이 신분증을 사용했다. 그녀의 아빠는 아직 형량을 절반도 채우지 못했다.

교도관이 운전면허증을 본 뒤 시선을 들고 럭키를 보며 물었다.

"머리를 자르셨나 보네요?"

럭키는 고개를 끄덕였다.

"지금 다른 면회자가 있어요. 방금 들어갔어요. 그분이 나올 때까지 면회실 앞에서 기다리셔야 해요."

럭키는 갈라진 플라스틱 의자에 앉았다. 누가 아빠를 찾아왔을까? 재깍재깍 시간이 흐르자 답답한 마음에 턱에 힘이 들어갔다.

거의 한 시간이 지나서야 면회실에서 여자가 나왔다. 럭키는 9년 만에 만나는 사람이었다. 짙은 갈색의 짧은 머리칼을 뒤로 바싹 넘겨 묶고 그 아랫부분은 면도를 했다. 헐렁한 청바지에 탱크톱, 앞코가 닳은 워커 차림이었다. 마리솔 레예스. 아빠를 이 교도소에 넣은 사기 사건의 '비즈니스 파트너' 중 한 명이었다.

"럭키?"

럭키는 자리에서 일어났다.

"네가 여긴 어쩐 일이야? 아빠가 출소하면 또 위험한 짓을 시키려고? 그나저나 네가 여기에 와도 되는 거니, 레예스?"

"가석방된 사람도 교도소 면회는 올 수 있어. 그리고 아저씨랑 같이 일하려고 온 것 아니야."

그녀가 주머니에 손을 넣자 교도관이 '잠깐' 하며 걸어오기 시작했다. 하지만 그녀가 꺼낸 것은 사각형의 빳빳한 종이였다.

"명함을 주려는 거예요."

레예스가 말했다. 교도관이 다가와 명함을 살펴보더니 럭키에게 건네주고 자리로 돌아갔다. 명함에는 '마리솔 레예스. 샌디에이고 삼진아웃 재단 운전사'라고 적혀있었다.

"이게 뭐야?"

"지금 내가 일하는 곳이야. 비영리 단체인데……"

"나더러 이걸 믿으라고, 레예스?"

그래도 양심이 남았는지 레예스는 얼굴을 붉히며 시선을 돌렸다.

"합법적인 일이야. 네 아빠처럼 전과 3범 이상인 죄수들의 석방을 돕는 변호사 단체야. 명함에 적혀있듯이 나는 운전사로 일해. 변호사들이 석방시킨 사람들을 태워다 주고 신분증과 옷, 식사, 살 곳을 마련해 주기도……"

"그럼 일자리도 마련해 주나? 이 자선 단체라는 곳에 취직하게 해주니? 그렇게 해서 프리실라한테 넘기는 거야? 너 정말 창피한 줄 알……"

"이제 프리실라하고 일 안 해. 내가 그 여자한테서 얼마나 벗어나고 싶어 했는지 알잖아. 어쨌든 지금은 이런 얘기를 할 때가 아닌 것 같다. 너희 아빠, 많이 안 좋으신 것 같아."

레예스는 뒤쪽에 걸린 시계를 흘끗 보며 덧붙였다.

"어서 들어가 봐."

"뭐가 안 좋아?"

"깜빡깜빡하시더라고. 기억을 많이 잃으셨어. 어쨌든 전화해. 알았지? 너희 아빠 상태를 상의해야 할 것 같아. 그런데……"

그녀는 바싹 다가와 목소리를 낮춰 말했다.

"너 TV에 나오는 거 봤어. 아저씨한테 내가 너를 챙겨주겠다고 약속했거든. '꼭' 전화해."

레예스가 대기실 문밖으로 사라지자 럭키는 구내식당처럼 꾸며 놓은 면회실로 들어갔다. 그녀의 아빠는 구석 자리에 혼자 앉아

멍하니 앞을 보고 있었다. 어쩐지 더 작아진 것 같았다.

그는 럭키를 보고 일어서려다가 다시 털썩 앉았다. 간신히 억눌러온 죄책감이 벌떼처럼 럭키를 에워쌌다.

"저 왔어요, 존 삼촌."

그녀가 테이블에 앉으며 말했다.

"그동안 어떻게 지냈어, 럭키?"

"그렇게 부르면 안 되죠."

그녀가 소곤거렸다.

"미안. 뭐더라……?"

"세라."

"그렇지."

그는 겸연쩍게 웃으며 말을 이었다.

"미안, 너무 오랜만이라. 세라 암스트롱. 나의 조카."

"몸이 안 좋은 것 같다고 레예스가 그러던데."

그는 얼굴을 찌푸렸다.

"그래? 밖에서 만났어? 아냐, '그렇게' 나쁘진 않아."

"남은 시간 10분!"

문 옆에 있던 교도관이 소리쳤다.

주위에서 서둘러 대화를 이어가는 소리가 들렸다.

"정말 보고 싶었어……" "요즘 좀 힘들어……" "라면 좀 넣어주면 좋겠어. 초콜릿도……" "어젯밤에 우리 아기 케이티가 어찌나 귀여운 짓을 하던지……"

"나 큰일 났어요."

마침내 럭키가 입을 열었다. 하지만 시시콜콜한 대화를 나누는 척 애써 미소를 지었다. 그녀의 아빠도 똑같이 했지만 그의 미소는 불안해 보였다.

"케리가……"

"케리가 나타났어? 몇 년 만에?"

"좀 복잡해요. 그동안 얘기하지 않았는데, 사실 우린 계속 같이 있었어요. 지난 10년 동안."

아빠가 정말 모르고 있었는지는 알 길이 없었다. 하지만 무엇보다도 그는 서운한 기색을 역력히 드러냈다.

"미안. 지금은 설명할 시간이 없어요. 어쨌든 케리가 나를 배신했어."

"아, 잘됐네. 내가 말을 안 해서 그렇지 난 그놈이……"

"그런 게 아니에요. 우린…… 같이 일했어."

럭키는 아빠를 빤히 바라보며 그가 숨은 의미를 이해하기를 바랐다.

"그러다 좀 멀리 갔어요. 거액의 돈이 연루되었고. 물론, 남의 돈이죠."

마침내 아빠가 말했다.

"그렇구나. 네가 말하는 '일'이 무슨 뜻인지 알겠다."

"계획을 세웠어요. 도미니카 공화국에 가기로. 그런데 케리가 혼자 튀었어. 그저께. 이제 그들이 나를 찾고 있어요. 난처한 상황이에요."

아빠의 괴로운 눈을 보자 럭키는 마음이 편치 않았다. 자신이 멀리 떠나려 했다는 사실에 아빠는 상처를 받은 듯했다.

그가 서글픈 목소리로 말했다.

"그런데 내가 어떻게 도와야 할지 모르겠다. 이 안에서는 도울 수가 없잖아. 미안하다. 너는 이렇게 되지 않기를 바랐는데."

"도울 방법이 있어요. 굉장한 거야."

근처에 있는 교도관을 흘끗 보았지만 딱히 그들을 주시하고 있지 않았다.

"어릴 때 우리가 같이 차를 타고 어딘가로 떠날 때마다 내 행운의 숫자를 넣어 복권을 사게 했잖아요. 기억하죠?

"그럼, 기억하지."

그가 말했다.

"그래서 복권을 샀어요. 삼촌을 기리기 위해서."

"내가 죽기라도 했니? 하긴, 네 삶에서 지워버리려 했겠지. 그런……"

"당첨됐어요."

그는 말을 멈추고 몇 차례 눈을 깜빡거렸다.

"얼마나?"

"전액."

"농담하지 마."

"3억 9천만 달러."

그는 피식 웃었다.

"정말이야? 나 놀리는 거 아니고?"

"내가 이런 상황에서 복권 당첨됐다는 장난이나 치려고 여기까지 왔겠어요?"

그는 말이 없었다. 그러곤 잠시 후 다시 입을 열었다.

"어떻게 하려고?"

"그걸 물어보려고 온 거예요."

"계산해 봤어?"

그가 물었다.

"무슨 계산?"

"붙잡히면 몇 년이나 살아야 하는지. 알아?"

"오래 있어야 할 걸요."

착잡한 마음에 목이 막혔지만 럭키는 억지로 말을 이었다.

"삼촌보다 더 길게. 30년쯤."

럭키의 손에는 여전히 레예스의 명함이 들려있었다. 지금껏 무릎 위에 손을 올리고 초조하게 명함을 만지작거리던 그녀는 이제 그것을 테이블 위에 올려놓았다. 아빠가 명함을 바라보았다.

"안 돼. 지금 레예스한테 도움을 청해선 안 돼. 레예스는 보호 관찰 기간이잖아. 잘하고 있거든. 지금 상황에서는 그러니까…… 문제를 일으킬 사람과 연루돼선 안 돼. 아까 만났을 때 얘기 안 하든? 무슨 일 하는지?"

럭키는 레예스의 명함을 주머니에 넣으며 대꾸했다.

"레예스한테 연락 안 할 테니까 걱정 마요. 곧 나오시겠네요. 그렇게 아끼는 레예스의 도움으로."

씁쓸한 질투가 섞인 자신의 목소리에 럭키는 열일곱 살로 돌아간 기분이 들었다.

"난……"

침묵이 흘렀다. 시간도 함께. 조금 전까지만 해도 1분 1초가 아까웠는데 이제는 아무래도 상관없었다.

"내가 무얼 하든 무슨 상관이에요? 삼촌이 신경 쓸 일은 아니죠."

"5분!"

교도관이 소리쳤다.

그는 두 손을 모아 쥐고 비틀기 시작했다. 초조해 보이는 행동이 럭키에게는 생경했다. 그는 깍지 끼었던 손을 풀어 테이블 위에 놓으며 입을 열었다.

"알잖아, 넌 세상에서 가장 운이 좋은 아이야. 내가 늘 말했잖……"

"그만. 제발. 지금은 그런 얘기 듣고 싶지 않아요."

"그래, 좀 복잡해졌네. 하지만 어떻게든 당첨금을 받을 수 있을 거야. 그렇게 믿어야 해."

믿어야 한다는 말, 괜찮을 거라고 믿어야 한다는 말 때문이었을 것이다. 럭키는 손을 올려 목에 걸린 십자가를 어루만졌다.

"글로리아는?"

손가락으로 따뜻한 십자가를 만지작거리며 그녀는 자기도 모르게 이렇게 물었다.

아빠의 얼굴이 다시 혼란스러워졌다.

"글로리아? 글쎄, 몇 년 동안 잊고 살았는데."

"지금 어디 있는지 알아요?"

"그야 당연히 쿠퍼스타운 근처에서 가족이 운영하는 데버로 낚시 캠프를 꾸려가고 있겠지. 나를 버리고 혼자 그리로 도망갔으니까. 죽지 않았다면 말이야. 하지만 죽지 않았을 거야. 아직 젊잖아. 나보다 젊지. 그리고 엄밀히 말하면 우리는 아직 부부 사이니까 죽었다면 나한테 연락이 왔을 거야. 그런데 그건 왜 묻는……"

그제야 그는 서서히 깨달았다. 자신이 너무 많은 얘기를 했다는 사실을. 럭키도 깨달았다. 자신이 무언가를 놓치고 있었다는 사실을. 하지만 그게 무엇일까?

"이런."

그녀의 아빠가 말했다.

"내가 가서 찾아보면 안 돼요? 방금 말한 그 캠프로 가서 찾으면 안 될까? 복권에 당첨됐다고 하면 솔깃하지 않겠어요? 누구든 그렇겠지. 그럼 드디어 나와 친해지고 싶지 않을까? 엄청난 돈이잖아."

"아서라. 무슨 생각을 하는 거야? 생전 만나본 적도 없는 사람을 지금 이런 처지에서 찾아가겠다고? 복권으로, 돈으로 해결되는 일이 아니야. 글로리아는……"

"4분!"

교도관이 소리쳤다.

"아빠는 평생 엄마라는 사람이 세상에 없는 것처럼 얘기했잖아. 내가 마치 하늘에서 뚝 떨어진 것처럼. 나한테 엄마라는 존재가 필요하지도 않은 것처럼! 그런데 어디 있는지 알고 있었다니……"

"이러려고 왔구나. 나를 구워삶아서 네 엄마에 대해 뭔가 알아내려고. 1년 동안 코빼기도 안 보이더니 이러려고 왔네."

익숙한 상황이었다. 늘 이렇게 전세가 역전되곤 했다. 그렇다면 그에게는 아직 그 정도의 지력이 남아있다는 뜻이다. 잔인한 위인이었다.

"아니야. 도움을 청하러 온 거예요."

"좋아, 그럼. 내가 도와주지. 넌 복권에 당첨됐고 당첨금을 찾아줄 사람이 필요해. 믿을 만한 사람."

그의 눈이 반짝거렸다.

"나한테 좋은 생각이 있어. 달라와 스테파니! 한때 가족이었잖아."

"가족은 무슨. 우리가 가족인 척한 거지."

"그들을 찾아가서 내가 결국 교도소에 들어갔다고 해. 전부 나 혼자 한 일이고 너는 전혀 관여하지 않았다고. 스테파니는 너를 자매처럼 생각했어. 그건 확실하잖아. 그 집에 가서 마음을 울려 봐. 그러면 되겠네. 알잖아. 그 모녀는 사랑을 위해선 뭐든 내줄 수 있는 사람들이야. 지금도 네겐 아무도 없다고, 곤란한 상황이니까 당첨금을 찾아달라고 부탁해. 딱이네."

"정말 모르겠어. 피붙이가 살아있는데 왜 피 한 방울도 안 섞인 달라와 스테파니한테 가라는 거예요? 난 정말 확실한 사람이 필요하다니까."

"그럼 프리실라를 찾아가. 뭐든 할 수 있는 사람이잖아."

럭키는 여기까지 오면서 품었던 희망이 산산이 부서지는 것을, 창살이 쳐진 저 창밖으로 훨훨 날아가는 것을 느꼈다.

"안 돼."

"도와줄 거야. 조금은 떼어줘야겠지만……"

"그 여자는 뱀이에요."

"그 정도는 아니야. 이제 변했어. 딴 사람이 됐다니까. 교도소는 사람을 악화시키거나 교화하거나 둘 중 하나야. 지금 프레스노에서 여성 보호소를 운영하고……"

"그 여자는 4년도 채 안 돼서 나왔잖아……"

"게다가 프리실라는 그렇게 아끼는 케리가 어디로 갔는지 알고 싶어 할 텐데. 안 그래?"

"케리가 어디 있는지는 나도 몰라요."

"아는 척하면 되지."

"1분!"

교도관이 소리쳤다.

"내가 내일 프리실라한테 전화할까? 네가 찾아갈 거라고?"

"아니, 그러지 마요. 그리고 이 복권에 대해선 아무한테도 말하지 마요. 약속해. 이건 온전히 내 거야."

"자자, 정리합시다."

교도관이 그들의 테이블로 왔다. 럭키의 아빠는 그를 보고 움찔 놀랐다.

"알겠어요."

럭키는 의자를 밀며 대꾸했다. 그러나 그녀의 아빠가 앞으로 몸을 내밀며 그녀의 팔을 붙잡고 속삭였다.

"레예스가 경고했잖아. 케리는 좋은 사람이 아니라고. 그 자식이 누구인지, 너랑 어떤 사이인지 내가 몰랐을 거라고 생각하겠지만 사실은 다 알고 있었어. 진작 떼어놨어야 했는데."

럭키는 한 발짝 물러섰다. 그러곤 애써 미소를 유지하며 태연한 투로 말했다.

"존 삼촌, 케리는 삼촌하고 '똑같'아요."

아빠의 얼굴에서 미소가 사라졌다.

"난 그 자식처럼 사람을 버리지 않아."

"그만!"

교도관이 으르렁거리며 럭키 아빠의 팔을 잡았다.

"알았어요, 알았어. 화내지 마세요. 갈게요. 간다고요."

그는 다시 그녀를 보며 인사를 건넸다.

"나중에 보자."

마치 아무 일도 없었던 것처럼. 정말 조카에게 다음을 기약하며 작별인사를 하는 평범한 삼촌인 것처럼.

1993년 12월
워싱턴주 벨뷰

층을 엇갈리게 지은 타운하우스의 안팎으로 불이 환하게 켜져 있었다. 달라는 해마다 크리스마스이브가 되면 집을 개방해 파티를 열었다. 오늘도 오후부터 저녁까지 이웃들이 집의 안팎을 가득 메웠다. 블로섬은 목줄 대신 빨간 나비넥타이를 맸다. 파티가 끝나가자 두 소녀는 함께 쓰는 위층의 침실로 블로섬을 데리고 올라갔다. 그들은 지시받은 대로 크리스마스 잠옷으로 갈아입고 침대에 들어가 새 책을 읽었다. 새 잠옷을 입고 새 책을 읽는 것은 딕슨 집안의 크리스마스 전통인 듯했다. 달라가 어떤 종류의 책을 좋아하느냐고 물었을 때 럭키는 뭐라고 대답할지 망설였다. 가장 최근에 읽은 책은 《레 미제라블》이었다. 그러나 그 책을 노바이에 놓고 오는 바람에 비참한 장 발장과 가련한 팡틴이 어떻게 되었는지 끝내 알지 못했다. 하지만 열한 살짜리가 그런 책을 사달라고 하면 달라가 이상하게 여길 게 분명했다. 그래서 그냥 최근에 나온 구스범스 시리즈를 사달라고 했다. 스테파니는 자기가 고른 V. C. 앤드루스의 소설을 끽끽거리며 읽고 있었다. 그러곤 다 읽으면 '앤디'에게 빌려주겠다고 약속했다.

옆에서 스테파니가 결국 책을 내려놓았다.

"집중이 안 돼. 마음이 너무 들뜬 것 같아."

스테파니는 블로섬의 귀를 긁어주며 말을 이었다.

"블로섬, 혹시 오늘 밤에 산타클로스의 순록이 오는 소리가 들리면 아주 크게 짖어서 나를 깨워야 해. 알았지?"

스테파니는 럭키보다 한 살 위였지만 아직도 산타클로스가 실제로 있다고 믿었다. 그것도 아주 열렬히. 럭키는 산타클로스 따윈 없다고 차마 말하지 못했다. 럭키의 아빠는 굳이 딸에게 진실을 숨기려 하지 않았다. 요전 날에는 달라가 '산타의 선물'을 숨길 장소를 물색해 보라 했다고 럭키에게 귀띔해 주기도 했다. 그러곤 태연하게 럭키에게 보석을 사달라고 하라고, 아무래도 금이 좋을 것 같다고 제안했다.

"로켓 목걸이 같은 거 있잖아. 녹일 수 있는 거. 나중에 우리가……"

그러다 그는 럭키의 얼굴을 보고 얼른 입을 다물었다.

"아빠 돈 생각만 하는구나."

럭키가 말했다. 난생처음 마법 같은 크리스마스를 기대했는데 아빠는 그마저도 망치려 들었다.

"먹고사는 게 얼마나 힘든지 네가 몰라서 그래."

아빠가 말했다.

"우리 잘 살고 있잖아. 여기 계속 있으면 이제 도둑질은 그만해도……"

때마침 달라가 쇼핑백을 잔뜩 들고 들어오는 바람에 대화가 끊어졌다.

"이봐요."

옆에서 스테파니가 말을 걸고 있었다.

"벌써 잠들었어?"

"미안. 나도 너무 들뜬 것 같아. 설레서 아무 생각도 할 수가 없네."

"이 집에서 아주 행복한 크리스마스를 보내게 될 거야. 모두가 선물을 무더기로 받는 게 우리 집안 전통이거든. 선물이 '산더미처럼' 쌓여있을 거야."

스테파니의 눈에 기대감이 아른거렸다.

"하지만 먼저 네 양말을 열어줘."

그 애는 입술을 오므리며 덧붙였다.

"내가 아주 특별한 선물을 준비했거든. 다른 선물들 속에 묻혀 버리면 안 되잖아."

스테파니는 침대에서 벌떡 일어나 옷장을 뒤적거리더니 아주 작은 상자 하나를 꺼내 럭키에게 건넸다.

"이게 뭐야?"

럭키가 그것을 내려다보며 물었다. 럭키 자신도 스테파니의 선물을 준비했다. 쇼핑몰의 어느 상점에서 고른 블라우스였다. 하지만 이 작은 상자 속에는 정말 특별한 선물이 들어있을 것 같았다. 블라우스보다 훨씬 더 특별한 무언가.

"뭘 이런 걸."

럭키가 말을 시작하는데 스테파니가 동시에 입을 열었다.

"집안일 하고 받은 용돈으로 산 거야."

그 말을 듣자 럭키는 더욱 부끄러워졌다. 스테파니의 블라우스는 그 애의 엄마가 사주었다. 럭키는 자신의 용돈으로 아빠의 은제 넥타이핀을 샀다. 아빠에게도 이번 크리스마스가 특별한 날이 되길 바랐다. 그들이 이곳에서 어떤 삶을 누리게 될지, 얼마나 행복하게 살 수 있을지 아빠가 깨닫게 되면 약속한 1년이 지나도 떠나지 않을 거라는 생각에서였다. 1년이 빠르게 지나가고 있었다. 이제 남은 시간은 석 달이었다.

스테파니가 옆으로 와서 럭키의 침대에 앉는 바람에 구스범스 책이 바닥으로 떨어졌다.

아래층에서 달라가 외쳤다.

"얘들아! 이제 불 끌 시간이다!"

"잠깐만, 엄마."

스테파니가 소리쳤다. 그러곤 다시 럭키를 돌아보았다.

"어서 열어봐."

"아, 그래. 알았어!"

럭키는 포장지가 찢어지지 않도록 조심스럽게 테이프를 뜯었다.

하늘색 보석함이 드러났다. 럭키는 보석함을 딸깍 열었다. 금 펜던트가 달린 팔찌가 들어있었다. 펜던트는 두 개였다. '자매'라고 새겨진 하트 모양의 펜던트와 블로섬을 꼭 닮은 강아지 모양의 펜던트. 스테파니가 말했다.

"너희 엄마가 주신 목걸이랑 잘 어울릴 것 같았어. 네 생일이 되면 펜던트를 하나 더 달아줄게. 내년 크리스마스에도. 앞으로 평생 이렇게 펜던트를 하나씩 달아줄 거야."

럭키는 울음을 터트렸다.

"아니야. 받을 수 없어."

스테파니는 몹시 당황했다.

"마음에 안 드니? 미안해, 난⋯⋯"

"아니야. 마음에 안 들어서가 아니야. 그냥⋯⋯ 너무 과분해. 이런 거 받으면 안 될 것 같아."

럭키는 터져 나오는 흐느낌을 삼켰다. 머지않아 스테파니 모녀는 지금껏 럭키 부녀에게 속았다는 사실을 알게 될 것이다. 머지않아 이런 삶은 끝날 것이다.

럭키는 팔찌를 다시 상자에 넣고 눈을 꼭 감았다. 굵은 눈물 한 방울이 뺨으로 흘러 내렸다.

스테파니가 말했다.

"네가 왜 그렇게 슬퍼하는지 모르겠어. 혹시⋯⋯ 혹시 엄마 생각이 나서 그러니? 그런 거야?"

럭키는 눈을 떴다. 스테파니가 답을 주었다. 럭키는 뺨을 훔치며 또 한 번 거짓말을 했다.

"응. 나는 이 목걸이 말고 다른 장신구는 하고 싶지 않아. 왠지 배신하는 것 같거든⋯⋯"

럭키는 손으로 얼굴을 가린 채 손가락 틈으로 말했다.

"미안해. 정말, 정말 미안해."

"내가 미안하지."

문 앞에서 소리가 들리자 두 소녀는 시선을 들었다. 달라와 존이 문가에 서있었다.

"너희들 무슨 일 있니?"

달라가 물었다. 럭키는 주먹 쥔 손으로 눈물을 훔치며 심호흡을 했다.

"아빠랑 단둘이 얘기 좀 해도 될까요?"

럭키가 물었다.

*

얼마 뒤 럭키는 낡은 뷰익에 타고 있었다. 입에서는 여전히 입김이 나왔다. 당연히 그들은 차가 데워질 때까지 기다릴 수 없었다. 스테파니가 마침내 잠이 들자 럭키는 어둠 속에서 옷과 책 몇 권을 대충 챙겨 책가방에 넣었다. 나중에 아빠가 나무랄까봐 펜던트가 달린 팔찌도 챙겼다.

"선물 몇 개 가져가도 돼."

살금살금 거실을 지나오면서 아빠가 속삭였다. 블로섬이 꼬리를 흔들며 그들을 따라왔다. 럭키는 아빠의 제안을 한 귀로 흘리며 선물 더미를 돌아 조심스레 현관문을 열었다. 그동안 아빠는 개를 붙잡고 있었다. 이제는 기억에서 지워야 하는 이곳의 수많은 추억 가운데 하나가 바로 블로섬이었다.

어쩌면 스테파니는 그들이 나가는 소리를 듣고 산타와 순록이 온 모양이라고 생각했을지도 모른다. 어쩌면 깊이 잠들어 아무 소리도 듣지 못했을지도 모른다. 이제는 아무래도 상관없었다. 벌써 고속도로를 한참 달려왔다. 스테파니와 달라는 두 번 다시 만나지 못할 것이다.

아빠가 텅 빈 도로를 질주하는 사이 럭키의 입에서 크고 하얀 입김이 뿜어져 나왔다. 크리스마스이브라 길이 한산했다. 명절을 쇠러 고향에 간 사람들은 벌써 도착했을 것이다. 오늘 같은 밤에 돌아다니는 이들은 그들과 같은 사람들뿐이었다. 떠돌이. 방랑자.

"아빠가 어떻게 해야 기분이 나아지겠니? 그래도 크리스마스잖아."

"됐어."

럭키가 대꾸했다.

"다 잘되자고 이러는 거야."

벨뷰가 아득히 멀어졌을 무렵 마침내 아빠가 말했다. 그는 핸들에서 한 손을 떼어 럭키의 손을 잡았다.

"이제 사람들과 엮이지 말자. 서로 걱정하는 사이가 되거나 감정적으로 엮이면 그쪽이나 우리나 상처만 받을 뿐이야."

"이제 이런 건 그만하면 안 돼? 그냥 어딘가에 정착하면 되잖아. 아빠도 다른 아빠들처럼 일을 하고. 나는 학교에 다니고. 아빤 늘 내가 똑똑하다고 했잖아. 난 학교에 다니고 싶어. 고등학교에도 가고, 좋은 대학에도 들어가고. 그런 다음 취직해서 아빠를 돌봐

줄게. 꼭 이렇게 살지 않아도 되잖아."

아빠는 라디오를 틀었다가 크리스마스 캐럴이 나오자 꺼버렸다.

"네가 다른 아이들처럼 살고 싶은 거 알아. 하지만 넌 내가 다른 아빠처럼 사는 건 원치 않을걸. 깨닫지 못할 뿐이지. 난 다른 아빠들과는 달라. 이렇게 사는 것밖에 모른다고. 어떻게 바뀌어야 하는지도 모르고. 내가 무슨 일을 할 수 있겠니?"

"마음만 먹으면 무슨 일이든 할 수 있어. 난 알아."

그러나 아빠는 아무 말도 하지 않았다. 워싱턴주와 오리건주의 경계에 가까워졌을 때 럭키는 대화가 이미 끝났다는 것을 깨달았다.

"지도 꺼내봐, 럭키. 착하지. 어디로 갈지 정해보자."

09

럭키는 버스의 창밖을 내다보며 천천히 궁리해 보았다. 머릿속을 아무리 뒤져봐도 최악의 선택만 가득했다. 끝내 결정을 내리지 못한 채 샌프란시스코 버스 터미널에 도착했다. 버스 시간표를 보며 프레즈노행 버스표를 살까 생각해 보았지만 프리실라를 마주할 자신이 없었다. 아직은. 어쩌면 영영.

 하지만 만약 프리실라가 케리의 행방을 알고 있다면? 그렇다 해도 의미가 있을까? 럭키는 그 생각을 잠시 밀어놓았다. 지금은 계속 나아가야 했다. 케리에게 버림받은 아픔도, 과거에 상처를 준 다른 모든 것들도 제쳐 놓은 채로.

 하지만 손에 든 버스 시간표를 내려다보자 지난 수년 동안 잊으려 발버둥 친 이름들이 다시금 떠올랐다. 달라. 스테파니. 아빠와 함께 그 집을 떠난 뒤로 그들을 생각하지 않으려고 안간힘을 썼다. 어떻게 아빠는 이제 와서 다시 그들을 찾아가라고 한단 말인가? 어떻게 더 상처를 준단 말인가?

그녀는 계속해서 버스 시간표를 훑어보며 손가락으로 행선지를 하나하나 짚어보았다. 마땅한 곳이 한 군데도 없었다. 결국 그녀는 눈을 감고 무작정 한 곳을 찍었다. 눈을 떠보았다. 오리건주 베이커시티, 그녀의 손가락은 그곳을 가리키고 있었다.

*

버스에 올라타기 전 그녀는 〈샌프란시스코 크로니클〉 한 부를 샀다. 눈길을 끄는 기사는 하나뿐이었다.

보이시에서 달아난 젊은 보니와 클라이드 커플 아직 못 찾아

아이다호주 대법원 판사는 26세의 앨레이나 카덴스와 30세의 데이비드 퍼거슨에게 투자사기 및 돈 세탁 혐의로 체포영장을 발부했다.

FBI도 협력하여 조직범죄 연관성과 공갈 및 갈취 여부를 수사 중이다. 뉴욕주와 캘리포니아주를 포함해 여러 주의 지방검찰청도 수사에 합류할 예정이며……

럭키는 흑백의 글씨가 흐릿해질 때까지 한참 노려보았다. 케리의 목소리가 귓전을 울렸다. 그날 주유소에서 그는 차갑고 단호하

게 말했다. 왜 그렇게 늘 구원을 받으려 하는지 모르겠다고. 그는 그녀가 구원받을 길이 전혀 없다는 사실을 알았던 것이다. '난 구원받으려는 게 아니야. 도움이 필요한 사람들을 도우려는 거야.' 럭키는 이렇게 대꾸했다. 그 일이 벌써 까마득하게 느껴졌다. 그나저나 럭키 자신은 왜 그렇게 말했을까? 정말 진심으로 사람들을 '돕고' 싶었을까? 정말 그렇다면 기이한 방식으로 표현하는 셈이었다.

그녀는 다시 신문을 넘겨보았다. 복권에 관한 기사도 한 구석을 차지했다. '수억 달러의 복권, 당첨자는 아직'이라는 제목이었다. '기한은 아직 몇 달이 남아있지만 그때까지 당첨금을 찾아가지 않을 경우 이 돈은 다시 회수되어 다음 복권 당첨금으로 쓰이며……'

럭키는 신문을 치워놓고 지갑에서 천천히 조심스럽게 복권을 꺼냈다. 가장자리가 헤지고 한쪽 귀퉁이는 찢어졌다. 더 망가지기 전에 안전하게 보관할 곳을 찾아야 했다. 하지만 끊임없이 이동하는 상황에서는 쉬운 일이 아니었다.

3억 9천만 달러.

럭키는 잠시 그 돈을 받는다면 어떨까 생각해 보았다. 배낭을 뒤져 벨라지오 호텔 제레미의 방에서 훔쳐온 수첩과 펜을 꺼냈다. 먼저 아이다호에서 케리와 함께 빼돌린 돈을 주인들에게 돌려줄 생각이었다. 그녀는 명단을 작성하기 시작했다. 고객 스무 명의 돈 2~3백만 달러를 빼돌렸다. 당첨금을 받는다면 어떻게든 방법을 찾아서 그 돈을 비밀리에 돌려줄 것이다. 모든 것을 바로잡아야 한다.

그녀는 종이에 펜을 갖다 댔다.

'스테파니. 달라.' 두 사람의 이름을 적었다. 그들을 다시 찾아갈 생각이었다. 언젠가는 그들을 찾아서 아빠와 함께 입힌 피해를 보상해 줘야 한다.

그녀는 잠시 손을 멈췄다가 이렇게 썼다. '글로리아.'

엄마에게는 채무를 변제할 의무가 없었다. 하지만 엄마를 찾는 일이 그녀에게는 일종의 채무로 남아있었다. 반드시 찾을 생각이었다. 오늘은 아니더라도 언젠가는.

언젠가 엄마라는 존재에게 사랑받을 만한 사람이 되었을 때 말이다.

*

버스를 타고 베이커시티로 향하던 럭키는 도중에 리틀스프링이라는 소도시에서 내리기로 했다. 멀리 보이는 산을 배경으로 잡화점 하나와 교회 두 채, 많지 않은 집들, 모텔 하나와 기사 식당이 나무들과 함께 옹기종기 모여 있는 곳이었다.

그녀는 식당으로 향했다. 안으로 들어가려는데 유리창에 붙은 '직원 구함' 공고가 눈에 들어왔다. 버스에 타고 같은 자세로 오래 앉아있었던 탓에 온몸이 뻐근했다. 그녀는 먼저 화장실로 들어가 얼굴에 물을 끼얹고 이를 닦았다. 머리를 매만지려다가 거울 속에 비친 피곤한 얼굴을 보고 고개를 돌렸다. 여기서 사용할 신원은 나중에 정하기로 했다. 봉투에 담아 청바지 앞주머니에 넣어 놓은 복권을 다시 확인해 보았다.

그녀는 아침 특선 메뉴를 주문한 뒤 식사를 마친 뒤에도 오랫동안 커피를 마시며 앉아있었다. 식당 주인은 노부부였다. 손님들은 두 사람을 벤슨과 알린이라고 불렀다. 오늘의 손님 가운데 처음 온 사람은 럭키뿐인 듯했다. 지나가다 들린 트럭 운전사들도 다정한 주인들과 이름을 부르는 사이였다.

어느새 바쁜 아침 식사 시간이 끝났다. 그녀의 커피를 리필해 주던 벤슨과 알린은 이제 눈총을 주기 시작했다. 럭키는 테이블을 내려다보며 새로운 이야기를 지어냈다. 그런 다음 고개를 숙이고 카운터로 다가갔다. 불안하고 초조하며 조금은 겁먹은 여인을 연기하기란 그리 어렵지 않았다. 실제로 그런 상황이었으니까. 그녀가 말했다.

"저는 루비라고 해요. 루비 컬런. 저기 창문에 구인 광고가 있던데……"

그러자 벤슨이 대꾸했다.

"벌써 몇 년째 붙어있었어요. 우리가 나이가 들어서 일을 좀 덜고 싶은데 지원하는 사람이 있어야죠. 도시가 워낙 작아서."

"저는 배낭여행으로 전국을 도는 중인데 돈이 떨어졌거든요. 식당에서 일해 본 경험도 많고요"

이야기가 술술 쏟아져 나왔다. 전부 다 거짓말은 아니었다.

"추천서도 받아올 수 있지만…… 다들 캘리포니아에 있어요."

"쓸데없이 장거리 전화하느라 돈 쓰지 마요."

노인은 이렇게 말하며 그녀의 눈을 들여다보았다. 그가 초록색의 눈을, 흔치 않은 스피어민트 사탕 색의 눈을 어디선가 봤다고 문득 깨달으면 어쩌나 걱정이 되었다. 하지만 노인의 표정은 달라지지 않았다. 오히려 더 훈훈해지는 듯했다.

"좋아요. 오늘 점심시간에 시험 삼아 한번 해볼래요? 얼마나 잘하나 보게."

그가 편안한 미소를 짓자 그녀도 빙긋 웃었다. 그녀는 노인이 건네는 노란색 앞치마를 두르고 소매를 걷어붙인 뒤 일을 시작했다.

*

점심시간이라고 해봐야 두어 시간에 걸쳐 스무 명 남짓의 손님이 오가는 수준이었다. 그래도 럭키는 열심히 뛰어다녔다. 식당에서 일한 지 꽤 오래된 데다 홀에서 손님들의 시중을 들어본 적은 없었다. 하지만 금세 적응해 일을 즐기기 시작했다. 손님이 올 때마다 테이블 앞에 서서 상대를 가늠해 보며 무엇을 주문할지 맞춰보는 게임을 해보기도 했다. 대개는 정확히 맞췄다.

"안 적어도 돼요?"

한 트럭 운전사가 유난히 복잡한 주문을 한 뒤 그녀에게 물었다.

"기억력이 좋은 편이거든요."

럭키가 대꾸했다. 그녀는 다른 테이블 두 개의 주문을 더 받은 뒤 주방 쪽으로 가서 벤슨에게 한마디도 틀리지 않고 정확하게 그들의 주문을 소리쳐 전달했다.

"일을 정말 잘하네. 저녁 시간에도 해보면 어때요?"

벤슨이 말했다.

손님들이 빠지고 가게가 한산해지면 노부부는 그녀에게 이것저 것 물어보았다.

"그래, 어쩌다 그런…… 아까, 뭐라고 했더라? 그래, 그 배낭여 행을 하기로 했어요?"

"결혼을 했거든요. 그런데 알고 보니 개자식이더라고요. 어머, 거친 말을 써서 죄송해요, 알린. 어쨌든 나쁜 인간이었어요. 그래 서 떠나기로 했죠."

럭키는 잠시 말을 멈추고 뜸을 들였다. 그러나 조금도 의심하지 않는 노부부의 얼굴을 보고 고개를 돌렸다. 보아하니 가정 폭력에 휘둘린 듯한 젊은 여인, 겁을 먹고 도망쳤을 이 가엾은 여인을 보 고 그들은 경악을 금치 못했다. 정말 더 나은 사람이 되려 한다면 이런 출발은 좋지 않았다.

"그래서 좀 길게 여행을 다녀오자고 생각했어요. 머리도 식힐 겸."

"이렇게 젊은 처자가 혼자 다니면서 아무 차나 잡아타고 그러면 안 되지. 위험해요."

벤슨이 말하자 알린도 인상을 쓰며 입을 열었다.

"어쨌든 히치하이킹 같은 건 안 하는 게 좋아요. 얼마간 여기 있 을 거죠? 여기서 일도 좀 하고 어디로 갈지 생각도 해보고 그래요. 아무데나 돌아다니지 말고. 찾아갈 가족이나 친구라도 있을 거 아 니에요. 자기가 없어지면 알아차릴 만한 사람."

"친구들이 있긴 하죠."

가슴 아린 거짓말이었다.

"하지만…… 친구들을 찾아보려면 컴퓨터가 있어야 하는데."

그러자 알린이 대꾸했다.

"우린 컴퓨터가 없지만 도서관에 가면 한두 대 있을 거예요. 나나 벤슨의 회원증을 갖고 가면 인터넷을 쓸 수 있어요. 내일 오전에 가 봐요. 아침에 바쁜 시간 지나서."

저녁 8시가 되자 드문드문 들어오던 손님도 거의 끊어졌다. 럭키는 발이 아팠지만 카운터 앞에 서서 그날 받은 팁을 세어보았다. 이 동네 사람들은 아주 후하진 않아도 팁을 조금씩은 놓아두었다. 노부부에게 받을 시급 이외에 온전히 그녀의 몫으로 26달러가 생겼다.

"오늘 일 잘했어요."

벤슨이 말하며 읽고 있던 신문을 내려놓았다. 기사의 제목이 럭키의 눈에 들어왔다. '아이다호에서 팔린 미국 역대 최고의 대박 복권, 당첨자 아직 안 나타나.' 벤슨이 그녀에게 방 열쇠를 건넸다.

"106호실에서 묵으면 돼요. 전망이 제일 좋은 방이지. 주차장이 아니라 나무숲에 면해 있거든. 숙박료는 안 받아요. 필요한 만큼 있어요."

그 순간, 럭키는 오늘 처음 만난 이 부부에게서 호의를 제외하곤 아무것도 가져가지 않으리라고 결심했다. 마음만 먹으면 얼마든지 가져갈 수 있을 테지만 안 되는 일이었다. 가게 손님들에게서도 아무것도 빼앗지 않기로 했다. 그날 거쳐 간 트럭 운전사들의 신용카드 번호를 외워 기록해 둘까 여러 번 고민하긴 했지만 말이다.

"고맙습니다."

럭키는 열쇠를 받아 들었다. 차가운 감촉. 그녀가 간절히 원하던 것이었다. 안전하게 잘 수 있는 혼자만의 공간. 게다가 그것을 얻기 위해 하기 싫은 일을 할 필요도 없었다.

"고맙긴요, 루비. 아침에 봐요."

*

며칠이 흐르자 식당의 일과가 몸에 익었다. 럭키는 가게와 관련된 모든 것을 알게 되었다. 금고 번호에서부터 은행 계좌 비밀번호, 그리고 알린과 벤슨이 하루 종일 지갑을 어디에 두는지도. 그런 것을 알고도 럭키는 그저 중요한 사람이 되었다고 느낄 뿐이었다.

오후에는 주로 도서관에서 시간을 보냈다. 그녀는 가짜 소셜 미디어 계정을 만들고 아는 사람들의 이름을 넣어보았다. 마리솔 레예스는 어디서도 찾을 수 없었다. 하지만 프리실라 라셰즈는 쉽게 찾았다. 페이스북 계정을 클릭하자 프레즈노의 보호소 페이지로 연결되었다. 이름은 '프리실라 플레이스.' 야릇한 로고를 보는 순간 럭키는 화가 치밀었다. 손을 씻은 척 위장하고 또 어떤 사기를 궁리할지 모를 일이었다. 럭키는 잠시 보호소의 사진들을 훑어보았다. 볼수록 미심쩍었다. 프리실라는 어디까지나 사기꾼이었다. 럭키의 경험상 그런 사람은 절대 변하지 않는다. 하지만 끝내주게 위장했다. 그 점은 부인할 수 없었다. 프리실라는 전문가였다.

그리고 케리는 그녀의 수제자였다. 그러니 그 역시 전문가일 수밖에.

럭키는 프리실라 플레이스 페이지에서 나와 검색창에 다른 이름을 넣었다. '달라 딕슨.' 비공개 프로필이 나타났다. 사진 속의 달라는 어린아이를 안고 미소 짓고 있었다. 럭키는 눈을 찌푸리며 자세히 들여다보았지만 사진이 너무 작아서 잘 보이지 않았다. '스테파니 딕슨'을 입력하자 역시 비공개 페이지가 나왔다. 그러나 '소개'를 클릭하자 비즈니스 프로필로 연결되었다. 럭키는 계속 클릭해 보았다. 부동산 중개인 스테파니 딕슨-카. 이제는 벨뷰가 아닌 시애틀에 살고 있었다.

럭키가 기억하기로 스테파니는 수의사가 되고 싶어 했다. 하지만 어른이 된 스테파니는 모르는 사람이나 다름없었다. 그녀가 보고 있는 사진 속의 여인은 낯선 사람이었다.

럭키는 수첩을 꺼내 이것저것 메모한 뒤 로그아웃했다. 스테파니가 낯선 사람이라면 오히려 편하게 마주할 수 있다. 결국 그 방법을 선택한다면.

*

럭키는 알린과 벤슨에게 그만 떠나겠다고 말했다. 벤슨은 조금 서운한 얼굴로 물었다.

"어디로 가려고? 요전 날 얘기한 벨뷰에 사는 친구한테 가요?"

"네. 지금은 시애틀에 살더라고요. 그 친구를 찾아보려고요."

그러자 알린이 말했다.

"아이고, 잘됐네. 벤슨하고 나는 이제 어디로 가려나 걱정했거든. 하지만 친구를 만나러 간다면 잘된 거지. 그래도 연락해요. 거기 있는 게 여의치 않으면 언제든 다시 오고."

그날 저녁 알린은 100달러짜리 지폐 한 장을 더 럭키의 손에 쥐어주며 몸조심하라고 속삭였다. 럭키는 사양하려 했지만 지금은 한 푼이 아쉬운 상황이었다.

그녀는 그들의 주소를 물어본 뒤 나중에 돈을 갚을 사람들의 명단에 적어놓았다. 그러곤 이렇게 약속했다.

"꼭 연락드릴게요. 나중에 상황이 나아지면요. 약속해요."

그런 뒤 그녀는 버스를 타러 밖으로 나왔다.

*

그로부터 약 여섯 시간 뒤 늦은 오후가 되어서야 럭키는 시애틀에 도착했다. 그녀는 중고품 판매점을 찾아가 신경 써서 옷을 골랐다. 검정 바지와 금속의 느낌이 조금 들어간 가죽 플랫슈즈, 그리고 벨트 백을 대신할 작은 클러치백. 컬러 콘택트렌즈를 파는 특수 의상 판매점도 발견했다. 렌즈는 파란색으로 골랐다. 역시 독특한 색이었지만 전과는 다른 색의 눈이 되었다.

어느 주택을 찾아간 그녀는 그 집에서 조금 떨어진 덤불에 배낭을 숨겼다. 복권은 셔츠 안쪽에 테이프로 붙여놓았다. 여러 개의 신분증과 얼마 안 되는 돈은 주머니와 브래지어, 클러치백에 나눠 넣었다. 배낭은 누가 가져가도 크게 상관없었다. 그래도 그런 일이 없기를 바랐다.

그녀는 주택으로 걸어가 잠시 그 앞에 섰다. 집을 보러 온 고객으로 위장했지만 스테파니가 한눈에 알아본다면 어떻게 해야 할까? 콘택트렌즈를 낀 눈이 뻑뻑해서 몇 차례 눈을 깜빡였다. 그런 뒤 그녀는 계단을 올라가 현관 안으로 들어섰다.

여러 쌍의 부부가 아이들을 데리고 현관을 나서고 있었다. 럭키는 신발을 벗으려 했다.

"괜찮아요. 신발 신고 들어오세요."

럭키는 고개를 들었다. 깔끔한 갈색 단발머리의 여자가 따뜻한 미소를 짓고 있었다. 그녀는 럭키에게 손을 내밀며 말했다.

"부동산 중개인 스테파니라고 해요."

"안녕하세요, 스테파니. 반가워요. 집이 참 예쁘네요."

럭키는 이렇게 말하곤 얼른 고개를 돌렸다. 가슴이 마구 뛰었다.

뒤에서 스테파니가 말했다.

"정말 예쁜 집이랍니다. 천천히 둘러보세요. 저는 정리 좀 할게요."

"고마워요."

럭키는 1층을 둘러보았다. 예전 스테파니의 집과 비슷했지만 한층 더 호화로웠다. 어른이 된 스테파니는 부엌으로 들어갔다. 럭키가 신은 것과 비슷한 그녀의 플랫슈즈가 (럭키의 손에 들린 광고지에 따르면 난방 장치가 들어오는) 목재 느낌의 타일 바닥에 닿으면서 나지막한 소리를 냈다. 럭키는 계속 걸음을 옮기다가 창문 앞에 섰다. 여전히 가슴이 두근거렸다.

부엌에서 휴대전화가 울리더니 스테파니의 목소리가 들렸다.

"네, 엄마. 정말 그랬어? 귀여워라. 네. 30분이면 돼요. 손님 한 분만 더 만나고 갈게요."

럭키는 못 박힌 듯 서있었다.

뒤에서 발소리가 들렸다. 럭키는 억지로 미소를 지으며 돌아보았다.

"위층은 저와 같이 둘러보실까요?"

"그러죠. 그게 좋겠네요."

럭키가 대꾸했다.

두 사람은 2층으로 올라가 침실 문가에 섰다.

"예쁘지 않아요? 꼭 제가 어릴 때 쓰던 방 같아요."

스테파니가 말했다.

"그렇네요."

럭키는 목을 가다듬고 다시 말했다.

"아니, 그럴 것 같다고요. 여자아이라면 누구든 좋아할 만한 방이잖아요."

이 방 침대에도 자매 같은 친구가 오면 서랍처럼 꺼내어 함께 잘 수 있는 여분의 매트리스가 있는지 럭키는 궁금했다. 그녀는 침대로 다가가 매끈한 목재를 손으로 훑으며 손잡이를 찾아보았다. 마침내 손잡이가 만져졌다.

"우리 딸이 좋아하겠어요."

럭키는 이렇게 말하며 허리를 펴고 기억에서 빠져나왔다. 그러곤 방을 가로지른 뒤 창가에 서서 마당을 내다보는 척했다.

"자녀가 어떻게 되세요?"

"둘이에요. 딸 하나 아들 하나. 네 살, 다섯 살이죠."

거짓말을 하려니 목소리가 떨렸다. 럭키는 자기도 모르게 손을 배로 가져갔다. 보이시에서 케리의 아기를 밴 지 2개월이 되었을 때 자주 그랬던 것처럼. 지금 그 일을 떠올려선 안 된다. 그녀는 아기를 잃은 일을 생각하지 않으려 애썼다. 하지만 엄마 행세를 하려니 상처가 다시 벌어지는 듯했다. 그녀는 애써 다시 미소를 지었다.

"좋으시겠어요. 백만 달러짜리 가족이네요. 저는 아들이 하나 있는데, 하나 더 가졌으면 하거든요."

"좋죠."

럭키는 마음을 추스르며 창문에서 몸을 돌렸다.

"저도 셋째를 낳을까 생각 중인데 그럼 저희 엄마가 집을 나가실 걸요. 지금은 엄마가 육아를 도와주시거든요."

그러자 스테파니가 말했다.

"어머, 좋으시겠어요. 저희 엄마는 아직도 일을 하셔서 낮에는 아이를 봐주실 수가 없거든요. 오늘처럼 남편이 늦게까지 일할 때는 가끔 봐주시지만."

럭키는 달라가 왜 아직도 일을 하느냐고 묻고 싶었다. 예전에는 돈이 꽤 많았었는데. 하지만 당시 그들의 집과 차를 떠올려 보니 평생 먹고살 만큼은 아니었다. 게다가 어떤 사기꾼이 한몫을 왕창 떼어갔다면 더더욱 충분하지 않았을 것이다.

럭키는 목을 가다듬었다.

"침실이 몇 개라고 하셨죠?"

"침실은 세 개이고 사무실이 하나 있어요. 가시죠. 보여드릴게요."

스테파니는 앞장서서 복도를 걸으며 진청색 페인트가 칠해진 침실로 향했다. 진청색에 형광 초록색으로 포인트를 주었고 벽에는 미식축구 우승기들을 걸어놓았다.

"우리 아들이 아주 좋아하겠네요."

럭키는 괴로운 마음을 가다듬고 다시 이야기를 지어내는 데 열중했다.

"시호크스 광팬이거든요."

빙긋 웃는 스테파니의 얼굴에서 예전에 알던 소녀가 보였다.

"집주인들한테 이 진청색 좀 바꿔달라고 했는데 고집을 부리더라고요. 이걸 마음에 들어 하는 사람한테 팔면 된다면서."

"안방도 볼 수 있을까요?"

스테파니는 앞장서서 걸어가며 새로 깐 베르베르 카펫과 침실의 경재 바닥, 벽의 돌출 촛대 등을 소개했다. 유력한 구매자를 찾았다고 생각했는지 한껏 들떠있었다. 이쯤해서 그만두어야 했다. 럭키는 그녀에게 아무것도 줄 수 없었다. 아직은.

럭키가 말했다.

"집이 정말 좋네요. 그런데 아무래도 그만 가봐야 할 것 같아요. 시간이 너무 늦었어요. 엄마가 수영 강습을 받으시는 날이라 친구

집에 아이들을 맡겼는데 데리러 가야 해요. 까맣게 잊고 있었네요. 예전부터 탐내던 집인데 마침 매물로 나와서요. 우리 가족에게 꼭 맞는 집이네요. 말씀하신 대로 정말 숙명인 것 같아요. 다시 보러 올게요. 지금은…… 가봐야 해요."

"숙명이요?"

스테파니는 고개를 갸우뚱하며 되물었다.

"저는 그런 말을 한 적이 없는데."

럭키는 방에서 뒷걸음질 치며 나왔다.

"연락드릴게요. 남편하고 아이들 데리고 다시 보러 올게요. 곧 뵈어요. 시간 내주셔서 감사해요."

럭키가 열일곱 살이 되던 해에 럭키의 아빠는 팜스프링스의 새해 전야 포커 게임에서 '*하우스 보트*'를 땄다. 그 보트가 정박해 있는 소살리토에 도착해서야 그들은 그것이 수십 년 된 10미터짜리 카타리나 주거용 요트라는 사실을 깨달았다. 그리 큰 횡재가 아니었다. 그 요트로는 바다를 항해할 수 없었다.

"그래도 지붕이 생겼잖아."

존은 이렇게 말하며 선실로 내려가 아주 작은 거실 공간의 식탁 위에 배낭을 내려놓았다. 식탁 한쪽에는 벤치가 놓여있고 그 뒤에는 선반 하나가 설치되어 있었다. 식탁 위에는 랜턴 같은 샹들리에가 걸려있고 벤치 밑에는 녹슨 아이스박스가 자리했다. 조그만 개수대가 있었지만 물이 나오지 않았다. 전기 열판 하나와 주전자도 하나 마련되어 있었다. 침실은 별도의 선실이었지만 물이 새는 동그란 창문들이 달려있고 가구라고는 방석이 깔린 기다란 벤치 두 개뿐이었다. 방석의 솔기에서 흰곰팡이가 올라오고 있었다.

럭키는 주위를 둘러보며 의기소침해졌다. 허름해서가 아니었다. 조금씩 어른이 되어가면서 그토록 열망하던 혼자만의 공간이 없는 탓이었다.

"코르크 따개 집에 두고 왔어?"

보트 몇 개를 뛰어넘어 어느 선상에서 누군가 외치는 소리가 들렸다.

'집'이 따로 있다는 뜻이었다. 아빠가 갑판으로 나가자 럭키는 배낭을 열고 부엌 선반에 책을 올리기 시작했다. 마지막 책을 올려놓은 뒤 배낭 안으로 깊숙이 손을 넣었다. 아빠가 문으로 고개를 디밀자 럭키는 얼른 배낭 지퍼를 닫았다.

아빠가 말했다.

"해가 지고 있어. 얼마나 예쁜지 몰라. 좀 쌀쌀하니까 스웨터 챙기고."

"금방 나갈게."

럭키는 한쪽 침대에 배낭을 올려놓고 짐을 더 풀지 않았다.

밖으로 나가자 아빠가 돌아보았다.

"왔어? 그 방은 네가 써. 나는 부엌 벤치에서 자면 돼. 날이 더 따뜻해지면 갑판에서 자도 되고. 너도 이제 숙녀잖아. 혼자만의 공간이 필요하지."

"괜찮아요."

럭키가 말했다.

"괜찮긴. 이 정도는 하게 해줘."

"아빠, 정말 괜찮아."

럭키의 아빠는 말없이 샌프란시스코 만을 바라보았다. 그러다 마침내 다시 입을 열었다.

"어쩌면 여기에 정착해도 되겠다."

어느새 물은 은빛으로 바뀌었고 어두운 푸른색의 하늘은 화려한 분홍빛으로 물들어 갔다. 만에는 알록달록한 주거용 보트들이 늘어서 있었다. 럭키는 보트 옆면을 때리는 파도를 내려다보았다. 얼핏 바다사자가 보이는 듯했다. 잠깐 럭키를 보고 빙긋 웃은 뒤 다시 물속으로 깊숙이 들어간 것 같았다. 조금 떨어진 보트에서 고기 굽는 냄새가 풍기고 나지막한 웃음소리도 들렸다. '여기에 정착해도 되겠다……'

"내가 약속했던 꿈의 집은 아니지만 이 정도면 괜찮지 않아?"

"아주 좋아, 아빠."

요트 한 척이 옆을 지나가더니 저만치에 정박했다. 한 아이가 "엄마!" 하고 외치는 소리가 들렸다.

'왜 내 눈은 초록색이고 머리칼은 빨간색일까? 내 엄마는 누구일까? 어디에 있을까?' 럭키는 이런 의문을 한시도 떨쳐내지 못했지만 더 이상 입 밖에 내지 않았다. 어차피 아빠는 대답해 주지 않았다. 세상의 많은 엄마와 딸들을 보면 항상 그렇지는 않아도 가끔은, 아니 꽤 자주, 엄마는 다정하고 든든하며 아름다운 존재라는 것을 알 수 있었다. 럭키는 그런 존재를 갖지 못했다. 하지만 너무도 갖고 싶었다.

배낭 깊숙이 넣어둔 장물들을 생각해 보았다. 휴대용 CD 플레이어와 유행하는 손목시계, 달랑거리는 귀걸이. 왜 아빠에게 숨겼을까? 아빠도 럭키가 도둑질하는 것을 알았고 딱히 상관하지 않았다. 하지만 왜인지 혼자 간직하고 싶었다. 아빠에게 자기가 어떤 삶을 꿈꾸는지 보여주고 싶지 않았다.

아빠에게 숨기는 것은 그뿐만이 아니었다. 하지만 이제 털어놓아야 했다. 럭키는 입을 열었다.

"나 학교에 다닌 지 오래됐잖아. 우리가 그…… 벨뷰를 떠난 뒤로 안 다녔으니까. 그런데 공부는 계속했어. 진도를 따라가면서. 내가 제대로 했는지 확인해 보고 싶어. 그래서 말인데, 검정고시를 봤으면 해요. 시험에 통과하면 SAT(미국의 수학능력시험 - 옮긴이)도 보고 싶고. 그런 다음…… 대학에 지원해 보고 싶어요."

아빠는 천천히 고개를 끄덕였다. 놀라는 기색은 없었다.

"많이 생각했구나."

"요즘 한동안 그 생각만 했어."

"그럼 배낭에 숨긴 게 책이었나 보네."

"응."

럭키는 거짓말로 답했다.

"아빠한테 숨길 필요 없어. 이해하니까. 그렇게 해. 아빠가 책임질게. 넌 공부에만 집중해."

"내가 선창에서 타로 점 같은 거 봐도 되는데. 일주일에 하루만 할까?"

"아니, 아니야. 그거 해서 얼마나 번다고. 대학에 들어가려면 목

돈이 필요하지. 하지만 걱정 마. 아빠가 알아서 한다니까."

이렇게 술술 풀리다니 믿기지 않았다. 아빠가 안 된다고, 자기 파트너로 계속 일해야 한다고 펄쩍 뛸 줄 알았다. 하지만 그는 개의치 않는 듯했다. 이제 럭키는 평범한 사람으로 평범하게 살아갈 준비를 시작하면 된다. 공부를 하고 학교에 다니고 학위를 따고 취업을 준비하는 삶.

아빠는 조그만 갑판 위에서 작은 원을 그리며 한 바퀴를 돌았다. 그러곤 다시 말했다.

"어쩐지 이곳에는 무한한 가능성이 있을 것 같네."

이번만큼은 럭키도 아빠의 말에 동의했다.

*

존은 해변이 내려다보이는 자리에 우뚝 올라앉은 샌드바라는 해산물 음식점에 취직했다. 마치 깨지고 버려진 보물처럼 반짝거리는 굴 껍질로 외관을 장식한 식당이었다. 그는 조지 스타라는 가명을 쓰며 한때 배우를 꿈꿨다고 속였다. 옷은 낡았어도 외모는 낡지 않은 탓에 그의 거짓말은 쉽게 통했다. 그는 로스앤젤레스에 살다가 사랑하는 삼촌이 세상을 떠나면서 그에게 보트를 물려주자 조용히 살기 위해 딸 앨레이나를 데리고 이곳으로 이사했다고 했다.

아직 비수기였지만 식당에는 기업의 중역이나 지역 정치인 등의 손님이 끊이지 않았다. 돈을 꽤 벌 수 있을 거라고 존은 럭키에게 말했다. 럭키는 당연히 팁을 말하는 거라고 생각했다. 아빠는 이제 진짜 일자리를 찾았다. 럭키는 스웨터를 겹쳐 입고 보트의 갑판에 앉아 공부를 했고 아빠는 일을 하러 다녔다. 어쩌면 아빠의 말이 옳을지도 모른다. 정말 이곳에 정착하게 될지도 모른다. 그들에게 집이 생긴 것이다.

나중에 돌아봤을 때 그 시절은 럭키의 인생에서 가장 행복한 시기였다.

밤이 되면 아빠는 식당에서 남은 음식을 싸들고 돌아왔다. 메뉴는 주로 샌드위치와 오믈렛, 튀김, 샐러드였지만 가끔은 새우나 크랩 케이크(crab cake: 게살과 채소 등을 섞은 반죽을 튀긴 요리 - 옮긴이), 양상추 잎을 덮은 바지락 찜, 팬에 구운 가리비를 얹은 파스타를 가져오기도 했다. 그는 음식을 먹으며 팁을 세어본 뒤 침대 밑에 놓아둔, 잠금 장치가 달린 상자에 넣었다. 하지만 대학 등록금을 낼 만큼 큰돈은 아니라는 것을 럭키는 알고 있었다.

"내가 장학금을 받을 수도 있잖아."

럭키가 중얼거렸다.

"넌 시험이나 걱정해. 나머지는 아빠가 알아서 할게."

"나도 돕고 싶어, 아빠. 마음이 편치 않다고. 일주일 내내 하루도 쉬지 않고 공부만 할 수는 없잖아요. 나도 그 식당에서 며칠씩 일하면 안 되나? 여직원은 안 필요하대요?"

날이 점점 풀리면서 식당도 바빠지고 있었다. 존은 정 그렇다면 조금이나마 돈을 벌어 보태도 좋겠다고 했다. 그는 자신의 상사에게 얘기했고 럭키는 일주일에 두 번 손님들을 자리로 안내하고 테이블을 치우는 일을 돕기로 했다.

어느 날 오후 럭키와 아빠가 모두 식당에서 일하고 있을 때 검은 머리칼을 깔끔하게 넘겨 틀어 올리고 우아한 옷을 차려입은 매력적인 여자가 점심을 먹으러 왔다. 그녀와 함께 온 럭키 또래의 소녀는 부루퉁하고 새초롬한 얼굴을 하고 두 손을 주머니에 찔러 넣은 채 앞코가 긁힌 워커의 발끝으로 입구의 발판을 툭툭 걷어찼다.

여자가 럭키에게 말했다.

"8번 테이블 줘요. 저기. 창가 자리."

럭키는 부아가 났지만 식당 주인은 언제나 손님이 왕이라고 했다. 그리고 어차피 8번 테이블은 비어있었다. 그곳은 아빠가 담당하는 구역이었다. 럭키가 두 손님을 자리로 안내한 뒤 아빠를 보며 눈을 굴리자 그는 어깨를 으쓱하며 미소를 지었다.

몇 시간 뒤, 점심시간은 오래전에 끝났지만 두 사람은 자리를 떠나지 않았다. 소녀는 따분해 하는 얼굴로 창밖을 내다보았다. 존은 그 테이블 앞에 서서 쾌활하게 지껄여댔고 여자는 웃음을 터트렸다.

"다른 일을 구했어."

그날 밤 아빠는 팁을 세며 럭키에게 이렇게 말했다. 럭키는 보트의 갑판에 앉아 포장 용기에 담아온, 조금 눅눅해진 조개 튀김을 먹고 있었다.

"오늘 왔던 재수 없는 여자랑 일하는 거야?"

"그 여자가 왜 재수 없어?"

럭키는 어깨를 으쓱했다.

"그냥. 예의가 좀 없더라고."

"프리실라 라셰즈야. 같이 온 애는 함께 일하는 마리솔 레예스이고."

"함께 일한다고? 딸인 줄 알았는데."

"아니, 같이 일하는 사이야."

"무슨 일?"

"콜센터 같은 거야. 꽤 괜찮은 사업 같아. 성장 가능성도 있고."

"합법적인 일이야?"

그 물음에 아빠는 대답하지 않았다.

"매니저가 필요하대. 보수도 괜찮아. 커미션도 높고."

몇 주가 지나자 럭키의 아빠는 프리실라와 마리솔과 함께 많은 시간을 보내기 시작했다. 특히 그는 마리솔을 이름 대신 성인 레예스로 부르면서 여동생이나 딸처럼 대했다. 아빠는 프리실라와 함께하는 일이 무엇인지 얘기하려 들지 않았다. 임대한 사무실은 그저 '시내'에 있다고만 얼버무렸다. 한때는 럭키와 아빠가 동업자였다. 이제 두 사람은 데면데면해졌다. 럭키는 혼자 보트에서 공부하거나 벤치에 앉아 책에 코를 박고 있는 날이 많아졌다.

3월 초의 어느 날 존은 럭키의 서류를 들고 돌아왔다. 앨레이나 카덴스라는 이름의 출생증명서와 여권, 사회보장카드였다.

"이제 이게 너의 진짜 신원이야. 앨레이나 카덴스. 멋지지? 이걸로 고등학교 검정고시 신청하고 SAT도 봐. '그리고' 대학에도 지원하고. 어때?"

"다 어디서 났어?"

"프리실라가 해줬어. 정말 보배 같은 여자라니까."

럭키는 출생증명서를 살펴보고 여권도 넘겨보았다. 가능성을 생각하자 머리가 아찔해졌다. 학교뿐만이 아니었다. 대학뿐만이 아니었다. 이제 여행도 할 수 있게 되었다. 이 서류들만 있으면 어디든 갈 수 있고 무엇이든 할 수 있었다.

"아빠, 정말…… 뭐라고 해야 할지……"

"그냥 고맙다고 해."

"고마워요."

럭키가 말했다. 하지만 한편으로는 묻고 싶었다. '그 '콜센터'라는 곳에서 대체 그 여자랑 무슨 일을 하는 거야? 왜 그 여자가 '회의'를 한답시고 여기 올 때마다 나더러 나가 있으라고 해? 레예스는 왜 늘 내 눈을 피해?'

럭키는 아무것도 묻지 않았다. 그리고 결국 그 선택을 후회하게 되는 날이 온다.

*

럭키는 고교 검정고시를 통과한 뒤 SAT 공부를 시작했다. 날이 점점 따뜻해지고 있었다. 시간이 얼마 남지 않았다는 뜻이었다. 한 달 안에 SAT를 보고 대학에 지원해야 했다. 럭키는 보트 근처의 가판대에서 비키니를 훔친 뒤 책과 수건을 들고 자주 모래사장으로 나갔다. 캘리포니아의 햇볕에 피부는 구릿빛이 되어갔고 붉은 머리칼도 색이 바래서 얼룩덜룩해졌다. 어느새 머리칼은 허리까지 자라 있었다.

"레예스가 그러는데 해변에서 너를 흘끔거리는 사람들이 많다더라."

어느 날 밤 아빠가 그녀에게 말했다.

"뭐야, 레예스가 나 염탐해?"

"내가 너를 좀 봐달라고 부탁했거든. 걔가 세상 물정에 밝고 이 지역 사정도 잘 알아. 럭키, 레예스에게 좀 더 잘해줘. 조금만 더 관심을 가져봐."

"'어떻게' 관심을 가져? 볼 수도 없는데. 아빠 걔랑 일할 때는 내가 없어지길 바라고 그렇지 않으면 걔랑 프리실라랑 회의한다고 나가 있으라고 하잖아. 요즘 식당 일은 해요?"

"일주일에 두 번."

"난 이제 아빠가 무얼 하고 다니는지 모르겠어. 나보다 레예스가 더 많이 알걸."

그녀의 아빠는 한숨을 쉬었다.

"질투하는구나."

"내가 왜 질투를 해?"

"레예스도 나쁜 애는 아니야. 좀 거칠게 살아와서 그렇지. 네가 잘해주면 둘이 좋은 친구가 될 텐데."

럭키는 진짜 친구를 사귀어본 적이 없었다. 스테파니 이후로는. 사실 스테파니도 진짜 친구라고 말할 수 없었다. 대학에 갈 때까지만 참자고 그녀는 다짐했다. 대학에 가면 앨레이나 카덴스에게도 많은 친구가 생길 것이다.

"아빠 그만 가봐야겠다. 일하러 가야 해. 공부는 어떻게 돼가?"

"잘돼가요."

럭키는 책을 보며 대꾸했다.

결국 럭키는 SAT에서 1,600점 만점을 받았다. 그리고 기한에 맞춰 대학 지원서를 모두 제출했다.

"그 점수면 원하는 대학 어디든 갈 수 있겠네."

아빠가 말했다. 하지만 목소리에서 초조함이 묻어났다. 금고에 돈이 있긴 했지만 충분하지 않은 탓이었다. 아직은.

"어느 대학에 가고 싶어?"

"우린 여기 계속 있어야 하잖아. 여기서 살아야지. 돈을 절약하려면."

럭키는 눈에 띄게 안도하는 아빠에게서 고개를 돌리며 지원하고 싶은 대학들을 머릿속에서 지웠다.

"샌프란시스코 대학은 버스로 30분이면 가잖아요. 거기 경영대학에 회계학과가 있어. 거기에 지원하고 싶어."

"'회계?' 하지만 넌 책을 좋아하잖아. 뭐든 네가 하고 싶은 걸 해야지. 진심이니? 그건 좀⋯⋯"

그는 말끝을 흐렸다.

"따분하다고? 따분하게 살게 될까봐? 내가 정말 원하는 게 따분하고 안전한 삶이라는 생각은 안 해봤어요? 그리고 난 숫자가 좋아. 숫자는⋯⋯ 예측 가능하잖아."

"이런 면이 있는 줄 몰랐네."

"요즘 우리가 얘기를 잘 안 하니까."

대학에 지원한 뒤 입학 허가를 받고 대학 생활을 준비하는 평범한 일을 치르면서 럭키는 이전에 경험해 보지 못한 깊고 편안한 만족감을 느꼈다. 눈앞에 지도가 펼쳐지는 듯했다. 어릴 때 아빠와 함께 다음 목적지를 정하느라 수없이 지도를 펼쳐보았지만 이번에는 스스로 경로를 정할 수 있었다. 대학을 다니고 회계사가 되는 데 필요한 자격증을 딴 뒤 회계사 사무실을 차리거나 대형 회계 법인에 취직하는 것이다. 이전에도 계획을 수없이 세웠지만 이번에는 거기에 사기가 포함되지 않았다.

*

6월이 되었다. 럭키는 비키니를 입고 CD 플레이어를 꺼낸 뒤 귀에 이어폰을 꽂았다. 거짓말쟁이라 부르짖는 비키니 킬의 노래가 울려 퍼졌다. 럭키는 청반바지 주머니에 20달러짜리 지폐 한 장을 넣고 책 한 권을 집어 든 뒤 보트에서 나와 잔교 쪽으로 걸어갔다. 요즘 식당에서 일하지 않는 날이면 이렇게 소일했다. 더 준비할 시험도, 달리 할 일도 없었다.

잔교에 앉아 책을 읽고 있는데 한 무리의 청소년들이 럭키의 시선을 끌었다. 삼삼오오 무리 지어 잔교에 자주 오는 아이들이 많았고 몇몇은 벌써 낯이 익었다. 그 가운데 유독 한 무리가 럭키의 눈에 들어왔다. 그들이 당연하게 여기는 듯한 값비싼 옷과 소지품, 장신구 따위를 질투하지 않으려고 럭키는 안간힘을 썼다.

그 무리에는 캘리포니아 특유의 금발이 섞인 갈색 머리칼과 구릿빛 피부를 자랑하는 잘생긴 소년이 있었다. 여름이 시작되면서 럭키는 남녀가 섞인 이 무리를 매일 마주쳤다. 예닐곱 명 가운데 그 소년만이 럭키 쪽을 흘끗거렸다. 그럴 때면 럭키는 심장이 쿵 쾅거린다는 말이 무슨 뜻인지 알 것 같았다.

오늘은 그가 럭키를 보고 빙긋 웃었다. 럭키는 어쩔 줄 몰라 하며 읽고 있던 루시아 벌린의 단편집에 얼굴을 파묻었지만 이내 수줍게 행동한 것을 후회했다. 저 무리와 어울린다면 어떨까?

하지만 럭키는 그 무리에 어울리지 않았다. 무엇보다도 무리의 소녀들은 모두 몸집이 아담했지만 럭키는 키가 컸다. 그들은 금발인 반면 럭키의 머리칼은 햇볕에 바래긴 했어도 여전히 붉은색을 띠었고 심하게 고불거렸다. 그들은 모두 당당한 얼굴로 미소 짓고 있었지만 럭키는 좀처럼 웃지 않았다. 럭키가 자기 얼굴에서 가장 만족하는 부분은 에메랄드빛 초록색의 눈이었다. 지금껏 어디서도 이런 눈을 본 적이 없었다. 눈을 제외하고 다른 부분은 모두 지나치게 큰 것 같았다. 코는 너무 뾰족하고 입술은 너무 두툼했으며 키가 너무 컸고 발도 못생긴 데다 우악스러웠다.

무리의 소녀들은 흰색이나 파스텔톤, 혹은 형광색의 탱크톱에 깔끔한 청반바지를 입었다. 그리고 탱크톱과 마찬가지로 색깔만 다를 뿐 모두 똑같은 케즈 브랜드의 운동화를 맨발에 신고 있었다. 럭키는 수영복 위에 오래된 청바지를 잘라 만든 반바지와 중고품 가게에서 산 티셔츠를 입고 있었다.

소년도 어딘가 달라 보였다. 하지만 정확히 무엇이 다른지 집어낼 수가 없었다. 그는 더힐(The Hill: 소살리토의 부촌 - 옮긴이)의 아름다운 집에서 엄마와 아빠, 여러 형제들로 이뤄진 완벽한 가족과 함께 살고 있을 게 분명했다. 하지만 어쩐지 그에게 묘한 유대감이 느껴졌다.

그날 럭키는 화장실에 다녀오는 길에 그 무리를 한 번 더 마주쳤다. 소년의 손에는 아이스크림콘이 들려있었다. 럭키는 선글라스를 낀 채 느릿느릿 어슬렁거리며 그를 지켜보았다. 무리의 한 소녀가 혀로 그의 아이스크림을 핥아먹자 소년은 웃으면서 아이스크림을 빼앗았다. 럭키는 시선을 돌리고 걸음을 옮기다가 라퍼츠 아이스크림 가게에 손님이 없는 것을 보고 막판에 방향을 돌려 그리로 들어갔다.

다양한 맛의 아이스크림을 보고 럭키는 어리둥절해졌다. 하와이안 시솔트 캐러멜, 하나로드, 마닐라 망고. 카운터 뒤에서 점원이 무슨 맛을 원하느냐고 물었다.

"어……"

어느새 소년이 럭키의 옆에 서서 미소를 짓고 있었다. 럭키는 자신도 모르게 이렇게 말했다.

"그냥 아이스커피 주세요."

그러자 소년이 물었다.

"아이스커피? 진심이야? 매일 이 앞을 지나다니면서 한 번도 안 들어왔잖아. 들어와 보고 싶었으면서. 드디어 이렇게 들어왔는데 겨우 아이스커피를 주문하겠다고?"

"그게, 사실 난……"

"카우아이 파이. 그걸로 달래요."

그가 점원에게 말했다.

"난 코코넛 싫어해."

럭키가 말했다.

"그럼 코나 모카 칩 주세요. 커피가 들어있거든."

그는 자기 것도 하나를 주문한 뒤 두 개의 값을 치렀다. 그러곤 콘 두 개를 높이 들고 앞장서서 밖으로 나왔다.

아까 그의 아이스크림콘을 핥아먹은 소녀는 럭키를 데리고 나오는 그를 보고 표정이 굳었지만 무리의 다른 아이들은 흥미롭게 그녀를 지켜보았다.

"고마워."

소년이 콘 하나를 건네자 럭키가 웅얼웅얼 말했다.

"고맙긴……"

그는 말끝을 흐리며 기다렸다. 럭키는 그가 이름을 말해주길 기다리고 있다는 사실을 깨달았다.

"러……"

럭키는 본명을 말하려다 당황하며 겸연쩍게 다시 말했다.

"앨레이나야."

"고맙긴, 러앨레이나."

소년은 비뚜름한 미소를 지으며 아이스크림을 한입 먹었다.

"난 알렉스야."

"드디어 말을 걸었군."

감청색 야구 모자를 눌러 쓴 소년의 말에 럭키는 얼굴이 화끈거렸다.

"그냥 앨레이나야."

럭키가 말했다. 이제 뺨에 불이 붙은 듯했다.

"오늘 밤에 뭐해, 앨레이나?"

럭키는 아까 그 소녀의 얼굴이 붉으락푸르락하는 것을 보았다. 럭키는 모른 체하고 고개를 돌려 자신에게 아이스크림을 사주고 냅킨으로 손가락까지 닦아준 잘생긴 소년을 향해 최대한 태연하게 어깨를 으쓱해 보였다. 그러곤 대꾸했다.

"글쎄."

"저기 절벽 앞에서 캠프파이어할 건데. 이따 너도 올래?"

*

럭키는 캠프파이어에 몇 시쯤 가야 할지 고민했다. 너무 일찍 가지 않으려고 책을 읽다가 9시가 넘어서야 식당에서 일하는 아빠에게 친구를 사귀었으니 해변에서 만나고 오겠다는 쪽지를 썼다.

그러곤 낮에 왔던 길을 되밟았다. 어둠 속에서 누군가가 기타를 치며 감미로운 목소리로 세상 모든 것은 깨지거나 부서지게 마련이라고 노래하는 소리가 들렸다. 모닥불이 보였다. 뒤쪽 절벽에 불빛이 커다랗게 어른거렸다. 모닥불이 모래와 파도를 환하게 비추는 구역으로 럭키가 들어서자 야트막한 바위에 앉아있던 알렉스가 벌떡 일어났다. 기타를 연주하며 노래를 부르던 사람은 다름 아닌 알렉스였다.

그는 기타를 바위에 세워놓고 앞으로 나와 그녀를 맞아주었다.

손에는 붉은 컵을 들고 있었다.

"왔구나."

그의 미소가 어떤 모닥불보다 환하게 밤을 밝히는 듯했다.

"자, 이것 좀 마셔. 우리랑 보조를 맞춰야지."

낮에 보았던 무리가 미소를 지으며 고개를 까닥였다. 하지만 럭키와 거리를 유지했다.

"이게 뭔데?"

그러자 그는 어깨를 으쓱했다.

"나도 몰라."

어둠 속에서 그는 좀 더 성숙해 보였다. 정확히 몇 살인지, 열일곱 살이 너무 어리다고 생각하지는 않을지 궁금했다. 럭키는 그가 건넨 컵을 받아들고 한 모금 홀짝인 뒤 기침을 하며 뱉어내지 않으려고 안간힘을 썼다. 페인트 시너 같은 냄새가 났다. 포도 주스가 섞여있었지만 별로 도움이 되지 않았다. 그들은 말없이 앉아서 한동안 모닥불을 바라보았다. 여러 번 컵을 주고받으며 다 비우고 난 뒤 알렉스가 해변을 걷지 않겠느냐고 물었다.

"그래."

럭키가 대꾸하며 일어섰다. 머리가 핑 돌았다. 하지만 그는 컵에 든 알코올에 전혀 영향을 받지 않은 것 같았다. 그녀는 취해보기는커녕 술을 마셔본 적도 없었다. 또래 청소년들은 대부분 이런 경험이 많은 듯했지만 럭키에게는 첫 파티였다. 세상과 동떨어져 있다고 자주 느꼈는데 오늘 밤에는 더욱 그런 기분이 들었다. 똑같은 박자에 맞춰 춤을 추는 사람들 속에서 혼자 엇박을 밟고 있는 듯했다.

하지만 알렉스는 눈치채지 못하는 것 같았다. 그가 물었다.

"휴가 왔니? 해변에 나와 있는 걸 많이 봤는데 늘 혼자더라. 여기 꽤 오래 있었던 것 같기도 하고."

여태 지켜보고 있었단 말인가? 럭키는 기분이 좋았지만 한편으로는 초조했다.

"아, 그게, 응. 아빠랑 같이 왔어. 저기 만에 있는 요트에서 살아."

알렉스가 그녀를 곁눈질했다.

"그래? 멋지다. 넌 마음에 들어?"

"색다르지."

"색다르다면……"

"지금껏 살아본 곳들과 다르다고."

"어디에 살아봤어?"

"여기저기 많이 옮겨 다녔어. 아빠가…… 영업 일을 하시거든. 한동안은 여기에 있을 거야. 가을에 샌프란시스코 대학에 들어가."

"멋지다! 좋은 학교지."

"대학에 다녀?"

"지금은 좀 쉬고 있어."

함께 어둠 속을 걷는 사이 그의 손이 그녀의 손에 닿았다. 그의 손은 따뜻하고 보송했다. 럭키는 너무 긴장한 탓에 자기 손이 뜨겁고 축축하지 않을까 걱정되었다.

"샌프란시스코 대학에서 무슨 공부를 하려고?"

179

그가 물었다.

"경제경영. 회계를 공부할 거야."

럭키는 문득 따분한 사람이 된 것 같아 부끄러웠다. 그러나 그는 그녀의 손을 꼭 잡으며 말했다.

"나도 숫자가 좋더라."

어느새 럭키도 그의 손을 꼭 잡고 있었다.

"숫자는 언제나 믿을 수 있으니까."

그런 뒤 그녀는 웃음을 터트리며 덧붙였다.

"와, 진짜 공부벌레 같네."

"난 공부벌레도 좋은데. 특히 예쁘고 신비로운 공부벌레라면 더더욱 좋지. 나도 숫자 엄청 좋아해, 앨레이나. 숫자는 예측 가능해서 좋아. 삶에는 예측할 수 없는 것들이 너무 많잖아."

럭키는 난생처음 인정받는 기분이 들었다. 너무 기뻐서 허공으로 둥둥 떠오르는 것 같았다. 그들은 손을 맞잡고 계속 나아갔다. 누군가와 손을 잡은 채로 말없이 편안하게 하나가 되는 그 단순한 행위가 이토록 강렬한 감정을 일으킨다는 사실이 놀라웠다. 그는 수십 명의 여자들과 손을 잡았을 테지만 럭키는 모든 것을 처음 경험하고 있었다.

곧 만이 가까워지면서 해산물 식당이 눈에 들어왔다. 따뜻하고 행복했던 기분이 금세 사그라졌다. 럭키는 알렉스의 손을 당겨 그를 멈춰 세웠다. 아빠를 만나면 어쩌나 걱정이 되었다. 이 소중한 순간은 온전히 혼자 누리고 싶었다. 아빠는 꼬치꼬치 캐물을 게 분명했다. 대답할 수 없고 대답하고 싶지도 않은 질문들. '누구야?'

어디서 왔어? 그 자식을 어떻게 믿어?'

"그만 돌아가는 게 좋겠어."

럭키가 말했다. 알렉스는 아리송한 표정으로 그녀를 보았다.

"아마도."

그는 산책로를 벗어나 럭키를 어두운 곳으로 끌고 가더니 눈을 들여다보며 손을 올려 그녀의 뺨을 감쌌다. 조심스러운 무언가, 귀한 무언가를 만지듯. 그러곤 점점 다가오더니 결국……

어둠 속에서 둘의 입술이 맞닿았다. 순간, 첫 키스의 기분이 어떠하며 어떻게 해야 잘할 수 있는지, 머리를 어느 쪽으로 기울여야 하는지 얘기해 줄 친구가 없다는 사실이 더는 중요하지 않았다. 몇 초가 흐르고 나자 무엇도 문제가 되지 않았다. 마치 평생 해온 일인 듯했다. 이 남자에 대해 잘 모르지만 곧 알게 될 것이다. 럭키는 자신이 읽은 책의 주인공이 된 기분이었다. 그는 그녀의 존 손튼(영국 작가 엘리자베스 캐스켈의 소설 《남과 북》의 주인공 - 옮긴이)이었고 헨리 틸니(제인 오스틴의 소설 《노생거 사원》의 주인공 - 옮긴이)였고 게이브리얼 오크(토머스 하디의 소설 《성난 군중으로부터 멀리》의 등장인물 - 옮긴이)였다. 그리고 그녀의 삶은 변화를 앞두고 있었다.

10

럭키는 시애틀의 그레이하운드 버스 터미널 앞 공중전화 부스 안에 서 있었다. 이제 그녀의 머리칼은 금빛이었다. 어느 화장실에서 염색을 한 뒤 더 짧게 자르고 나왔다. 그녀는 전화번호 안내 센터에 전화해 뉴욕주의 데버로 캠프 전화번호를 물었다. 번호를 손에 받아 적은 뒤 전화기에 동전 몇 개를 집어넣고 번호를 눌렀다. 아드레날린이 온몸으로 퍼져나갔다. 몇 차례 신호음이 울린 뒤 걸걸한 목소리의 남자가 전화를 받았다.

"데버로 캠프입니다."

럭키는 아무 말도 하지 않았다.

"여보세요? 말씀하세요."

"혹시 글로리아 있나요?"

럭키는 간신히 물었다.

"잠깐만요."

수화기가 내려가는가 싶더니 아득한 말소리와 부스럭거리는 소리가 들렸다. 이윽고 남자가 소리쳤다.

"글로리아! 전화 받아요!"

비가 내리고 있었다. 바깥세상은 한 편의 흑백 풍경화 같지만 이따금씩 뜬금없이 쨍한 색깔이 끼어들었다. 시애틀 시내버스의 보라색과 노란색, 나무의 초록색, 지나가는 여자의 감청색 트렌치 코트와 빨간 우산.

"여보세요? 말씀하세요."

럭키는 말이 나오지 않았다.

"여보세요?"

귀가 아프도록 수화기를 바싹 대고 있던 탓에 글로리아가 전화기를 요란하게 내려놓자 한 대 얻어맞은 기분이었다. 럭키는 움찔 놀라며 수화기를 내려놓고 전화 부스에서 나왔다. 빗속에 서서 좋은 생각이 떠오르기를 기다렸다. 아직 엄마에게 얘기할 용기가 없다면 이제 어떻게 해야 할까? 어디로 간단 말인가?

럭키는 잠시 걷다가 어느 커피숍으로 들어갔다. 구석 창가 자리에 경찰관 두 명이 앉아있었다. 들어가는 길에 그중 한 명과 눈이 마주쳤지만 죄지은 얼굴로 고개를 돌리면 수상하게 여길까봐 억지로 살짝 미소를 지었다.

그녀는 줄을 서서 작은 커피 한 잔을 산 뒤 카페에서 나왔다. 경찰관들이 나가는 그녀를 거들떠보지도 않자 두근거리던 가슴이 가라앉았다. 두려움에 떨며 사는 데에는 이골이 났다. 밖으로 나와 걸음을 옮기자 비로 축축해진 티셔츠 안에 테이프로 붙여놓은 복권이 피부에 쓸렸다. 그나마 위로가 되었다. 다른 미래를 꿈꿀 수 있으니까. 길에서 헌책방을 발견하고 그녀는 다시 걸음을 멈췄다. 충동적으로 문을 밀어 열었다. 먼지 덮인 면지와 빼곡한 서가의 친숙한 냄새가 코를 찔렀다. 눈앞에 보이는 책들이 마치 오래전에 잃어버린 동지처럼 느껴졌다.

그녀는 소설 코너로 가서 손가락으로 낯익은 책등을 훑다가 프랑스 문학 쪽으로 옮겨갔다. 눈으로 재빨리 책등을 훑어보았다. 카뮈. 콜레트. 뒤라. 위고……《레 미제라블》. 그 책을 꺼냈다. 어릴 때 읽다가 아빠와 함께 달라와 스테파니의 집으로 가면서 두고 온 책. 양장본이라 가격이 무려 10달러였다. 지금은 사치였다. 티셔츠 속에 슬쩍 넣을 수도 있었다. 가게 주인은 다른 통로에서 책을 꽂고 있었으니까. 하지만 럭키는 그 책을 훔치지 않았다. 카운터로 책을 들고 가서 작은 종을 울린 뒤 돈을 지불했다. 그러곤 티셔츠 속에 소중히 품고 다시 버스 터미널로 향했다.

"프레즈노행이요."

마침내 행선지를 정한 그녀가 카운터의 직원에게 말했다. 프레즈노에 가기로 결정한 가장 큰 이유는 달리 갈 데가 없다는 것이었다. 버스에 올라타자 책을 꺼내 읽기 시작했다. 럭키는 장 발장을 이해할 수 있었다. 그가 자신이 택한 페르소나에 왜 그토록 빠져 들었는지도. 그가 허구의 인물인 줄 알면서도 책을 읽는 동안 외로움을 덜 수 있었다. 자신에게나 남들에게나 이방인 같다는 느낌을 덜 수 있었다.

몇 시간 뒤 그녀는 창밖을 내다보았다. 지나가는 표지판을 보니 버스는 이제 캘리포니아주 경계에 가까워졌다. 그녀는 차창에 비친 자신의 모습을 노려보며 천천히 자세를 바꾸기 시작했다. 이제 그녀의 이름은 진이었다. 로스앤젤레스에 살면서 시나리오 작가로 생계를 꾸리려 했지만 친구 때문에 곤란한 상황에 처해 돈은 물론이고 꿈도 잃었다. 지난 한 해 동안 그녀는 서서히 모든 것을 잃고 거리로 나앉았다. 그런 일을 겪게 될 줄은 상상하지 못했다. 한동안 산타모니카의 해변에서 잠을 잤지만 아무래도 위험한 일이었다. 잠깐 스쳐간, 이름을 기억할 수 없는 여자로부터 프리실라 플레이스에 대한 이야기를 들은 뒤 버스비를 구걸하여 잠시 묵으러 왔다. 프리실라에게 자신이 누구인지 밝히지 않을 작정이었다. 컬러 콘택트렌즈를 끼었고 머리칼도 짧게 자른 뒤 염색했다. 목소리를 바꾸고 자세도 바꾸어 최대한 알아보지 못하게 할 생각이었다. 실패할지도 모른다. 어쩌면 벌써 아빠가 연락해 그녀가 찾아갈 거라고 말해두었는지도 모른다. 그래도 시도해 봐야 한다. 들어가서 바로 정체를 밝힐 수는 없었다.

날이 저물면서 배가 고프고 몸이 뻐근해졌다. 하지만 먹을 것을 전혀 챙기지 못했다. 그녀는 셔츠 속에 붙인 복권을 엄지손가락으로 어루만지며 이 작은 종이쪽지가 얼마나 중요한 존재인지 생각해 보았다. 체포될 위험 없이 당첨금을 찾을 수만 있다면 얼마나 오랫동안 많은 것을 할 수 있을지. 문득, 이렇게 중요한 물건을 프리실라 플레이스에 갖고 들어가선 안 된다는 생각이 들었다. 틀림없이 마약이나 다른 밀수품을 소지했는지 확인한 뒤에 들여보내 줄 것이다. 그녀는 복권에서 손을 뗐다. 그녀에게는 그 작은 종이쪽지가 전부였다. 그것을 안전하게 보관해야 했다. 그녀는 좋은 방법을 떠올렸다.

*

"5×5짜리(가로 세로가 각각 5피트인 공간을 일컫는 말로, 약 0.7평에 해당한다. - 옮긴이) 한 칸을 빌렸으면 해요."

럭키는 창고 임대 시설로 들어가 유리막을 사이에 두고 카운터 뒤의 청년에게 말했다. 그런 다음 세라 암스트롱 신분증 두 종류를 그에게 밀어주었다. 청년은 그녀의 운전면허증과 사회보장카드를 보는 둥 마는 둥 하고는 신청서가 꽂힌 메모판과 함께 다시 그녀에게 밀어주었다.

"신문에서 할인 광고를 봤어요."

그녀가 말했다. 정말 할인이 있는지는 몰라도 그저 넘겨짚은 것이었다. '어떤' 할인이든 항상 있게 마련이라고, 물어보지 않으면 바보라고 아빠가 가르쳐 주었다.

"맞아요. 첫 달에는 21달러예요. 서비스 요금 10달러가 추가되고요."

"저한테는 딱이네요. 한 달만 쓰려고 하거든요. 그리고 열쇠가 아니라 비밀번호로 여는 거 맞죠?"

"맞습니다."

"비밀번호만 알면 평일이든 공휴일이든 24시간 열 수 있고요?"

"네, 맞아요."

"괜찮네요. 남자친구 집에서 나와서 마땅한 거처를 찾을 때까지 짐을 넣어두려고 하거든요."

럭키는 창고 시설에 도착하자마자 건물 뒤쪽으로 돌아가 쓰레기통에서 상자 몇 개를 주운 뒤 버려진 물건들을 그 안에 담았다. 책과 옷, 신문, 깨진 접시, 백과사전 한 세트. 지금 문 앞에 그 짐이 놓여있었다.

청년은 그녀의 사연에 전혀 관심이 없는 듯 그저 고개를 끄덕이며 물었다.

"카드로 하시겠어요, 현금으로 하시겠어요?"

"현금이요."

그녀는 유리막 아래로 20달러짜리 지폐 두 장을 밀어 넣고 거스름돈을 기다렸다. 이제 빈털터리가 되었다. 그녀는 신청서를 작성한 뒤 청년이 컴퓨터에 정보를 입력하는 틈을 타서 펜을 주머니에 슬쩍 넣었다. 이윽고 그가 창고 비밀번호가 적힌 종이를 유리막 아래로 밀어주며 말했다.

"2층 44호입니다. 영업시간이 아닐 때는 그 번호로 출입문도 열 수 있어요."

"알겠어요. 고맙습니다."

럭키는 상자 두 개를 하나씩 창고로 옮긴 뒤 비밀번호를 입력해 문을 열고 안으로 들어갔다. 안에 가만히 서서 주위를 둘러보았다. 상자 뒤에서 노래기 한 마리가 기어 나오는 바람에 화들짝 놀랐다. 그러나 곧 눈으로 빠르게 빈 창고를 훑었다. 머리 위에 화재

경보기가 보였다. 연기 탐지기는 금속 철망으로 덮여있었지만 상자 하나를 밟고 서서 그 안에 손가락을 넣자 플라스틱 덮개가 풀어졌다. 그녀는 접은 복권을 그 안에 넣었다. 그러곤 다시 내려와 카운터에서 훔쳐온 펜을 꺼낸 뒤 만일에 대비해 오래된 영수증에 창고 비밀번호를 적었다. 그러나 비밀번호 16234170을 아래와 같이 장 볼 거리 목록으로 바꾸었다.

버섯 16개
시금치 2파운드
흰콩 3/4파운드
쌀 170온스

배낭에 테이프와 사무용 칼이 있었다. 그녀는 《레 미제라블》 양장 표지의 안쪽 종이를 뜯어 벌린 뒤 영수증을 그 안에 밀어 넣고 테이프를 붙인 다음 안쪽 종이를 다시 봉했다. 칼은 주워온 상자 속에 넣었다.

그녀는 책을 배낭에 넣고 창고 문을 잠근 뒤 건물 밖으로 나갔다. 공중전화와 전화번호부가 보였다. 그곳에서 프리실라 플레이스의 주소를 찾은 뒤 걸음을 내딛었다.

1999년 8월
캘리포니아주 소살리토

"내가 필요로 할 때마다 와주는구나."

럭키가 알렉스에게 말했다. 그들은 어느새 둘의 만남의 장소가 된 해변의 한적한 구역에 수건을 깔고 누워있었다.

"달리 내가 무얼 하겠어? 기다리고 있다가 네가 전화하면 바로 달려와서 함께 시간을 보내야지."

그는 그녀에게 입을 맞추고 그녀의 눈을 들여다보았다. 그는 언제나 이렇게 집중해서 관심을 갖고 그녀를 바라보곤 했다. 매번 처음 보는 사람을 보듯. 그가 다시 소곤거렸다.

"내가 사랑하는 여자가 여기 있는데 다른 곳에 가고 싶겠어?"

'여자.' '사랑.' 그와 함께 있으면 럭키는 어른이 된 기분이 들었다. 하지만 그녀는 몸을 떼고 마음에도 없는 말을 내뱉었다.

"우린 아직 서로를 잘 알지도 못하잖아."

원치 않았지만, 아무나 믿어선 안 된다는 아빠의 목소리가 귀에 쟁쟁했다.

"잘 알지도 못하는데 어떻게 사랑을 해?"

그러자 그는 활짝 웃으며 대꾸했다.

"그러니까 너도 날 사랑한다는 말이지?"

"알렉스. 아무래도 이건 너무 이른……"

그는 웃음을 터트렸다. 상처받은 기색은 없었다. 그는 단순하고 편안한 사람이었다. 두 사람의 관계에 '확신'을 갖고 있었다.

"알았어, 알았다고. 그럼 서로를 좀 더 알아야겠네. 키스만 하지 말고 얘기를 더 많이 해야겠다. 그렇지? 나에 대해 무얼 알고 싶어?"

그녀는 미소를 지으며 대꾸했다.

"키스도 하고 얘기도 하면 되잖아. 넌 어디서 태어났어?"

"여기."

"부모님도 아직 여기 사셔?"

그의 얼굴에 어두운 그림자가 스쳐갔다.

"부모님은 돌아가셨어."

"어머, 미안. 내가 괜한 얘길……"

"아니야, 아니야. 괜찮아. 그냥…… 아직은 얘기하기가 힘들거든. 언제고 그렇겠지만."

그는 손을 뻗어 손가락으로 그녀의 턱을 훑다가 거기에 입을 맞췄다.

"어떤 분들이셨어?"

"훌륭하신 부모님이었지. 진정한 모험가였어. 아빠는 뮤어우즈 국립공원 근처에 있는 우리 통나무집에 작은 경비행기를 갖고 계셨어. 여름이면 그곳에 가곤 했지. 주말에도 시간이 나면 다녀왔고."

"그런데 어쩌다가?"

그녀가 속삭여 물었다. 그의 처지를 생각하자 가슴이 아팠다. 모든 것을, 사랑하는 가족을, '두' 부모님을 모두 누리다가 갑자기 잃다니.

"엔진이 고장 나는 바람에 추락사하셨어. 그날 나는 몸이 아팠거든. 여덟 살이라 베이비시터랑 집에 있었지. 그래서…… 나만 살아남은 거야."

"어머, 알렉스. 너무 안타깝다."

"부모님과 함께 비행하던 일이 아직도 기억나."

그의 목소리가 아련해졌다.

"하늘을 날 때면 세상이 아주 작게 보였어. 내가 커다란 존재가 된 것 같았지. 중요하고 특별한 존재. 위에서 내려다보면 그런 기분이 들었어. 그 기분을 다시 느껴봤으면 좋겠어."

"나중에 우리도 비행기를 장만하자."

그를 위로해 주고픈 마음에 자기도 모르게 튀어나온 말이었다.

그는 금세 슬픔을 떨쳐내고 다시 웃음을 터트렸다.

"정말이야? 하지만 우린 서로를 알게 된 지 겨우 몇 주밖에 안 됐잖아. 그런데 어떻게 사랑을 하고 경비행기를 사자고……"

그는 말을 끝맺지 못했다. 다시 입맞춤이 시작된 탓이었다. 그러다 마침내 그녀가 공기를 들이마시며 그의 품에 안겼다. 그러곤 물었다.

"그다음엔?"

"부모님이 그렇게 된 뒤에……?"

"응."

"뭐, 엉망이었지. 위탁 가정을 전전하며 살았어. 이제는 만 18세가 넘었으니 자립을 했고. 알다시피 너무 지저분해서 보여주기 민망한 허름한 아파트에 살고 있지. 그래도 굉장한 계획을 세우고 있어."

"부모님 일은 정말 안타깝다."

그녀가 말했다.

"아니야. 난 괜찮아. 자, 계속해 봐. 또 무얼 알고 싶어?"

그들은 일어나 앉아 서로를 마주 보았다. 좋아하는 소설은? 그는 《위대한 개츠비》를 좋아했다. 그녀는 《나를 있게 한 모든 것들A Tree Grows in Brooklyn》과 《빌러비드》, 《인생을 연기하다Play It As It Lays》 사이에서 고민했다. 그러다 문득 다른 걱정이 생겼다.

"그런데 요즘엔 단편소설에 빠져있거든. 단편이랑 장편을 다 합쳐서 선택해야 하나?"

그는 웃음을 터트렸다.

"걱정 마. 억지로 고르지 않아도 돼."

그들은 둘 다 옛날 영화를 좋아했다. 그가 좋아하는 영화는 〈아스팔트 정글〉이었다. 그녀는 〈토프카피〉를 가장 좋아했지만 〈마이 페어 레이디〉도 포기할 수 없었다. 둘 다 과자보다 아이스크림을 더 좋아했고 고양이보다 개를 더 좋아했다. 그가 말했다.

"그럼 우린 개 한 마리랑 비행기를 장만해야겠네."

그러자 럭키가 말했다.

"응, 구조견 데려오자."

"구조기?"

"개 말이야, 바보. 커다란 개. 아주 커다란 유기견을 데려다 키우자고."

"저먼 셰퍼드가 좋겠다."

"허스키도 좋을 것 같아. 그러려면 마당이 커야겠네. 그럼 시골에 있는 집에서 살아야 할 텐데……"

해가 저물기 시작했다. 럭키는 미소 띤 얼굴로 어둑해지는 하늘을 올려다보았다. 시간이 가는 줄도 몰랐다. 아빠가 요즘 만날 어디를 그렇게 쏘다니느냐고 물으면 럭키는 알렉사라는 친구를 사귀어 매일 해변에서 함께 놀다 온다고 둘러댔다. '어떤 애야? 어디서 왔어? 믿어도 되는 친구야? 그걸 어떻게 알아? 이리로 한번 데려와서 아빠한테 보여주면 안 돼?' 럭키는 아빠의 집착에 진저리가 났다. 점점 깊어지는 이 관계를 혼자 간직하고 싶었다. 그래서 하늘을 보다가 시선을 돌렸을 때, 산책로에서 그들을 향해 걸어오는 레예스를 보고 몹시 당황했다.

"이런."

그녀가 말했다.

"누군데?"

"아빠랑 같이 일하는 애야. 좀 이상해. 난 저런 애 별로야."

레예스는 이미 그들을 보았다. 럭키는 좋지 않은 예감이 들었다. 섬과도 같은 작은 그들만의 세상에 다른 사람이 끼어들면 그녀와 알렉스 모두 곤란해질 것 같았다.

*

다음 날 저녁 럭키가 알렉스와 하루를 보낸 뒤 보트로 돌아가 보니 요즘 자주 그러듯 프리실라가 갑판에 있었다. 아빠는 안에서 아이스티를 만드는 중이었다. 프리실라가 아이스티를 좋아하는 모양이었다. 지금까지 럭키네는 '무엇이든' 갖춰놓고 산 적이 없었는데 갑자기 레몬과 백설탕, 티백이 집에서 떨어지지 않았다. 럭키는 비치백을 식탁에 던져놓으며 말했다.

"나 지금 막 들어왔어. 다시 안 나갈 거야. 그러니까 회의한다고 나가 있으라고 하지 마세요."

그러자 아빠가 대꾸했다.

"아니야, 나갈 필요 없어. 그냥 들른 거야. 사실 프리실라는 너랑 얘기를 하고 싶어 해. 좀 더 친해지고 싶다던데."

"왜?"

럭키가 물었다.

"원래 훌륭한 상사는 시간을 갖고 직원들을 알아가려고 하거든."

"난 그 여자 직원이 아닌데."

"럭키. 아빠 실망시키지 마. 나가서 같이 아이스티 마시자. 예의 지키고."

어쩐지 그는 프리실라에게 굽실거리는 느낌이었다. 겁을 먹은

것 같기도 했다. 럭키는 아이스티 주전자와 짝이 맞지 않는 유리
잔들이 놓인 쟁반을 아빠에게서 받아들었다.

"내가 가져갈게요."

"아, 네가 그 유명한 앨레이나구나."

럭키가 나오자 프리실라가 말했다.

"본명은 럭키예요."

"그렇지. 앨레이나는 학교 때문에 내가 만들어준 서류상의 이름
이지. 학교 일은 잘 되어가니?"

"네. 가을에 샌프란시스코 대학에 들어가요."

럭키가 대답했다. 그러곤 아이스티를 잔에 따른 뒤 자리에 앉았
다. 프리실라가 신분증을 마련해 줬다는 사실, 그녀에게 신세를
졌다는 사실이 꺼림칙했다. 럭키의 아빠가 럭키를 쿡 찔렀다. 프
리실라에게 고맙다는 인사를 하라는 뜻인 듯했지만 도무지 입이
떨어지지 않았다.

어느새 하늘이 캄캄해지고 구름이 몰려들었다. 별은 보이지 않
았다. 시시콜콜한 대화가 이어졌다. 주로 프리실라가 질문을 던졌
고 그때마다 아빠는 지나치게 말이 많아졌다. 럭키는 갈수록 불편
해졌다. 마침내 그녀는 자리에서 일어났다.

"친구랑 저녁 먹기로 한 걸 깜빡했네요."

럭키는 그대로 서서 잔을 내려놓으며 덧붙였다.

"친구가 기다리겠어요. 뛰어가야 할 것 같아요."

프리실라는 다정하게 웃으며 몸을 내밀었다.

"친구가 생겼다니 다행이네, 럭키. 남자친구니?"

"여자예요. 이름은 알렉사."

럭키는 거짓말을 했다. 하지만 어쩐지 뒤숭숭한 느낌이 들었다. 그녀는 배낭을 집어 들며 다시 말했다.

"어쨌든 만나 뵈어서 반가웠어요. 저는 나가볼게요."

아빠가 말릴세라 럭키는 얼른 선창으로 내려가 걸음을 재촉했다. 요트 정박지 앞에 있는 공중전화로 가서 알렉스에게 전화할 생각이었다. 헤어진 지 한 시간도 안 되었지만 지금 무얼 하는지, 함께 저녁을 먹을 수 있는지 물어볼 작정이었다. 그는 럭키의 말이라면 무엇이든 들어주었으니까. 언제나 그녀의 전화를 기다리고 있는 것 같았다.

서둘러 걷던 럭키는 하마터면 레예스와 부딪칠 뻔했다.

"아앗! 놀랐잖아! 여기서 뭐하는 거야?"

"프리실라를 기다리고 있어."

레예스가 대꾸했다.

"같이 보트로 가지 않고? 왜 이렇게 어두운 곳에 숨어있는 거야?"

"넌 왜 나만 보면 그렇게 못 잡아먹어 안달이니? 왜 나를 바퀴벌레 취급해?"

럭키는 할 말이 없었다. 요즘 아빠가 자기보다 레예스와 시간을 더 많이 보내는 탓일까? 아니면 비밀스럽게 살금거리고 다녀서?

레예스는 평소처럼 주머니에 두 손을 깊숙이 찔러 넣었다.

"됐어. 상관없어. 그냥 거기 앉아서 아이스티를 마실 기분이 아니었어. 그런데 왜 이런 것까지 너한테 설명해야 하니?"

"알았어. 네 맘대로 해."

럭키는 다시 걸음을 옮겼다.

"잠깐."

레예스가 부르는 소리에 럭키는 뒤를 돌아보았다.

"왜?"

"너한테 알려줄 게 있어. 걔, 프리실라 아들이야. 네가 요즘 같이 다니는 남자. 너희 아빠한테 말씀드리려고 했어. 네 아빠가 너를 봐달라고 부탁하셨거든. 하지만 이제 너도 알아야 할 것 같아."

"그게 무슨 말이야? 알렉스가 프리실라 아들이라고?"

"알렉스가 아니야. 본명은 케리 메서슨이야. 그리고 맞아. 프리실라 아들이야. 여태 너를 속인 거야."

"웃기지 마!"

"그럼 프리실라가 왜 갑자기 너한테 관심을 갖겠니? 그런 생각은 안 해봤어, 럭키? 너, 그 남자 집에는 가봤어? 어디 사는지는 알아? 제대로 아는 것도 없으면서."

"넌 알아? 나보다 알렉스를 더 잘 아느냐고?"

"케리라니까."

레예스는 차분한 목소리로 말을 이었다.

"본명이 케리라고. 난 그 애를 7년 동안 알고 지냈어. 좋은 남자는 아니야. 걔가 너한테 무얼 원하는지는 모르지만 이제 프리실라가 너희 둘에 대해 알게 됐어. 진심으로 조언하는데, 그 사람들하고 엮이지 않는 게 좋아."

"그들과 엮여있는 건 '너'잖아! 네가 그 여자 밑에서 일하잖아!"

그렇게 말하면서도 럭키는 자신 역시 그들과 엮였다는 것을 깨달았다. 레예스의 말을 믿고 싶지 않았지만 왠지 사실인 것 같았다.

　레예스의 눈이 괴로워 보였다.

　"나도 그 여자 밑에서 일하고 싶지 않아. 네 아빠가 엮인 것도 안타깝고. 하지만 우린 이미 그렇게 됐어. 우린 벗어날 수가 없어. 넌 아직 늦지 않았잖아. 넌 도망칠 수 있어."

　"못 믿겠는데. 그냥 우리를 떼어놓고 싶은 거겠지."

　"내가 왜 너랑 케리를 떼어놓으려 하겠어?"

　"그야 모르지. 네가 케리를 차지하고 싶은가 보지."

　레예스는 나지막이 웃었다.

　"그런 일은 절대 없어."

　럭키는 돌아서서 어둠 속을 달려 공중전화로 향했다. 알렉……아니 케리, 아니 누군지 모르는 그가 전화를 받았다. 배경에서 음악이 흘렀지만 그는 곧 소리를 줄였다.

　"앨레이나, 무슨 일 있어?"

　"네 이름, 알렉스 맞아? 혹시 케리 메서슨이야? 프리실라가 네 엄마고? 지금 어디 있어? 네가 사는 곳이 어디야?"

　"워, 워, 진정해. 그게 다 무슨 소리야?"

　"묻는 말에 대답해."

　그는 말이 없었다. 침묵이 길어지자 럭키는 전부 다 사실이라는 것을 깨달았다. 가슴이 아렸다.

　"누가 그래? 레예스? 그럴 줄 알았다니까. 걔, 미친년이야. 정신 이상이라고. 너도 그랬잖아. 이상하다고."

럭키는 눈을 감고 벽에 몸을 기댔다. 이렇게 당하다니. 표적이
되다니.

"왜 나를 속였어?"

"거기 그대로 있어. 내가 가서 다 설명할게. 공중전화니?"

"아니. 보고 싶지 않아."

"내가 널 얼마나 좋아하는데. 처음 본 순간부터 그랬어. 내 엄마
가 누군지 알면 네가 만나주지 않을 것 같았어."

"난 네 엄마에 대해 잘 알지도 못해. 어쨌든 그때는 몰랐지. 그
런데 왜 내가 그걸 신경 쓸 거라고 생각했어?"

"내 생각이 맞았네. 솔직히 말해봐. 넌 이제 내 엄마가 누군지
알게 됐고, 그리고 나니까 나를 만나지 않으려고 하잖아."

어쩐지 익숙한 느낌이 들었다. 천천히 전세가 역전되는 느낌.
아빠에게 너무도 많이 당해본 일이었다. 알렉스인지 케리인지 알
수 없는 이 사내에게까지 당할 수는 없었다.

"그럼 나한테 얘기한 것도 다 거짓이었네. 네 부모님 얘기도, 비
행기 추락사 얘기도. 다 거짓말이야?"

"내가 설명할게."

"넌 내가 알던 사람이 아니야. 무얼 더 설명하겠다는 거야?"

"그게 아니라 네가 '원했던' 사람이 아니겠지. 내가 그보다 더 나
은 사람이라면, 앨레이나? 그런 생각 해봤어?"

배를 한 대 얻어맞은 기분이었다.

"내 이름이 앨레이나가 아니라는 것도 알 텐데. 프리실라의 아
들이라면 알고 있겠지. 그러니까 그렇게 부르지 마."

"그래, 알아. 하지만 난 네가 앨레이나든 루시아나든 럭키든 상관 안 해. 우리 둘 다 서로를 속인 거잖아. 난 아무렇지도 않은데 넌 왜 이렇게 화를 내?"

"왜냐면 나는 그런 사람을 만나고 싶지 않거든. 그러니까……"

"말해봐. 너 같은 사람, 네 아빠 같은 사람을 만나고 싶지 않다는 거야? 너한테 속아주는 사람을 찾고 싶니? 너를 꿰뚫어 볼 만큼 영리하지 않은 사람?"

"다시는 보고 싶지 않아. 영원히."

럭키는 전화를 끊었다.

*

이튿날 아침 럭키가 보트를 나서는데 레예스가 밖에서 럭키의 아빠를 기다리고 있었다. 럭키가 으르렁거렸다.

"나 걔랑 헤어졌어. 됐지? 이제 후련해?"

레예스는 놀란 표정이었다.

"내가 후련할 이유는 없지."

"네가 바라던 일이잖아. 안 그래?"

무더운 날에도 똑같은 워커를 신은 레예스는 닳은 앞코로 선창에 갈라져 나온 목재를 걷어찼다.

"말했잖아. 너희 아빠가 너를 봐달라고 부탁했다고. 그런데 네가 너를 속이고 접근한 남자하고 같이 다니더라고. 프리실라도 알게 됐으니 골치 아파질 수도 있고. 친구라면……"

"난 네 친구가 아닌⋯⋯"

"'네' 친구라는 게 아니라 너희 아빠 말이야. 너희 아빠가 내 친구거든. 그래서 그런 거야. 나한테 좋을 건 하나도 없어."

럭키의 눈에 눈물이 고였다. 레예스에게 눈물을 보이고 싶지 않아서 얼른 돌아섰다. 그러곤 걸음을 옮기려다가 다시 뒤를 돌아보았다.

"너 때문에 난 엉망이 됐어. 그러니까 갚아. 그게 뭔지 말해줘."

"뭐가?"

"너랑 우리 아빠가 프리실라랑 무슨 일을 하는지. 말해줘. 나도 알 자격이 있어."

레예스는 다시 목재로 시선을 내렸다. 그러곤 한동안 말없이 삐져나온 조각을 완전히 뜯어냈다. 마침내 그녀가 입을 열었다.

"자선사업이야."

"자선사업?"

레예스가 다시 고개를 들었다.

"위탁 아동을 위한 자선사업. 나도 위탁 아동이거든."

"너도 위탁 양육을 받고 있는 거야?"

"엄밀히 말하면 그건 아니야. 난 이제 열아홉 살이거든. 하지만 그 전까지는 프리실라가 내 위탁 부모로 함께 살았어. 그러다가 프리실라가 사업을 구상한 거지."

"그럼⋯⋯ 그 콜센터는⋯⋯?"

"우린 기부금을 받고 있어. 하지만 실제로 재단이 있는 건 아니야."

레예스는 뒤를 흘끔거리며 말을 이었다.

"더 알고 싶니? 솔직하게 말해줄까? 사실 나도 이제 두려워. 액수가 너무 커졌거든. 이러다 걸리면 프리실라는 틀림없이 우리한테 다 덮어씌울 거야. 왠지 우리가 곧……"

뒤에서 소리가 들렸다. 어느새 존이 보트에서 나와 있었다.

"이야, 너희들! 좀 친해진 것 같다. 보기 좋네."

그러나 이내 그의 표정이 변했다.

"무슨 일 있니?"

"아뇨. 아무 일 없어요. 어서 가요, 아저씨. 57번 버스가 5분 뒤에 출발해요."

럭키는 그들이 걸어가는 모습을 지켜보았다. 해변으로 가서 하루 종일 책을 읽으려 했지만 그만두는 편이 좋을 것 같았다. 알렉스인지 케리인지 모를 그 사내와 마주치고 싶지 않았다. 게다가 레예스 얘기를 듣고 나니 마음이 편치 않았다. 좀 더 알아봐야 했다.

럭키는 선창을 걸어 내려갔다. 자전거 한 대가 울타리에 자물쇠로 묶여있었다. 다이얼을 돌려 가며 소리를 잘 들어보면 비밀번호를 알아낼 수 있는 싸구려 자물쇠였다. 오래전에 아빠가 알려준 방법이었다. 주위를 둘러보니 아무도 없었다. 몇 분이 걸리긴 했지만 럭키는 자물쇠를 풀고 자전거에 올라타 버스 정류장으로 향했다. 그리곤 조금 떨어진 곳에서 아빠와 레예스가 버스에 타는 모습을 지켜보았다.

그런 뒤 그녀는 버스를 따라갔다. 차가 막혀서 어렵지 않게 속도를 맞출 수 있었다. 멀리서 레예스와 아빠가 체스트넛과 윈더미어 거리의 교차점에서 내리는 모습이 보였다. 그들은 길을 건너 낮은 사무실 건물로 들어갔다. 럭키는 잠시 기다렸다가 길을 건넜다. 건물 안에 들어가자 입주 사무실 명부에 작은 개인병원과 각종 사무실의 이름이 적혀있었다. 그리고 맨 아래 '샌프란 위탁 아동 연합'이 보였다.

럭키는 다시 길을 건넌 뒤 카페를 찾아 그 안에서 지켜보며 기다렸다. 두어 시간 뒤 레예스가 건물에서 나와 거리를 걷기 시작했다. 럭키는 뒤쫓아 가서 레예스를 따라잡았다.

"여긴 어떻게 왔어?"

"아까 뒤를 밟았어. 아빠가 걱정돼서."

그러자 레예스가 말했다.

"내가 괜히 얘기했네. 어차피 네가 할 수 있는 일은 없어. 두세 달만 버티면 돼. 그러고 나면 문을 닫을 거야. 넌 그냥 모른 척하고 있는 게 최선이야. 어서 집에 가."

럭키는 레예스의 지시를 따르고 싶지 않았지만 다른 방도가 없었으므로 다시 자전거를 타고 요트 정박지로 돌아갔다.

훗날 그녀는 그때 무언가를 했더라면 좋았을 걸 그랬다고 후회하게 된다. 하지만 결국 아무것도 하지 않았다. 알렉스를 마주칠까 봐 해변에 가지 않고 며칠 동안 보트 갑판에 혼자 앉아있었다. 아빠를 더러운 일에서 끌어낼 방법을 궁리했지만 뾰족한 수가 떠오르지 않았다. 방법은 하나, 그곳을 떠나는 것뿐이었다. 하지만 그렇게 되면 대학에 다니는 꿈을 포기해야 했다.

그 일이 일어난 날은 여느 날과 다름없이 시작되었다. 럭키가 갑판 위에서 책을 읽고 있을 때, 아빠가 일하러 가면서 가끔 럭키에게 맡기고 가는 휴대전화가 울렸다.

"럭키, 내 말 잘 들어. 상황이 안 좋은 것 같아."

아빠는 다급한 목소리로 빠르게 말을 이었다.

"우리 금고가 어디 있는지 알지? 내 매트리스 밑에 뒤져보면 비밀번호가 있을 거야. 그걸 찾아서 열어봐. 내가 너한테…… 아, 젠장, 그만 가야겠다."

전화가 끊어졌다. 럭키는 손에 든 전화기를 내려다보다가 얼른 선창으로 뛰어내린 뒤 요전 날 훔친 자전거를 숨겨둔 곳으로 달려갔다. 숨이 턱까지 차올랐지만 쉬지 않고 속도를 내어 아빠가 일하는 사무실 건물에 도착했다. 길가에 자전거를 세우는 사이 경찰차 세 대가 사이렌을 울리며 달려오더니 건물 앞에 멈춰 섰다.

럭키는 멀리서 지켜볼 수밖에 없었다. 레예스에 이어 수갑을 찬 아빠가 끌려 나왔다. 프리실라는 코빼기도 보이지 않았다. 럭키는 조금이라도 더 가까이 보려고 자전거에서 내려 그것을 끌고 길을 건너갔다. 경찰차로 호송되던 아빠가 럭키를 발견했다. 그는 고개를 저으며 입 모양으로 말했다. '어서 금고로 가. 도망쳐.' 그는 고개를 숙이고 경찰차 뒷자리에 올라탔다. 그러곤 시야에서 사라졌다.

럭키는 얼떨떨한 기분으로 자전거를 타고 왔던 길을 되돌아갔다. 아직 실감이 나지 않았다. 돌아가면 아빠가 기다리고 있지 않을까, 적당히 둘러대서 간신히 빠져나왔다고 말하지 않을까, 막연한 희망을 품었다. 하지만 아니었다. 보트는 컴컴하고 적막했다. 아빠의 매트리스 밑을 뒤져보니 조리법으로 위장한 금고 비밀번호가 나왔다. 제목은 '존의 특제 케이준 양념'이었다. '고추 가루 3 티스푼, 소금 1티스푼, 말린 타임 2티스푼, 마늘 가루 3티스푼.' 눈물이 앞을 가려 글씨가 잘 보이지 않았다. 그가 정말 딸을 위해 '특제' 요리를 해주는 아빠였다면 얼마나 좋을까. 평범한 가족의 저녁 식사를 준비하는 아빠였다면. 럭키는 마침내 금고를 열었다. 돈 다발과 함께 그 위에 편지가 놓여 있었다.

'럭키에게,

네가 이 편지를 읽고 있다면 나는 이미 체포되었을 거야. 미안하다. 이 돈을 갖고 잠시 모텔에 묵으면서 저렴한 아파트를 찾아보렴. 이 돈으로 첫 등록금은 낼 수 있겠지만 그다음엔 어떻게 해야 할지 모르겠구나. 내가 금방 풀려나서 도와줄 수 있기를 바라야지. 때로는 혐의가 인정되지 않을 때도 있거든. 무얼 하든 누구에게도 절대 내 딸이라고 말하지 마라. 나를 도우려고 하지도 말고. 너 혼자 잘 살아야 해.
사랑한다, 딸. 곧 다시 만날 거야. 약속할게.

아빠가.'

럭키는 편지를 몇 번이고 다시 읽으며 정확히 무얼 어떻게 해야 하는지, 그리고 어떤 근거로 어떻게 괜찮아질 거라고 하는지 궁리해 보았지만 어디에도 답은 없었다. 그런 마법의 공식은 편지에 담겨있지 않았다.

그녀는 이제 혼자였다.

럭키는 금고를 다시 잠그고 배낭에 넣었다. 옷 몇 벌과 함께 책을 최대한 욱여넣었다. 그게 전부였다. 이제 도망쳐야 했다. 혼자서.

보트에서 내려오자 선창에서 케리가 기다리고 있었다. 갈색과 검은색의 털북숭이 강아지가 그의 품에서 꼼지락거렸다. 앙상하게 갈비뼈가 드러난 암컷이었다.

그가 강아지를 내려놓으며 말했다.

"얘는 베티야. 동물구조협회에서 데려왔어. 우리가 꿈꾸던 녀석이야. 기억나지? 셰퍼드랑 허스키가 조금씩 섞였어."

"가. 지금은 꼴도 보고 싶지 않아."

강아지가 바닥을 구르며 럭키의 발등에 몸을 비볐다.

"우리 엄마도 체포됐어."

"뭐? 내가 가봤는데 네 엄마가 수갑 찬 모습은 안 보이던데."

"집으로 들이닥쳤어. 엄마를 먼저 잡아가고 엄마가 네 아빠와 레예스가 있는 곳을 알려준 거야."

"그러셨겠지."

"나도 안타까워. 아니, 우리 엄마나 레예스가 잡혀간 건 상관없지만 네가 아빠 때문에 얼마나 속상한지 알아. '정말' 미안해."

"그런 말은 듣고 싶지 않아."

"넌 내가 거짓말쟁이라고 생각하겠지만 사실대로 얘기할게. 전부 다. 몇 달 전부터 엄마가 함께 일하는 사람에 대해 얘기했었어. 그에게 럭키라는 딸이 있는데, 그 딸을 학교에 보내려고 일하는 거라고. 난 그 멋지고 똑똑한, 그리고 틀림없이 예쁠 것 같은 럭키라는 애가 궁금해졌지. 그래서 해변에 가서 너를 찾았어. 그리고 첫눈에 반해버렸어. 하지만 내 정체를 알리고 싶지 않았어. 그럼 네가 겁을 먹고 도망갈 것 같았거든. 네가 우리 엄마를 좋아하지 않는다는 것도 알고. 엄마를 좋아하는 사람은 없으니까. 그래서 거짓말을 한 거야. 너무 멀리 가긴 했지. 솔직하게 털어놓기엔 이미 늦었거든. 하지만 내 마음은 늘 진심이었어. 그래서 계속 거짓말을 한 거고. 널 잃을까 봐 겁이 나서."

베티가 럭키의 다리 사이를 비집으며 발 위로 작고 뾰족한 코를 내미는 바람에 하마터면 럭키가 넘어질 뻔했다.

"네가 좋은가 봐. 이제 네 거야."

"강아지로 날 매수할 생각 마."

"비행기를 살 돈은 없어서……"

그는 특유의 비뚜름한 미소를 지었다. 몇 주 만에 다시 보는 미소에 굳게 먹은 럭키의 마음이 흔들리기 시작했다.

"우린 함께 있어야 해. 모르겠니? 우리 부모님처럼 될 필요는 없어. 그냥 우리 식으로 살면 돼. 받아들여. 이건 운명이야."

럭키는 자세를 바로 잡으며 강아지를 외면하려 애썼다.

"내가 함께하려고 했던 사람은 알렉스라는 남자야. 그 사람은 세상에 없어."

"너 정말 혼자 살고 싶어?"

그가 한 발짝 다가오며 특유의 강렬한 눈빛으로 그녀를 내려다보았다.

"이제 아빠도 안 계시잖아, 럭키. 그렇게 빨리 나오진 못할 거야."

"그건 모르는 일이지."

베티가 시끄럽게 짖어대자 럭키는 허리를 굽혀 녀석의 머리를 쓰다듬어 주었다. 케리는 그녀의 앞에 쪼그리고 앉아 애원했다.

"그러지 말고 이 강아지를 봐. 베티에겐 네가 필요해. 나 좀 봐줘. 처음 만났을 때 거짓말한 거 용서해 줘. 평생 다시는 너에게 어떤 거짓말도 하지 않겠다고 내 목숨을 걸고, 베티의 목숨을 걸고 맹세할게. 나한텐 네가 필요해, 럭키. 너에게도 내가 필요하고. 너 혼자 학교에 다니는 건 불가능해. 네가 얼마나 학교에 다니고 싶어 하는지 알아. 나도 그러기를 바라고. 난 너를 사랑하고 너도 나를 사랑하잖아. 말해봐."

"이런 식으로 관계를 시작하는 건 좋지 않아. 상대에 대해 제대로 아는 게 하나도 없는데."

"시간을 갖고 알아가면 되잖아. 빈 서판으로 시작하는 거지."

"난 너무 많은 사람으로 살아서 빈 서판 같은 건 없어."

"정말 그럴까? 우린 원한다면 언제든 새 출발을 할 수 있어. 난 네가 어떤 모습이든 사랑할 거야. 네가 무얼 하든, 네가 무슨 말을 하든, 네가 누구이든 언제나 사랑할 거야. 그리고 내가 지켜줄게. 혼자 버티지 않아도 돼."

"난 혼자서도 괜찮아."

그녀가 말했다. 하지만 지금껏 혼자 살아본 적은 없었다.

"우린 함께 있으면 무엇이든 할 수 있어."

베티가 세차게 꼬리를 흔들었다.

"봤지? 얘도 그렇다고 하잖아. 영리한 개라니까."

케리는 럭키의 턱 밑에 손가락을 대고 그녀의 얼굴을 올려 자신을 마주 보게 했다.

"너의 모든 꿈을 나는 알고 있잖아. 나한테 털어놓았을 때 진심이라는 것을 알았어. 내가 그 꿈을 모두 이루도록 도와줄게. 내가 돕게 해줘. 혼자 도망치지 마."

그녀는 똑바로 섰다. 그는 그녀에게 베티의 목줄을 건넸고 그들은 함께 보트를 등진 채 더힐 쪽으로 걸음을 내딛었다. 그곳에서 빈 저택이, 그리고 완전히 새로운 삶이 그들을 기다리고 있었다.

*

여름이 끝나갈 무렵, 언론에서 '*위탁 아동 사기꾼*'이라는 별칭을 붙여준 프리실라와 존, 레예스의 공소 사실이 신문에 보도되었다. 그들이 운영하던 허위 자선단체의 실체가 낱낱이 밝혀졌다. 프리실라 라셰즈는 양형 거래 협상을 진행 중이라고 기사는 설명했다. 그녀는 다른 사건에 관한 정보를 갖고 있었다.

"걱정된다."

럭키는 프리실라 저택의 아일랜드 식탁 앞에 앉아 케리에게 말했다.

"네 엄마가 나오면 자기 보석금을 내 등록금으로 쓴 걸 알고 좋아하지 않을 텐데."

케리는 저녁식사를 준비하고 있었다. 그는 음식의 간을 본 뒤 럭키를 돌아보았다.

"엄마가 그럴 줄은 정말 몰랐어. 그렇게까지 배짱을 부릴 줄이야. 아버지가 예전에 함께 일한 마약 조직에 대해 폭로하는 대가로 감형을 받으려나 봐. 미친 짓이지. 그럼 출소하자마자 그쪽에서 엄마를 죽이려고 달려들 텐데. 엄마도 알아. 또 계획이 있겠지. 그게 뭔지 알면 좋겠다."

럭키는 계속 신문을 읽었다.

"레예스는 초범이라 길어야 5년이래. 아빠는……"

가슴이 답답해졌다.

"아빠는 25년에서 종신형까지 갈 수 있다네. 전과 2범이라. 전과가 있는 줄 몰랐어."

"캘리포니아 주법대로 하면 그게 맞지."

케리는 찬장을 열어 양념 몇 가지를 꺼냈다. 럭키는 그의 태연한 말투가 거슬렸다. 럭키의 아빠가 조금도 걱정되지 않는 걸까?

"난 아빠를 사랑해. 아빠가 보고 싶다고. 너와 네 엄마 사이와는 달라. 이건 너무 부당하잖아!"

"세상 사람 모두가 언제나 합당한 대우를 받는다고 생각해?"

케리는 행주에 손을 닦고 그녀의 뒤로 다가왔다. 그녀의 목을 주물러 주기 시작했지만 럭키는 힘을 빼지 않았다. 케리가 말했다.

"25년은 긴 시간이야. 게다가 그것도 최소 형량이고. 네 아빠의 삶에서 아주 큰 부분이 떨어져 나갈 거야. 아빠가 출소하실 때쯤이면 넌 다른 사람이 되어있을 거야. 그건 네 아빠도 마찬가지일 테고."

그는 말이 없었다. 그녀의 목과 어깨를 주무르던 손도 멈췄다. 럭키는 그가 자기 아버지를 생각하고 있다는 것을 알았다. 이윽고 그가 다시 입을 열었다.

"이제 아빠는 잊어야 해. 그게 최선이야. 내가 너를 지켜줄게. 너를 사랑하니까."

럭키는 팔을 뻗어 그의 손을 잡았다.

"알아. 나도 사랑해."

그는 그녀의 정수리에 입을 맞췄다.

"그 신문은 그만 치우고 강의 노트나 보시지? 기업회계 교수가 꼬장꼬장하다며. 저녁은 내가 차릴 테니까 넌 공부나 해. 내가 새로 개발한 요리를 맛보면 기절할걸."

케리는 요즘 요리에 흥미를 붙였다. 럭키가 집에 돌아오면 그는 새로 만든 요리 한두 가지를 자랑스럽게 선보이곤 했다.

"그리고 이따 저녁 먹으면서 내 계획을 들려줄게. 엄마가 출소하기 전에 이 집에서 나가는 거야. 네가 신경 쓰지 않게. 그러려면 내가 스탠포드 대학의 학생 행세를 해야 해……"

빙긋 웃는 얼굴과 반짝이는 눈이 어쩐지 낯이 익었다. 럭키는 신문을 치우고 걱정을 밀어두려 했다. 하지만 그렇게 말하는 그를 보자 아빠가 떠올랐다. 걱정이 그녀를 사로잡았다.

11

프라실라 플레이스는 프레즈노의 막다른 골목에 자리하고 있었다. 높은 검정 대문이 커다란 노란색 미늘판 집을 에워쌌고 부지 안쪽으로 별채들이 보였다. 작은 창고처럼 생긴 별채들은 집과 똑같이 밝은 노란색 페인트로 칠해져 있었다. 대문에 개조심 표지판이 보였고 뒤쪽 별채만큼 커다란 개집도 눈에 띄었다. 럭키는 문 앞으로 가서 초인종을 눌렀지만 개 짖는 소리는 들리지 않았다. 어쩌면 그저 연막인지도 모른다.

인터폰이 윙윙거렸다.

"성함이 어떻게 되시죠?"

"진이라고 해요."

"대문 안으로 들어오셔서 보안대를 통과하신 뒤 현관으로 들어오면 대기실이 있어요."

럭키는 덩치 큰 사내를 보고 화들짝 놀랐다. 민머리에 짙은 색 선글라스를 쓰고 레이커스 로고가 달린 가죽 재킷을 입고 있었다. 그가 물었다.

"성함이?"

"진이요."

"성은?"

"팬턴."

"신분증은?"

"없어요."

사내가 그녀의 얼굴을 천천히 뜯어보자 럭키는 가슴이 콩닥거렸다. 하지만 그는 곧 "들어가세요." 하고 말했다.

럭키는 안으로 들어갔다. 작은 접수 구역에서 어렴풋이 개 냄새가 났다. 접수 창구는 두꺼운 유리창으로 가로막혀 있고 머리칼을 촘촘히 땋아 꼬아 올린 여자가 그 안에 앉아있었다. 그녀는 럭키를 흘끗 보더니 자판을 두드리며 무언가를 입력한 뒤 자리에서 일어나 창문을 열었다.

"어서 오세요. 프리실라 플레이스입니다. 어떻게 오셨어요?"

"지낼 곳이 필요해서 왔어요."

럭키가 대꾸했다.

"현재 살 곳이 없으신가요?"

럭키는 고개를 끄덕였다.

"얼마나 지내실 생각이죠?"

"한 달이요."

"성함이?"

"진 팬틴."

"저는 샤론이라고 해요. 신분증 있어요, 진?"

"아뇨."

"글은 아시죠?"

"네."

"좋아요. 그럼 입소 신청서를 드릴 테니까 작성해 주세요. 정보를 입력한 뒤에 들여보내 드릴게요."

럭키는 다시 고개를 끄덕인 뒤 메모판과 펜을 받아들고 의자에 앉았다. 주위를 둘러보니 보안 카메라 두 대가 설치되어 있었다. 집 앞에 서서 활짝 웃으며 테이프를 자르는 프리실라의 사진도 보였다.

입소 신청 절차가 끝나자 샤론은 럭키를 데리고 집을 통과해 마당으로 나갔다. 집 내부는 커다란 주방 겸 식당 구역과 거실, 휴게실로 나뉘어 있었다.

"12호실이에요."

샤론이 럭키에게 열쇠를 건네며 말했다.

"1인실이에요. 짐 풀고 계세요. 저녁 식사 시간은 5시, 얼마 안 남았네요. 내일은 몇 가지 절차가 있을 거예요. 나와 상담하고, 프리실라도 일정이 허락한다면 새로 들어오는 사람들을 모두 직접 만나고 싶어 하시거든요. 하지만 오늘 저녁 식사 때 뵐 수 있을지도 몰라요. 지금 개를 산책시키러 가셨는데 저녁에 다른 일정이 없어서 식사 시간에 나오실 거예요."

럭키는 마음이 무거워졌지만 애써 미소를 유지하며 대꾸했다.

"고맙습니다. 이따 뵐게요."

"이따 만나요, 진."

*

럭키는 식사를 내려다보았다. 호박 수프와 샐러드, 신선한 빵이었다. 훌륭해 보였을 뿐 아니라 며칠 동안 제대로 된 끼니를 챙기지도 못했지만 조금도 먹을 수가 없었다. 프리실라가 금방이라도 들어올 것 같았다. 컬러 렌즈 때문에 눈은 모래가 들어간 듯 뻑뻑했다.

"난 재닛이라고 해요."

옆에 앉은 여자가 말했다. 주황색으로 탈색한 짧은 머리칼과 접시처럼 동그랗고 파란 눈을 가진 여자였다. 한 손을 떨었지만 수프를 입에 넣는 데는 문제가 없는 듯 보였다.

"진이에요."

럭키는 잠깐 미소를 지은 뒤 시선을 내렸다. '지금은 아무하고도 말하고 싶지 않아요' 하는 의사가 전달되었기를 바라며.

"와. 우리 이름이 비슷하네요."

럭키는 대꾸하지 않았다.

"좀 지내다 보면 편해질 거예요. 여긴 안전한 곳이에요."

"고맙습니다."

럭키는 샐러드에 든 토마토 하나를 억지로 건져 먹었다. 수프도 조금 떠서 입에 넣었다. 그러자 재닛은 만족하는 눈치였다. 이윽고 누군가가 진공청소기를 켜기라도 한 듯 식당의 대화 소리가 일제히 사그라졌다. 럭키는 시선을 들었다. 프리실라가 들어오고 있었다. 수년 전에 단단히 넘겨 올렸던 짙은 색 머리칼은 이제 좀 더 짧아져서 얼굴을 에워싸고 있었다. 청바지와 성기게 짠 편안한 스웨터 차림이었다. 그녀는 천천히 돌며 식당 안의 사람들에게 일일이 미소를 지어 주거나 눈인사를 했고 수줍어하는 사람들에겐 격려하듯 고개를 까닥였다. '넌 진 팬틴이야. 저 여자는 너를 몰라. 그렇게 믿어야 해.' 마당에서 개 짖는 소리가 들렸다.

럭키는 어느새 손마디가 하얗게 변하도록 숟가락을 꼭 움켜쥐고 있었다.

"괜찮아요?"

재닛이 물었다.

럭키는 숟가락을 내려놓았다.

"그럼요. 괜찮아요."

"새로운 얼굴들이 보이네요."

프리실라가 식사하는 사람들에게 말했다.

"프리실라 플레이스에 잘 오셨어요. 이미 알고 계신 분들도 있겠지만 이곳은 프레즈노 일대에서 머물 곳이 없는 여성들을 위한 안전한 천국이에요. 우리는 이곳에 오는 모든 여성들을 존중하는 마음으로 친절하게 품어준답니다. 그러니 여러분도 서로를 친절하게 대하고 존중해 주어야 해요. 우리는 모두 가족이랍니다."

프리실라는 테이블 사이를 천천히 걸으며 말을 이었다.

"오늘 저녁의 주제는 존엄이에요. 여러분에게 존엄이 어떤 의미인지 되새겨 보죠."

"매일 저녁마다 강연을 하나 보죠?"

럭키가 재닛에게 속삭여 물었다.

"강연이라기보다는…… 설교에 가깝죠."

"설교? 정말 그런 걸 해요?"

"굉장하신 분이에요. 일단 들어보세요."

재닛이 말했다.

프리실라의 설교가 계속되었다.

"'존엄'의 사전적 의미는 '존경과 존중을 받을 수 있는 상태 또는 자질'이에요. 솔직히 말하면 저도 한때는 존경이나 존중을 받을 만한 사람이 아니었답니다. 아시죠, 여러분?"

몇 명이 킥킥거리며 소곤거렸다.

'다시 한번 말해보시지.' 럭키는 속으로 생각했다.

재닛은 바짝 몸을 기울이며 속삭였다.

"저분의 변모를 다룬 다큐멘터리 보셨어요?"

럭키는 이를 갈며 고개를 저었다.

프리실라가 말을 이었다.

"'존엄'에는 또 다른 의미가 있답니다. 자신에게 자부심을 갖는 것, '자신'을 존중하는 것이죠. 하지만 스스로 아주 기본적인 필요조차 충족할 수단이 없다면 그러기가 쉽지 않겠죠. 살 곳이 없거나 먹을 것이 없다면 더더욱 그렇고요. 하지만 여러분, 그런 건 부끄러운 일이 아니에요."

그녀는 마치 전도사처럼 목소리를 높였다.

"오늘 나는 도움을 요청하는 것이 부끄러운 일이 아니라는 얘기를 하기 위해서 이 자리에 나왔답니다."

프리실라는 이제 럭키의 테이블 옆에 서있었다. 그녀에게서 향수 냄새가 풍겼다. 럭키는 수년 전에 맡은 그 향을 기억하고 있었다. 푸아종.

재닛이 속삭였다.

"정말 '굉장'하죠. 믿기지 않는 분이에요."

"그러네요."

럭키는 프리실라가 실제로 얼마나 '믿을 수 없는' 사람인지 생각하며 소곤거렸다.

성경에 나올 법한 이야기가 좀 더 이어진 뒤 프리실라의 설교가 끝났다. 그러고 나자 그녀는 테이블마다 돌아다니며 사람들과 일일이 대화를 나누었다.

럭키가 재닛에게 말했다.

"'너무' 피곤하네요. 저는 일찍 들어가서 자야겠어요."

그러고는 겸연쩍게 웃으면서 일어섰다.

"프리실라가 곧 여기로 올 텐데요."

재닛이 말했다.

"나중에 만나죠. 오늘은…… 내키지 않네요."

럭키는 자기 접시를 치우고 뒷문으로 향했다. 현관 쪽에서 문이 열리는 소리와 나지막한 목소리가 들렸다. 샤론이 프리실라의 개를 달래는 듯했다. 막 나가려고 하는데 누군가가 그녀의 팔을 잡앉다.

"우린 아직 정식으로 만나지 못한 것 같은데. 급한 일 있어요? 내 방에서 차 한 잔 할까요?"

럭키는 돌아서서 프리실라의 날카로운 짙은 갈색 눈을 억지로 마주했다.

"아, 그러죠. 그럼……"

럭키는 말을 끝맺지 못했다. 때마침 갈색과 흰색의 커다란 털북숭이가 들어왔기 때문이다. 샤론이 소리치며 따라 들어왔다. 개는 반갑게 꼬리를 흔들고 짖어대며 럭키에게 달려들었다.

"앉아, 착하지."

럭키가 말하자 개는 순순히 복종했다. 당연한 일이었다. 럭키의 개였으니까.

9월 하순의 어느 날 학교에 갔던 럭키가 도무지 집이라 느껴지지 않는 프리실라의 저택으로 돌아와 보니 케리가 화려한 파란색의 짧은 칵테일드레스가 걸린 옷걸이를 들고 입구에서 기다리고 있었다. 저택은 티 한 점 없이 깨끗했고 수영장도 반짝반짝 윤이 났다. 뒷마당의 정자에는 꼬마전구들이 매달려 있었다. 테이블 위에는 샴페인들이 담긴 버킷이 보였다.

"친구들이 지금 오고 있어. 우리 파티할 거야. 네 생일 파티. 옷 갈아입어."

"하지만 오늘은 내 생일이……"

케리는 그녀의 입술에 입을 맞춘 뒤 그녀의 가방을 벗겨 바닥에 던져놓았다.

"오늘은 네 생일이야. 넌 이제 열아홉 살이 되는 거야. 나는 캐나다에서 왔고. 기억하지? 내 이름은 조너스 웨스턴이고 넌 그대로 앨레이나야. 대신 성은 파크스. 캐나다에서는 열아홉 살이 되면 합법적으로 술을 마실 수 있어. 넌 파티라면 사족을 못 쓰고."

그는 드레스를 흔들며 말을 이었다.

"우린 내가 새로 사귄 학교 친구들과 네 생일을 축하할 거야. 그 친구들 만나보면 너도 좋아할걸."

그는 웃음을 터트렸다.

"알았어. 알았다고. 그래도 봐줄만 할 거야. 사실은 나도 그렇거든. 그래도 나쁘지는 않아. 좀 따분하고 뻔하긴 한데 아주 너그럽고 굉장히 태평하지. 우리한테는 그런 게 중요하잖아."

"또 기억할 게 뭐가 있지?"

럭키는 이런 일에 익숙했지만 여전히 초조했다.

"난 연목재 사업의 후계자인데 부모님하고 사이가 틀어졌어. 내가 경영이 아닌 다른 공부를 하러 캘리포니아로 떠나와서 부모님의 눈 밖에 났지. 물론, 나는 인문대를 다니고 있고 여자친구랑 살고 있어. 너희 부모님은 두 분 다 돌아가셨어. 비행기 추락 사고로."

그는 목을 가다듬더니 고개를 돌리고 샴페인 병 하나를 만지작거리며 덧붙였다.

"미안해. 내가 너한테 써먹은 거짓말이지. 그래도 꽤 효과가 있다고."

베티가 부엌으로 들어와 반갑게 짖고 꼬리를 흔들며 럭키에게 달려들었다. 케리가 선창으로 처음 데려왔을 때 영양실조에 걸린 듯 앙상했던 모습은 온데간데없었다. 이제 윤기가 흐르는 갈색 털에 하얀 털이 섞여 붉은빛을 띠었다. 녀석은 빠르게 자라 늑대처럼 늠름해졌다. 대체로 온순한 편이었지만 럭키를 지나치게 보호하는 경향이 있었다. 아주 가끔 두 사람이 말다툼이라도 벌이면 케리를 향해 짖어대며 으르렁거렸다. 지금 베티는 목줄에 파란 나비넥타이를 달고 있었다. 럭키의 드레스뿐 아니라 베티의 눈 색깔과도 잘 어우러졌다.

케리가 말했다.

"어서 가서 옷 입어. 재미있을 거야."

럭키는 위층으로 올라가 옷을 갈아입고 머리를 올렸지만 계단을 내려올 때쯤 이미 머리칼이 흘러 내려왔다. 첫 손님이 도착했다. 연인 사이인 애런과 매그놀리아. 그들이 허공에 키스를 날리며 들어오고 휴와 월이 그 뒤를 따랐다. 월은 시가 한 상자를 들고 있었다.

"이따 피우려고, 친구."

그가 케리에게 윙크를 하며 말했다. 럭키는 남자친구가 순식간에 저 친구들 무리와 막역한 사이가 되었다는 사실에 혀를 내둘렀다.

"네 여자친구도 끼고 싶으려나?"

럭키는 미소를 지으며 대꾸했다.

"시가는 내 취향이 아니야. 하지만 샴페인은……"

작은 테이블에 병 하나가 놓여있었다. 럭키는 그것을 집어 마개를 땄다. 다행히 며칠 전에 케리에게 샴페인 따는 법을 배워두었다. 사실은 샴페인을 따본 적도, 지금 같은 역할을 연기해 본 적도 없었다.

"여자친구 멋지다."

다 같이 부엌으로 들어가면서 휴가 말했다.

"최고지."

케리가 럭키의 허리에 손을 얹고 그녀를 앞으로 밀었다. 그러고는 그녀의 귀에 입을 맞추며 속삭였다.

"'잘했어.'"

이윽고 매그놀리아가 달콤한 목소리로 말했다.

"아, 그 유명한 앨레이나구나. 조너스가 어찌나 자랑을 하던지. '천재'라고 하던데."

매그놀리아는 새까만 머리칼에 밝은 푸른색 눈을 가졌다. 버터 색 실크 드레스가 완벽한 몸매를 자연스럽게 감싸고 있었다. 럭키는 자신의 머리칼이 너무 부스스하고 드레스도 싸구려처럼 느껴졌다. 사실은 가격 때문에 가격표도 떼지 못했는데 말이다. 가격표에 옆구리가 쓸렸다. 하지만 모두에게 샴페인이 한 잔씩 돌아가고 나자 매그놀리아가 그녀의 손을 잡으며 말했다.

"정말 예쁘다. 이제 수영장도 보여줘. 그리고 얘는 네 개야? '귀여워라.' 셰퍼드랑 허스키를 섞은 셰퍼키 맞지? 우리 친척이 블랙포레스트의 농장에서 셰퍼키를 사육하거든."

"맞아. 우리도 독일의 사육자한테서 분양받았어."

파티가 끝나고 모두가 떠난 뒤 두 사람은 수영장 옆에 서서 수평선 위로 고개를 내미는 태양을 바라보았다. 케리는 피곤해하기는커녕 득의만만했다.

"잘했어. 넌 정말 완벽한 파트너였어. 다들 네가 끝내준다고 하던데. 소질이 있다니까. 너도 재미있지 않았어?"

그녀는 그를 보지 않으려고 그의 가슴에 머리를 기댔다. 그는 예전부터 다른 사람은 속여도 서로에게는 절대 거짓말을 하지 말자고 했다. 하지만 그녀는 이렇게 대꾸했다.

"응, 정말 재미있었어."

"우리가 실제로 그런 사람이 되면 되잖아. 그렇게 될 거야. 언젠가는 연기가 아니라 진짜 그렇게 살 수 있어."

*

럭키의 대학 1학년 생활이 끝나갈 무렵 두 사람은 매그놀리아와 애런과 함께 마드리드로 여름휴가를 떠났다. 애런의 부모님이 그곳에 집을 한 채 갖고 있었다.

첫날, 올리브 나무가 늘어서 있고 등불들이 걸린 마당에서 저녁 식사를 즐기면서 케리는 친구들에게 처음 씨를 뿌렸다. 앨레이나의 부모님이 살아생전에 진 악성 부채로 인해 두 사람이 사는 저택이 곧 압류될 위기에 처했다고(이건 '사실'이었다) 케리는 그들에게 말했다. 일이 술술 풀렸다. 여름이 가기 전에 케리와 럭키는 새로 살 집을 구했다. 휴의 가족이 사는 알라모의 집에 딸린 별채였다. 그들은 임대료를 내겠다고 고집했고 심지어 케리가 수표를 쓰기도 했다. 물론, 럭키는 그 수표가 부도 처리되리라는 사실을 알고 있었다. 그러나 어차피 케리의 수표는 현금화되지 않고 늘 그

자리에서 찢기거나 내쳐졌다.

"들킬까 봐 겁나지 않아?"

어느 날 밤 침대에서 럭키가 그에게 속삭여 물었다.

"뭘 들켜?"

"우리의 정체."

"이게 우리의 정체 아니야?"

럭키도 더 이상 알 수 없었다. 학교에서는 스스로 정한 역할을 연기했다. 진짜 친구를 사귀고픈 마음이 간절했고 함께 술을 마시자거나 같이 공부하자는 제안도 여러 번 받았지만 누구하고든 너무 가까워지지 않도록 조심했다. 케리의 스탠퍼드 친구들과 함께 있을 때는 다른 역할을 연기했고 한 달에 한 번 25년형을 선고받고 샌 퀜틴 교도소에 수감된 아빠를 면회할 때는 또 다른 사람이 되어야 했다. 케리는 그녀가 면회를 간다는 사실을 몰랐다. 두 사람의 금고에서 돈을 훔쳐 존의 조카 세라 암스트롱의 신분을 날조한 뒤 계속 아빠를 만나고 있다는 사실을 케리는 전혀 알지 못했다.

"너도 원하는 거 아니야? 과거에서 벗어나 대단한 사람이 되고 싶지 않아?"

"물론 그러고 싶지."

럭키가 대꾸했다. 하지만 내심 '대단한 사람이 된다'는 것이 무슨 뜻이냐고 묻고 싶었다. 어떤 대가가 따르더라도 부유해지는 것? 아니면 도덕적 파탄? 그러나 끝내 묻지 않았다. 그녀에게도 계획이 있었기 때문이다. 어떻게든 학교를 다녀야 했다. 더 나은 방식으로 삶을 꾸릴 수도 있다는 사실을, 사기를 치거나 남을 속이지 않고도 잘 살아갈 수 있다는 사실을 결국에는 그도 알게 될 것이다.

얼마 후 케리는 학교를 그만둔 척했다. 친구들에게는 두 사람의 등록금을 모두 감당할 수 없어서 한 사람만 학교를 다니기로 했다고 둘러댔다.

"앨레이나가 천재잖아. 그러니까 당연히 앨레이나가 다니는 게 낫지."

그의 부자 친구들은 돈을 빌려줄 테니 대학에 계속 다니라고 했지만 그는 도움을 원치 않는다며 거절했다. 그러곤 돈을 받는다면 그에 합당한 일을 하고 싶다고 했다. 어차피 학교는 자신과 맞지 않았다고, 케리의 또 다른 자아 조너스가 원하는 일은 클럽을 여는 것이라고 넌지시 내비쳤다.

"야, 네가 파티에 일가견이 있잖아. 조너스가 여는 파티는 최고 아니야?"

애런이 말했다. 그들은 휴의 집에 모여 있었다. 그날은 휴의 생일이라 케리가 파티를 준비했다. 〈매트릭스〉를 주제로 한 광란의 파티. 모두가 검정 가죽 옷을 입고 선글라스를 썼으며 테크노 음악이 요란하게 울려 퍼졌다. 출장 요리사들은 '끝내주는 면 요리'와 '모든 맛을 가진 닭고기' 케밥을 준비했다. 집 안에 레이저 서바이벌 게임장도 마련되었다. 애런이 말했다.

"우리가 함께 도와주자. 조너스가 클럽을 열고 싶다잖아. 우리가 자금을 지원해주자!"

친구들은 모두 클럽을 열라며 투자를 했지만 케리는 천천히 준비하겠다고 했다. 먼저 완벽한 장소를 물색해야 하는데 그 일만 해도 오랜 시간이 걸린다고 그는 둘러댔다. 그사이 럭키는 대학 졸업반이 되었다. 그 후 '조너스'는 세계 각지를 돌며 적당한 가구를 찾고 유럽의 포도밭과 양조장도 찾아 다녀야 한다고 했다. 머지않아 조너스 웨스턴이 클럽을 새로 연다는 소문이 샌프란시스코 전역에 퍼져나갔다. 케리는 클럽의 이름을 '럭키'로 정했다. 하지만 실제로 그는 친구들이 투자한 돈으로 클럽을 준비하기는커녕 일부를 럭키의 등록금으로 쓰고 나머지는 모두 따로 모아놓았다.

"내가 그 돈으로 무얼 하든 걔들이 신경이나 쓸 것 같아?"

럭키가 끊임없이 걱정을 내비치자 케리는 이렇게 말했다.

"그들은 그냥 즐기는 거야. 딱히 큰 손해도 아니라니까. 우린 네가 졸업하면 바로 다음 날 사라질 거고 클럽은 없었던 일이 될 거야. 걔들은 속았다는 걸 깨닫고 5분도 안 돼서 잊어버릴걸. 그들한테 그 투자금은 푼돈에 불과해. 부모님한테 말할 거리도 안 된다니까. 걔들은 그냥 재미로 한 거야. 그러니까 너도 그냥 즐겨."

*

2003년 6월 럭키가 샌프란시스코 대학을 졸업한 날, 케리는 커다란 붉은 장미꽃 다발을 안고 맨 앞줄에 앉아있었다. 졸업식이 시작될 때만 해도 비어있던 그의 옆자리에는 럭키가 학위를 받으러 무대로 나갈 무렵 프리실라가 앉아있었다. 럭키는 다리에 힘이 풀렸지만 억지로 걸음을 옮겼다.

"여긴 왜 온 거야?"

식이 끝난 뒤 럭키가 소곤거렸다. 프리실라는 그들의 술을 가지러 가고 없었다.

"미안해. 나도 몰랐어."

케리는 안절부절못하는 모습이었다.

"그동안 우리 일을 꾸미느라 정신이 팔려서 신경을 못 썼는데 그사이에 출소해서 우리 집으로 찾아왔어. 네가 학사모랑 가운을 받는다고 먼저 출발한 뒤에 왔더라고. 우리가 사는 곳을 어떻게 알아냈는지 모르겠어."

"휴에게는 뭐라고 했어?"

"집에 아무도 없었어. 다들 스탠퍼드 졸업식에 갔거든. 얘기할 필요가 없었어. 대신 엄마가 '나'한테 많은 얘기를 했지."

"무슨 얘기?"

"쉬잇. 저기 온다."

프리실라는 싸구려 스파클링 와인이 담긴 플라스틱 잔을 그들에게 하나씩 건넸다.

"그만해. 그렇게 속닥거릴 필요 없어. 어차피 다 알고 있으니까. 너희들을 어떻게 그렇게 빨리 찾았는지 묻고 싶겠지. 대답해 줄게. 교도소에 있는 동안 너희에게 사람을 붙였어. 꽤 인상적이더라. 하지만 내가 전화 한 통으로 너희들의 사기극을 날려버릴 수도 있었어. 친구들한테 너희들이 그동안 돈을 빼돌렸다고 까발리면 오늘 밤 도망칠 수도 없게 될 텐데, 왜 진작 도망치지 않았니?"

그러자 케리가 대꾸했다.

"럭키가 학위증을 받고 싶어 했어요. 떠나버리면 받을 길이 없으니까."

"그야 그렇지. 뭐, 어찌됐든. 축하한다."

그녀는 럭키와 플라스틱 잔을 부딪치며 말을 이었다.

"해냈네. 경영학사."

프리실라는 럭키가 4년 동안 노력해서 받은 그 학위가 아무것도 아니라는 듯이 말했다. 하지만 럭키는 지금 자신의 손에 들린 이 한 장의 종이가 온전히 자신의 것이라고 되뇌었다. 합법적인 삶을 살 수 있는 수단. 그녀뿐 아니라 케리도 그렇게 살 수 있다. 그는 얼마간 재미를 보았지만 그런 삶은 위험하다. 그런 삶은 진짜가 아니다. 케리는 그녀와 함께 안정적인 삶을 꾸릴 수 있다. 앨레이나 카덴스는 아직 아무하고도 엮이지 않았다. 그리고 이젠 학위가 생겼다.

프리실라는 잔을 비우며 럭키에게 말했다.

"난 네 아빠를 대신해서 온 거야. 네 아빠한테 건배를 해주겠다고 약속했거든. 그리고 네 아빠는 너를 안아주라고 했는데 네가 허락할까 모르겠네."

"아빠가 만나주던가요?"

"난 이제 새사람이 됐어. 그리고 속죄의 일환으로 내가 다치게 한 사람들에게 사과를 하고 있지. 네 아빠에게도 빚을 갚으려고 노력 중이야. 그 사람이 원하는 건 딱 하나, 네가 행복한지 확인하는 거야. 행복하니, 럭키?"

럭키는 행복했다. 한 시간 전까지만 해도. 눈앞에 펼쳐진 가능성에 한껏 들떠있었다. 그런데 프리실라가 나타나 바늘로 그녀의 풍선을 터트린 듯했다.

케리가 럭키를 바싹 끌어당기며 말했다.

"당연히 행복하죠. 우리 둘 다 행복해요."

프리실라는 자기 컵을 가까운 쓰레기통에 던져 넣었다.

"어디 가서 제대로 된 술을 마시자. 얘기도 좀 하고."

케리는 한숨을 쉬었다.

"럭키까지 끌어들이지 마세요, 어머니."

"'어머니'? 네가 웬일로."

그녀는 미소를 짓고 있었다.

케리는 럭키를 돌아보며 말했다.

"먼저 집에 가서 짐 싸고 있어. 난 여기서 어머니랑 술 한 잔 하면서 얘기 좀 할게. 금방 갈 거야."

그는 그녀의 뺨에 입을 맞추며 귀에 대고 속삭였다.

"가는 길에 차를 렌트할게. 내가 집에 가면 바로 떠나자."

럭키는 택시를 타고 별채로 가서 짐을 싼 뒤 불안한 마음으로 케리를 기다렸다. 베티도 불안한 듯 그녀의 발밑에 앉아 문을 바라보고 있었다. 케리의 휴대전화로 전화해 보았지만 그는 받지 않았다. 마침내 새벽 2시쯤 돌아온 그는 술에 취해있었다. 럭키는 화가 치밀었다.

"차는 어디 있어? 우리 안 가?"

"내가 이 상태로 운전할 수 있을 것 같아?"

그는 비틀비틀 안락의자에 앉으며 말을 이었다.

"우린 못 가. 여기서 여름을 보내야 해. 아무래도 빌어먹을 클럽을 진짜 열어야겠다. '어머니'가 그렇게 하래. 내가 도와줄 일이 있나 봐. 그러지 않으면……"

어둠 속에서도 럭키는 그의 눈에 서린 두려움을 보았다. 그는 눈을 감고 쿠션에 머리를 기댔다.

"어쩔 수가 없어. 미안해."

그는 곧 잠이 들었다. 럭키는 그대로 앉아 어둠 속을 응시했다. 베티가 코를 비비며 그녀를 위로해 주었다.

*

크리스마스이브, 모두가 돌아가고 클럽에는 럭키와 케리만 남았다. 럭키는 케리가 클럽에서 자신의 파트너 역할을 할 때 입으라고 사준 짧고 타이트한 드레스를 입은 채 구석의 소파에 앉아있었다. 케리를 도와 그날 밤 들어온 수입을 계산하는 중이었다.

케리가 금고를 잠그고 가방에 넣으며 말했다.

"오늘은 굉장한 날이야. 수입이 좋아서라 아니라 너한테 크리스마스 선물을 주려고 하거든."

그는 뒤에 감추고 있던 카드를 꺼냈다.

"하지만 크리스마스는 내일이잖아. 난 자기 선물을 집에 놓고 왔는데."

럭키의 말에 케리는 빙긋 웃으며 대꾸했다.

"우리, 그 집으로 돌아가지 않을 거야. 열어봐."

럭키는 카드 봉투를 열었다. 접힌 종이 한 장이 들어있었다.

"부동산 권리증서. 아이다호주 보이시의⋯⋯ 주택?"

케리는 그 종이를 가리키며 말했다.

"거기 네 이름이 있어. 앨레이나 카덴스. 네 거야."

"난⋯⋯"

그녀는 입을 열었다.

"아니, 넌 앨레이나 카덴스야. 네 공식 문서는 모두 그 이름으로 되어있잖아. 여권이랑 출생증명서, 경영학사 학위증, 이제는 부동산 권리증까지. 단순하고 평범한 삶을 살고 싶다며. 그렇다면 아이다호주 보이시가 딱이지! 우리의 미래는 오늘 밤부터 시작이야."

"그럼 프리실라는⋯⋯"

"다 끝났어. 난 약속한 일을 끝냈고 그러고 나면 나를 놓아주겠다고 했거든. 내가 맡은 일은 다 했으니까 이제 알아서 하겠지. 우린 오늘 밤에 떠날 거야. 우릴 따라오진 않을걸."

"이 집은 어디서 났어?"

"그런 건 중요하지 않아. 어쨌든 네 집이야. 우리의 집. 거기서 새로 시작하는 거야. 드디어 새 출발을 한다고. 네가 늘 원했던 삶. 그만큼 기다렸으면 됐어."

그는 일어나서 금고를 넣은 가방을 들고 어둑한 실내를 둘러보았다.

"여기가 좀 그리울 것 같네. 클럽 운영도 해보니까 나쁘진 않았거든. 연막이긴 했지만."

그가 손을 내밀자 그녀는 그 손을 잡고 일어났다. 그가 다시 말했다.

"밖에 차가 기다리고 있어. 그 집에 두고 온 건 어쩔 수 없지만 필요한 건 내가 이미 차에 다 실어놓았어."

"베티는?"

그는 빙긋 웃었다.

"우리 딸을 놓고 갈 수는 없지. 창고에 있어. 가서 데리고 떠나자. 나랑 같이 갈 거지?"

그녀는 미소를 지으며 그에게 입을 맞추고 곧 손에 잡힐 듯한 행복을, 희망을 받아들이기로 했다. 불안함과 두려움은 잠시 밀어둔 채.

"당연하지. 언제나."

그녀가 대꾸했다.

12

프리실라 플레이스의 입소자들이 지켜보는 가운데 프리실라가 럭키에게로 다가왔다. 베티가 짖어대기 시작하자 샤론은 다시 목줄을 잡으려고 안간힘을 썼다.

"'정말' 죄송해요. 얘가 오늘 왜 이러나 모르겠네. 원래 아주 얌전하거든요. 하지만 확실히 진을 좋아하는 것 같네요."

"착하지."

럭키가 말했다. 베티는 금세 얌전해져서 꼬리를 흔들며 럭키의 옆에 와서 섰다. 럭키는 자기 개와 제대로 인사를 나누고 싶었다. 무릎을 꿇고 앉아 그 정겨운 적갈색 털에 얼굴을 파묻고 싶었다. 하지만 지금은 난생처음 보는 개인 척 연기해야 했다. 그녀는 애써 침착한 목소리로 프리실라에게 물었다.

"구조견인가요? 제가 예전 주인과 닮았나 봐요."

그러자 프리실라가 대꾸했다.

"내 아들 개예요. 아들이 해외에서 일하고 있거든요. 떠나 있는 동안 맡아달라고 했죠. 내 아들의 예전 여자친구와 꼭 닮으셨네요. 그래서 그런가 봐요. 녀석도 닮은 걸 아는 모양이네요."

"어쩜 그런 우연이."

럭키가 기어 들어가는 목소리로 말했다.

"그만 올라가서 차 한 잔 마시면서 얘기할까요, 진?"

*

프리실라의 거주 공간은 풍성한 천과 어두운 색으로 장식되어 있었다. 좁은 공간에 비해 과도한 장식이 별다른 가구 없이 실용적으로 꾸며놓은 아래층과는 사뭇 대조적이었다. 프리실라는 문을 잠갔다. 럭키가 베티 옆에 무릎을 꿇고 앉자 베티는 럭키의 얼굴을 핥았다. 럭키가 프리실라를 올려다보며 물었다.

"왜 내 개를 데리고 있죠?"

프리실라는 아무 말 없이 방을 가로질러 가더니 자기 책상에서 종이쪽지를 집어 들었다.

"내 경호원 니코에게 시켰어. 들어오면서 봤지? 저녁 식사 시간 동안 네 숙소를 뒤져보라고 했어. 그가 찾아낸 건 이 종이쪽지뿐이야. 책 속에 넣고 테이프로 봉했던데."

식재료를 적어놓은 영수증이었다. 거기에 적힌 숫자들이 보이자 럭키는 얼른 머릿속에 다시 집어넣기 시작했다. 진작 외웠어야 했는데. 너무 늦기 않았기를 바랐다.

"왜 이런 쪽지를 그렇게 소중하게 감춰두었지? 정말 장을 보려고 적어놓은 거니?"

럭키는 프리실라가 원하는 것을 갖고 있는 척하라는 아빠의 말을 떠올렸다.

"사실은 우리의 암호예요."

"너와 케리가 서로를 찾는 데 필요한 거야?"

"네."

"케리가 이걸 사용하래? 둘이 뭔가를 짰나 보지? 케리가 사라질 줄 알고 있었니?"

"네."

프리실라는 한참 동안 럭키를 바라보다가 다시 종이로 시선을 내렸다.

"이 암호는 언제 정했어? 라스베이거스에 있을 때? 그렇게 놀랄 필요 없어. 내가 몇 년 동안 너희에게 사설탐정을 붙였거든. 난 너와 내 아들에 대해 모르는 게 없어. 정확히 어디에 쓰는 암호지?"

프리실라는 그들이 공동의 문제를 해결하는 동료라도 되는 듯 사무적이고 활기찬 목소리로 물었다.

'어서, 럭키. 뭐라도 생각해.' 마침내 럭키가 입을 열었다.

"페이스북이요. 제가 돌 코노반이라는 이름으로 프로필을 만들기로 했어요. 사는 곳은 신시내티, 취미는 시나리오 쓰기와 새 관찰. 프로필을 만든 뒤 담벼락에 흰콩과 시금치를 넣어 밥을 짓는 조리법을 올리기로 했죠."

프리실라는 자기 책상으로 걸어가 로즈골드색 노트북 컴퓨터를 열었다.

"돌 코노반. 케리가 좋아하는 영화의 등장인물이지. 좋아, 그럼. 이리 와. 내 자리에 앉아. 페이스북을 열어놨어. 이제 프로필을 만들어."

프리실라는 뒤에 서서 럭키가 가짜 프로필을 만든 뒤 지금까지 설명한 단계를 하나씩 밟아가는 모습을 지켜보았다.

"이제 어떻게 해야 돼?"

"케리가 저를 친구로 추가하고 메시지를 보낼 때까지 기다려야죠."

"그럼 '케리'의 프로필은? 진짜 케리인지 어떻게 알지? 그것도 생각했겠지?"

침묵. 프리실라는 앞으로 손을 뻗어 노트북 컴퓨터를 닫고 럭키의 어깨에 손을 얹었다. 그녀가 럭키의 어깨를 힘주어 잡자 베티가 으르렁거렸다.

"이런 쓸데없는 연막은 집어치우는 게 좋을 텐데. 애쓰는 모습이 재미있긴 했지만 이제 좀 지루하거든. 그만하고 저기 소파로 가서 얘기나 좀 하자."

럭키는 잠시 눈을 감고 있다가 소파로 가서 앉았다. 베티가 총총 따라와 럭키의 발밑에 자리를 잡았지만 럭키는 도무지 든든한 느낌이 들지 않았다. 프리실라 같은 사람 앞에서는 절대로 안전할 수 없다는 사실을 알고 있었다. 프리실라의 반경 안에서는 경계를 늦출 수 없었다.

프리실라는 다리를 꼬더니 빙긋 웃으며 럭키를 향해 상체를 기울였다.

"샤론한테 차를 갖다 달라고 할까? 안색이 조금 안 좋네. 몸 관리를 잘해야 할 텐데."

"몸…… 관리요?"

"숨기려 하지 마. 임신한 거 알아."

럭키는 욕지기가 났다. 프리실라는 그들의 뒤를 밟았을 뿐 아니라 사설탐정에게 두 사람이 내놓은 쓰레기도 뒤져보라고 한 모양이었다. 어쩌면 그들의 전화기도 훔쳐봤을지 모른다. 럭키는 애써 미소를 지었다. 여전히 뱃속의 아기가 행복을 가져다주기라도 하듯. 하지만 낯선 사람이 그녀의 쓰레기통에서 임신테스트기를 꺼내 프리실라에게 갖다 주는 장면이 머릿속을 떠나지 않았다.

"가만 있자. 이제…… 거의 3개월 됐지? 곧 슬슬 티가 나겠네."

럭키는 납작한 배를 두 손으로 가리고 배를 슬쩍 부풀렸다. 그 안에 아기가 있는 척 연기하기가 고통스러웠다. 아기는 소중한 꿈이었다. 수많은 가능성을 품고 그녀의 뱃속을 유영하던 아기, 기억을 떠올리는 것만으로도 괴로웠다. 하지만 해야 했다. 자신이 여전히 케리의 아기를 배고 있다고 프리실라가 믿게 만들어야 했다. 그렇다면 럭키는 그녀가 원하는 것을 갖고 있는 셈이다. 그것은 막강한 무기였다. 프리실라가 아무리 사기꾼에 범죄자라고 해도 자기 핏줄을 죽이지는 못할 테니까. '너와 내 아들에 대해 난 모르는 게 없어.' 프리실라는 이렇게 말했다. 사설탐정을 붙이면 많은 것을 알아낼 수 있지만 이면에서 벌어지는 일까지 알아내기란

쉽지 않다. 내밀한 고통과 상실은 세상에 드러나지 않는 법. 집 앞에 앉아있는 탐정이 욕실 바닥에 흘린 피를 어떻게 발견하겠는가.

"힘들겠네."

프리실라가 말하고 있었다. 가식적인 연민이 가득 담긴 목소리로.

"내 아들이 어디 있는지도 모르고 임신한 상태로 도망자 신세가 되었으니. 앞으로 어떻게 될지도 모르고."

럭키는 입을 꾹 다물고 고개를 끄덕였다.

프리실라는 앞으로 손을 뻗어 앞에 놓인 탁자에서 유리 물병을 집어 들더니 물을 따라주었다.

"자, 마셔. 물을 자주 마셔야 해."

럭키는 물을 받아들었지만 마시지 않았다.

"아까 네 질문에 답하자면, 지난달에 케리가 나한테 그 개를 데려왔어. 내가 그러라고 했거든."

그녀는 자기도 물을 따라 한 모금을 마셨다.

"자, 봤지? 아무것도 안 탔어. 마셔도 돼."

그러곤 웃음을 터트렸다.

"아, 럭키. 표정이 가관이네. 어쨌든 그 개는 담보물이었어."

"무슨 담보물이요?"

"케리가 식당을 통해 세탁한 내 돈에 대한 담보물. 어머, 너 정말 아무것도 몰랐니?"

그녀는 다시 한번 웃었다.

"넌 정말 식당 운영이 케리의 꿈인 줄 알았던 거야? 케리가 너는 아무것도 모른다고 그러긴 하더라. 하지만 지금까지 설마 했지.

생각해 보니 정말 그런가 보네. 케리가 무얼 하는지 네가 알았더라면 여기 오지 않았을 테니까."

"왜요?"

프리실라는 럭키에게로 몸을 기울였다.

"내가 같이 일하는 사람들, 그러니까 그 식당을 통해 케리가 돈을 세탁해 준 사람들, 아주 무자비하거든."

럭키는 그녀를 뜯어보았다. 확실하진 않았지만 프리실라의 얼굴에도 두려움이 엿보이는 듯했다. 이윽고 그녀는 표정을 지우고 다시 냉정하고 확신에 찬 모습으로 돌아왔다.

"네가 알았더라면 틀림없이 꼭꼭 숨어있었겠지. 넌 내가 악의 화신이라고 생각하지만 그렇지 않아. 내가 위험하다고 하면 내 말을 믿어야 해. 지금 넌 위험한 상태야. 지금 네가 세상에서 믿을 수 있는 사람은 나밖에 없어……"

"난 절대 당신을 믿지 않아요."

"……가슴 아픈 일이지만 케리는 아마 죽었을 거야. 그들이 두들겨 패서 사막 어딘가에 내팽개쳤을 거야. 잔인하기 이를 데 없는 인간들."

그녀는 가슴에 손을 올리고 빠르게 눈을 깜빡거렸다. 진짜 눈물일까? 아니면 악어의 눈물? 럭키는 프리실라의 말을 곱씹어 보았지만 도무지 실감이 나지 않았다. 케리가 맞아 죽었다고? 그녀의 눈에도 눈물이 고였지만 프리실라 앞에서 눈물을 흘리지 않을 작정이었다.

"정말이에요?"

럭키가 속삭여 물었다.

"난 케리를 보호하려고 했어. 그래서 개를 데려오라고 한 거야. 네가 임신한 걸 알고 나니까 케리가 멍청한 짓을 할까 봐 걱정이 되더라. 너와 함께 내가 찾을 수 없을 곳으로 도망가서 가정을 꾸리려고 할까 봐. 그래서 마지막으로 한 번 더 나를 도와달라고 했어. 그리고 이 개를 담보물로 데려가겠다고 했지. 케리는 베티를 사랑했거든. 너도 그랬고. 그것으로 너희 둘을 적어도 한동안 붙잡아 둘 수 있다고 생각한 내가 어리석었지. 케리는 내 동료들을 위해 세탁한 돈을 빼돌렸어. 글쎄, 나도 확실히 모르겠다. 어딘가에 숨겨놓았을 거야. 너희들이 폰지 사기로 모은 돈과 함께. 말해봐. 둘이 어디로 가려고 했니?"

"그레나다요."

럭키가 둘러댔다. 그러곤 케리 생각에 고였던 눈물을 마저 밀어 넣었다. 가슴이 마구 뛰고 손이 저릿해졌다. 여기서 나가야 한다. 하지만 어떻게 나간단 말인가?

"그렇구나. 그래서 도미니카행 비행기 표를 샀니?"

프리실라의 목소리는 차가운 금속 같았다. 그녀는 럭키에게 더욱 바싹 다가왔다. 눈에 핏발이 보이고 입 냄새가 풍겼다.

"거짓말은 그만해. 이제 끝났어. 넌 나한테 아무것도 숨길 수 없어. 그 돈이 얼마나 되는지 알아? 난 그걸 찾아야 해. 그러지 않으면 끝이야. 어디 있는지 알지?"

"맹세코 정말 몰라요."

"수백만 달러야. 그런데 너한테 아무 얘기도 안 했다고?"

"안 했어요."

"그 돈이 빨리 나오지 않으면 또 누군가가 죽게 될 거야. 그게 만약 너라면……"

그녀는 럭키의 배를 흘끗 보며 말을 이었다.

"…… 두 사람이 죽는 셈이지. 내게 그 아이는 소중하지만 그 아이를 위해 나를 희생하진 않을 거야. 난 어떻게든 살고 싶은 사람이거든. 너도 살고 싶으면 나와 힘을 합쳐서 케리가 숨겨놓은 돈을 찾아야 해. 그리고 알고 있는 것을 서로 숨김없이 털어놓아야 해."

너무도 익숙한 상황이었다. 똑같은 얘기를 하던 케리의 목소리가 귀에 쟁쟁했다. '다른 사람은 속여도 서로에게는 절대 거짓말하지 말자.'

"맹세컨대, 그 돈에 대해선 정말 아무것도 몰라요. 난 케리가 돈을 몽땅 들고 도망친 줄로만 알았어요."

프리실라는 탁자에 놓인 영수증을 집어 들었다.

"여기서부터 시작해 보자. 이게 대체 뭐니? 무슨 비밀번호지? 그 안에 무얼 숨겼어?"

"보이시에 창고를 빌렸어요. 그 창고 비밀번호예요. 저도 다 빼앗길 수는 없었어요. 뭔가 수상한 느낌이 들었죠. 케리가 저한테 숨기는 게 있다는 생각이 들었어요. 그래서 그 집에서 값나가는 물건들을 챙겨 창고에 넣어놓았어요. 그림 몇 점이랑 보석 조금, 가전제품. 필요할 때 전당포에 맡길 생각이었어요."

프리실라는 영수증을 내려다보며 생각에 잠겼다. 그러다 다시 입을 열었다.

"좋아, 그럼. 나랑 같이 보이시로 가서 보여줘. 거짓말이 아닌지 확인해야겠어."

그녀는 일어나서 책상으로 걸어가 다이어리를 집어 들었다.

"금요일에 너랑 나랑 둘이서만 차를 몰고 가자. 샤론에게는 너를 돕겠다는 친척이 나타나서 그리로 데려다 준다고 얘기해 놓을게."

그녀는 일정을 표시한 뒤 다이어리를 내려놓으며 말을 이었다.

"그사이에 혹시 마음이 바뀌어서 이 번호가 '진짜' 무엇인지 나한테 얘기하고 싶으면 언제든 들어줄게. 그만 가서 자라. 그 성가신 개도 데리고 가."

2004년
아이다호주 보이시

첫 해에 럭키는 열심히 일했다. 온라인 투자 강좌를 듣고 자격
증 네 개를 취득해 작은 투자 및 회계 사무실을 열었다. 그들 소유
의 주택은 보이시 노스엔드의 캐멀스 백 공원 인근에 위치한 튜더
양식의 주택이었다. 차고 위에 럭키의 사무실이 차려졌다. 서서히
그녀는 여러 소규모 사업체의 회계와 개인 투자자들의 포트폴리
오를 관리해 주었다. 단번에 대박을 터트리지는 못해도 나름대로
꾸준히 수익을 내준다고 입소문이 나기 시작했다.

안정적인 삶이 시작되는 듯했다. 뾰족한 지붕과 사면의 테라스
가 갖춰진 집과 새로운 삶. 모든 것이 완벽했다. 럭키가 일하는 동
안 케리는 차고 안에서 꼼지락거리기도 하고 밖으로 나가 조깅을
하거나 공원에서 산악자전거를 타기도 했다. 그는 요리와 청소를
도맡아 하며 자신도 행복하다고 했다.

"내가 살림하면 되잖아. 난 좋아. 정말이야."

그는 웃는 얼굴로 이렇게 말하곤 했다. 하지만 그가 따분해 한다는 것을 그녀는 알고 있었다. 가끔 점심시간에 집에 들어와 보면 그는 비디오게임을 하거나 소파에서 잠을 자고 있었다. 둘 다 친구를 사귀지 않는 습관을 들인 탓에 이렇다 할 친구도 없었다. 케리는 대부분의 시간을 혼자 보냈다.

"아기를 가지면 좋을 것 같아."

어느 날 밤 럭키는 이렇게 말했다. 입 밖으로 그 말이 나오는 순간 자신이 정말 아기를 간절히 원한다는 사실을 깨달았다. 이렇게 안정된 삶, 자리를 잡고 가정을 꾸릴 수 있는 삶이 찾아오리라고는 상상하지 못했다. 하지만 어느새 그렇게 되었다. 그토록 꿈꾸던 삶이 코앞에 와있었다.

케리는 편안하게 웃으며 대꾸했다.

"네가 원한다면. 나도 너랑 가정을 꾸리고 싶어."

어느 날 럭키가 퇴근하고 들어와 보니 식탁 위에 부동산 광고지가 놓여있었다.

"이게 뭐야?"

럭키는 지난 생일에 케리가 사준 가죽 서류가방을 내려놓으며 물었다. 서류는 집과 차고 사이를 오갈 뿐이었지만 그래도 훌륭한 선물이었다.

케리는 와인 한 잔을 따라 그녀에게 건넸다.

"13번가에 있는 식당이 문을 닫고 매물로 나왔더라고. 그냥 그 앞에 서서 꿈을 꿔봤어. 안으로 들어갔더니 중개인이 구경을 시켜

주더라."

럭키는 와인을 홀짝이며 물었다.

"갑자기 왜 식당을 봤어?"

그는 의자를 빼서 자리에 앉았다. 그러곤 광고지를 식탁 위로 밀어주었다.

"어떤 것 같아? 완벽하지 않아?"

"뭐가 완벽해? 자기가 다시 요식업을 하고 싶어 하는 줄 몰랐는데. 나도 이제 막 사업을 시작했잖아. 담보대출을 받더라도 계약금은 내야 할 텐데, 아직 그럴만한 돈이 안 될 것 같아."

"그래, 나도 알아."

그는 자기가 만든 리조토를 내놓으려고 일어섰다. 그러곤 그녀의 앞에 김이 모락모락 나는 그릇을 놓은 뒤 다시 자리에 앉았다.

"그런데…… 나도 다시 뭔가를 해야지. 너도 알잖아. 내가 어떤 사람인지."

"하지만 난 아기가 생기면……"

그러나 그에게는 그녀의 말이 들리지 않는 것 같았다.

"나도 할 일이 있었으면 좋겠어. 샌프란시스코에서 클럽 운영하면서 즐거웠거든. 그럴 줄 몰랐는데. 그때가 그리워. 그리고…… 계약금은 네가 쉽게 마련할 수 있잖아. 조금 방법을 달리 하면."

럭키는 인상을 쓰며 물었다.

"방법을 달리 한다고?"

하지만 그녀는 그 말이 무슨 뜻인지 정확히 알고 있었다.

"일단 나랑 같이 한번 보러 가자. 그런 다음에 방법을 생각해 보자."

　결국 그들은 가게를 매입했고 식당을 열면서 큰 빚을 졌다. 그 후 몇 달 동안 케리는 좌절감과 스트레스에 시달렸다. 처음 보이시로 이사했을 때처럼 조금은 따분해도 태평했던 사내는 온데간데없었다. 그는 매일 밤늦게까지 식당 일에 매달렸다. 행복하다고 우겼지만 사실은 정반대인 듯했다. 이기적인 생각인지 몰라도 럭키는 케리가 집에서 뒹굴며 그녀가 위층 사무실에서 돌아오기를 기다리던 조용한 날들이 그리웠다. 식당으로 인해 두 사람 모두 쉴 새 없이 일하다 보니 둘 사이가 멀어지는 듯했다.

　"돈이 더 필요해. 옆 식당들과 경쟁하려면 테라스를 좀 더 확장해야겠어."

　"그건 안 돼. 아직은 모험인데, 벌써 돈을 너무 많이 쏟아부었어."

　"모험? 나한테는 중요한 일이야. 모르겠어? 네 고객들 투자 계좌에서 조금 빌리면 되잖아. 내가 수익을 내서 채워 넣으면 되지…… 곧 수익이 날 거야. 새 고객들 중에 돈이 아주 많은 사람들이 있다고 했잖아. 그런 사람들은 투자금을 금방 빼달라고 하지 않을 거야. 약속할게. 다시는 이런 부탁 안 하겠다고. 이번 한 번만이야. 괜찮을 거야."

　실제로 누군가에게 피해를 주는 일은 아니라고 럭키는 끊임없이 되뇌었다. 배당금을 내줄 수 있다고, 은퇴 자금으로 돈을 회수하고 싶어 하는 고객에게는 언제든 돈을 내줄 수 있다고, 아직 그 정도는 돌려 막을 수 있으니 아무도 피해를 입지 않는다고. 아무도 다치지 않는다고.

하지만 한 번으로 끝나지 않았다. 한 번으로 끝날 리가 없었다. 처음에는 망설였던 럭키도 갈수록 아무렇지 않게 돈을 전용했다. 딱히 고민해 보지도 않았다. 게다가 케리의 기분이 한결 나아졌다. 마음이 놓이는 듯했다. 모든 것이 다시 제자리를 찾아가기 시작했다. 그러나 1년 동안 노력했는데도 그녀는 임신을 하지 못했다.

럭키와 케리는 의사를 찾아갔고 럭키에게 자궁내막증과 나팔관 폐쇄증이 있다는 것을 알게 되었다. 방법은 시험관 아기뿐이었다. 하지만 돈이 많이 들었다. 시술비와 치료비를 합치면 수만 달러에 이르렀다.

그래서 럭키는 다시 투자 계좌로 손을 뻗었다. 두 차례 시험관 수정을 시도했지만 두 번 다 착상이 되지 않았다. 럭키는 거울을 볼 때마다 자신을 알아볼 수 없었다. 피곤하고 지친 여인이 서있었다. 호르몬 주사 때문에 감정이 격해졌고 갑자기 울음을 터트렸다가 다음 순간 한껏 들뜨기도 했다.

"네가 너무 힘들면 그만하자."

어느 날 밤 케리가 애원하듯 말하자 럭키는 큰소리를 냈다.

"힘들지 않아! 이제 와서 포기할 수는 없어. 일을 좀 줄이고 마음을 편하게 먹으면 돼."

하지만 그럴 수 없었다. 그들에겐 빚이 너무 많았다.

럭키가 말했다.

"난 아기를 가질 거야. 다시 해보자. 언젠가는 되겠지. 다른 것도 결국 다 성공했잖아. 그러니까 임신도 성공할 거야."

13

럭키는 프리실라 플레이스의 옆쪽으로 돌아간 뒤 그늘 속에 서서 니코가 앉아있는 경비실을 지켜보았다. 전날 정오에 그랬듯 샤론이 본관에서 나와 니코에게 점심이 담긴 접시를 갖다주었다. 니코는 발을 올려놓고 전화기를 꺼내더니 텍사스 홀덤 게임에 완전히 빠져 손가락으로 화면을 움직이며 샌드위치와 샐러드를 먹기 시작했다.

럭키는 좀 더 지켜보다가 고개를 돌려 프리실라의 방 창문을 올려다보았다. 럭키는 지난 이틀 동안 프리실라의 행동도 유심히 관찰했다. 프리실라는 아침을 거르고 녹즙을 홀짝거리며 보호소 이곳저곳에서 입소자들과 대화를 나누었다. 그녀 역시 줄곧 럭키에게서 눈을 떼지 않았지만 점심시간이 되면 위층으로 올라가 식사를 하고 매력적인 근육질의 여성 트레이너 '디'와 운동을 했다. 보이시에 가기로 한 날이 점점 다가오면서 럭키의 목을 죄어 왔다. 보이시에 창고를 빌렸다는 얘기가 거짓말로 드러날 것이다. 이곳에 오지 말았어야 했다. 럭키는 그것이 치명적인 실수가 아니길 바랐다. 위험을 감수하더라도 여기서 탈출해야 한다. 지금 당장.

럭키는 뒷걸음칠 치다가 돌아서서 마당으로 들어섰다. 재닛이 피크닉 테이블에 앉아 점심을 먹고 있었다. 럭키는 그녀의 옆에 앉으며 말을 걸었다.

"재닛, 전부터 얘기하려고 했는데 그 야구 모자 정말 탐나네요. 나도 엔젤스 광팬이거든요. 그런데 산타모니카 해변에서 잘 때 누가 내 모자를 훔쳐갔지 뭐예요. 재닛 모자에 자꾸 시선이 가네요. 내 모자가 생각나서."

"어머, 정말요? 저런. 모자 빌려줄까요?"

"그럼 우리 교환할래요? 나도 내 모자 빌려줄게요."

럭키는 '환상적인 라스베이거스'라고 적힌 자신의 모자를 벗으며 말을 이었다.

"오늘만 바꿔 써요. 그거 쓰고 있으면 기분이 좋아질 것 같아요."

"좋아요. 그러죠. 진이 잘 적응하는 것 같아서 보기 좋네요. 베티 덕분이죠? 그 녀석이 진을 정말 좋아하는 것 같더라고요. 그래서 마음이 한결 편안해졌나 봐요? 요 며칠 좀 달라진 것 같은데. 그리고 프리실라도 진한테서 떨어지질 않던데요!"

"그런 것 같아요."

럭키는 잠시 멈칫했다.

"어쨌든 모자 빌려줘서 정말 고마워요. 감사의 표시로 내 선글라스를 주고 싶어요."

"그걸 '준다'고요? 에이, 무슨 소릴. 엄청 비싼 것 같은데."

"맞아요. 내가 가진 물건 중에 유일하게 값나가는 거예요. 하지만…… 나한테 정말 잘해줬잖아요. 자, 받아요. 어서."

"그렇다면 보답으로 내 선글라스 줄게요."

재닛은 싸구려 미러 선글라스를 럭키에게 내밀었다.

"고마워요."

럭키는 그녀의 선글라스를 써보며 물었다.

"어때요?"

"꽤 잘 어울리는데요."

재닛이 대꾸했다. 그러곤 손목시계를 보았다.

"어머, 늦었네. 오늘 내가 베티 산책 당번인데."

"맞다! 얘기한다는 게 깜빡했네요. 우리 당번 바뀌었어요. 어젯밤에 샤론이 오늘 제가 베티를 산책시키는 게 좋겠다고…… 재닛은 설거지 당번이에요."

재닛은 웃음을 터트렸다.

"아아. 그래서 선글라스 줬구나. 쉬운 일을 빼앗아가고 나한테 설거지 맡기는 게 미안해서."

"사실은 그렇답니다."

럭키는 억지로 웃음을 터트렸다.

"미안해요. 나 미워하지 않을 거죠?"

"사과할 필요 없어요. 난 설거지도 괜찮아요. 그리고 베티가 진을 잘 따르잖아요. 진하고 나가는 게 베티한테도 더 좋을 거예요. 잘 다녀와요."

재닛은 옆자리에 놓아둔 목줄을 럭키에게 건넸다.

"고마워요. 다녀올게요."

럭키가 말했다.

베티는 개집 앞에서 꾸벅꾸벅 졸다가 목줄을 들고 오는 럭키를 보고 벌떡 일어섰다. 럭키는 야구모자와 선글라스를 쓰고 베티에게 목줄을 채운 뒤 집 옆으로 돌아갔다. 그러곤 고개를 숙인 채 베티와 나란히 경비실을 지나갔다. 니코는 여전히 점심을 먹으며 게임에 빠져있었다. 럭키는 그 앞을 지나며 재닛이 그렇듯 손가락 두 개를 까닥거렸지만 니코는 고개도 들지 않았다. 럭키는 대문을 열었다. 그러곤 잠시 후 보도로 걸음을 내딛었다. 뒤에서 철컹 대문이 닫히자 럭키의 심장도 철컹 내려앉았다. 밖으로 나왔으니 전속력으로 도망치고픈 마음이 간절했지만 꾹 참고 천천히 걸어가며 이따금씩 멈춰 서서 화단과 소화전 따위의 냄새를 맡는 베티를 기다려 주었다. 프리실라 플레이스가 시야에서 사라질 때까지.

마침내 모퉁이를 돌자 그녀는 내달리기 시작했다. 창고에 도착한 럭키는 외워둔 비밀번호를 입력했다. 문이 열리지 않았다.

"젠장."

다시 시도해 보았다. 이번에도 열리지 않았다. 숫자 하나가 틀렸다. 하지만 자꾸 틀린 번호를 입력하면 잠금장치가 차단되고 만다. 한 번만 더 해보는 거야. 그녀는 눈을 감고 머릿속으로 식재료 목록을 그려보았다. 맞다. 기억났다. 삐, 하는 흡족한 소리와 함께 그녀는 안으로 들어갔다. 문을 닫고 그 안에 놓아둔 상자들을 쌓아 연기 감지기 안에 숨겨놓은 복권을 찾아보았다.

복권은 무사했다. 그것을 손에 넣자 마음이 놓였다. 하지만 잠시뿐이었다. 아직 안전하지 않았다. 지갑을 꺼내 복권을 넣으려는데 그 안에서 레예스의 명함이 떨어졌다. 그녀는 그것을 집어 읽어 보았다. '샌디에이고 삼진아웃 재단 운전사'

"너한테 차가 있다면 얼마나 좋을까."

그녀는 베티에게 말하며 목줄을 집어 들었다. 베티는 무슨 말인지 모르겠다는 듯이 고개를 갸우뚱했다. 럭키는 한숨을 쉬었다.

"아니다. 여기 잠깐만 있어."

럭키는 문을 잠그고 주차장의 공중전화로 향했다.

"도움이 필요하면 전화하라고 했잖아. 지금 어디야?"

"방금 베이커스필드에 누굴 내려줬어."

"좋아, 그럼 두 시간도 안 걸리겠네. 도움이 필요해. 나 좀 태워 줘."

*

럭키는 레예스의 흰색 SUV 안에서 적당히 자초지종을 얘기한 뒤 말없이 창밖을 내다보았다. 풍경이 휙휙 지나쳐갔다. 그들은 이제 프레즈노를 벗어나 서쪽으로 달리고 있었다.

마침내 레예스가 입을 열었다.

"그러니까…… 나한테 도움을 청하지 않고 프리실라를 먼저 찾아간 거야?"

럭키가 웅얼거렸다.

"달리 연락할 데가 없었어. 네가 프리실라보다 더 믿을 만한 사람인 것처럼 얘기하네. 나한테 믿을 사람이 있기나 하겠어?"

레예스는 스테레오에서 흘러나오는 노래에 맞춰 손가락으로 핸들을 두드리다가 헛웃음을 터트렸다.

"그래도 프리실라 라셰즈보다 더 못 믿을 사람은 없을 텐데."

럭키는 한숨을 쉬며 창문에서 고개를 돌렸다.

"그냥…… 그 여자가 뭔가 알고 있는지 확인하고 싶었어. 이를테면 케리가 어디로 갔는지."

"알고 있대?"

"죽었을지도 모른대."

"슬퍼해야 할지 말아야 할지 모르겠네."

"나도 마찬가지야."

럭키가 말했다. 그러곤 잠시 눈을 감았다. 케리의 낯익은 얼굴이 보였다. 그를 떠올리자 이번에는 다른 이유로 마음이 아팠다.

"넌 케리를 싫어했으니까 내가 이렇게 말하면 바보처럼 들리겠지만 어쨌든 케리는 나의……"

럭키는 차마 말을 끝맺지 못했다. 자신을 배신한 남자, 수년 동안 거짓말을 하고 자신을 감쪽같이 속인 남자가 처음이자 마지막 사랑이었다고 말하고 싶지 않았다.

"이해해. 넌 케리를 사랑했잖아. 지금도 사랑하겠지. 안타깝지만 가슴은 머리가 하는 말을 듣지 않을 때가 많거든."

레예스가 말했다.

SUV의 타이어 밑으로 도로가 몇 킬로미터쯤 사라진 뒤에야 다시 대화가 시작되었다.

"어디서 내려줄까?"

레예스가 물었다.

"조금 더 가면 버스 터미널이 나올 거야. 난 뉴욕주로 가려고."

"개를 데리고 버스를 탄다고? 안 태워줄 텐데."

"*젠장.*"

럭키는 뒷자리에 탄 베티를 흘끗 보았다. 베티를 다시 찾게 돼서 너무도 기뻤다. 녀석을 또 두고 가야 한다는 생각은 미처 하지 못했다.

"내가 뉴욕까지 태워다 주고 싶은데 이틀 뒤에 일이 있어서 오클랜드에 가야 해. 하지만 개는 내가 맡아줄게."

럭키는 입술을 깨물며 생각에 잠겼다. 결국 엄마의 낚시 캠프까지 가려면 버스를 타는 수밖에 없었다. 마침내 그녀가 말했다.

"고마워. 그럼 부탁할게."

버스 터미널이 시야에 들어왔다.

"데리러 갈 때 연락할게. 네 명함 갖고 있어. 길어도 2주일 이내일 거야. 그리고…… 그때가 되면 상황이 달라져 있을 거야."

"그래. 필요한 만큼 내가 맡아줄게. 애가 차를 오래 타도 괜찮다면."

레예스가 말했다.

"뭐든 잘 버틸 거야."

"혹시 너한테 연락할 일이 생기면?"

럭키는 고개를 저었다. 자신이 있는 곳을 아무에게도 알리고 싶지 않았다. 아직은.

"그래도 네 연락처는 갖고 있어야 하지 않을까? 베티한테 무슨 일이 생기면 어떡해? 너희 아빠의 감형 심리라도 열리면? 그동안 꽤 진척이 됐거든. 이런 일은 일단 시작하면 일사천리야."

"쿠퍼스타운 근처에 있는 데버로 캠프로 갈 거야."

레예스는 천천히 고개를 끄덕였다.

"너희 아빠가 거기에 전처가 산다고 언젠가 얘기하셨는데. 혹시 네⋯⋯?"

"엄마야."

럭키가 말했다.

"엄마가 관심을 가질 만한 걸 갖고 있거든. 도움을 받을 수 있을지도 몰라. 희망사항이지만."

"그렇게 되길 바랄게. 정말 그렇게 됐으면 좋겠다. 나도 더 돕고 싶은데 혹시 돈 필요하지 않아?"

당연히 필요했지만 레예스에게 손을 벌릴 수는 없었다.

"괜찮아."

럭키가 말했다.

레예스는 버스 터미널 주차장에 차를 세웠다. 럭키는 뒤로 돌아 베티의 털에 얼굴을 파묻었다.

"금방 데리러 갈게. 약속해."

그러곤 배낭을 집어 들고 차에서 내렸다. 레예스가 창문을 내리자 럭키가 말했다.

"언젠가 갚을게."

"안 갚아도 돼. 일이 잘 풀리길 바랄게."

럭키는 배낭을 어깨에 걸쳐 메고 그 자리에 서서 레예스가 창문을 올리고 출발하는 모습을 지켜보았다. 그녀는 다시 혼자가 되었다.

2008년 8월
아이다호주 보이시

긴 하루를 보낸 어느 무더운 여름날 밤, 럭키와 케리는 베란다에 앉아 저녁을 먹고 있었다. 럭키는 임신 중이었다. 세 번째 착상이 성공해 막 한 달을 넘긴 터였다. 여전히 믿기지 않았고 늘 조마조마했다. 하지만 그녀의 머릿속에는 다른 생각이 가득했다.

"괜찮아?"

럭키가 접시를 밀어놓자 케리가 물었다. 그녀는 솔직하게 털어놓았다.

"불안해. 시장이 안 좋아. 투자금을 돌려달라는 고객이 늘고 있어. 더 많아지면 내줄 돈이 남지 않을 거야. 아무래도 우린 원하는 걸 다 가질 수 없을 것 같아. 고객의 돈을 너무 많이 인출했어. 다 돌려줘야 하는데 그러면 우린 파산이야."

"그럴 순 없어. 그 전에 도망가야지."

케리가 태연하게 말했다.

"도망갈 수 없어……"

"왜?"

럭키는 아직 납작한 배에 손을 얹으며 고개를 돌렸다.

"우린 모든 걸 잃을 거야. 집도, 식당도. 이 삶도. 난 체포될지도 몰라."

"그래. 그럴 수도 있지. 하지만 최대한 챙겨서 여길 떠날 수도 있어. 우리에겐 가족이 있잖아. 나도 생각을 해봤어. 다들 금융위기가 점점 더 심각해진다고 떠들어 대니까. 오늘 밤에 당장 투자금의 일부를 해외 계좌로 옮겨놓자. 우리도 빠져나갈 궁리를 해야지."

"그렇게 간단한 일이 아니야."

"간단한 일이야. 걸리지만 않으면. 그러니까 걸리지 마."

"돈을 어디로 옮겨? 우린 어디로 도망가고?"

"말했잖아. 내가 조금 생각해 봤다고……"

알고 보니 그는 조금 생각한 것이 아니었다. 그는 치밀한 계획을 세워놓았다. 비밀 계좌를 만들고 도미니카 공화국이라는 지중해의 섬나라로 떠나는 계획. 금융사범들의 본국 송환 정책이 느슨한 나라인 듯했다.

그날 밤부터 그들은 계획에 착수했다. 함께 그녀의 사무실로 올라가 자금을 옮기기 시작했다. 케리는 그들의 비행기 표를 찾아보았다. 날이 갈수록 럭키는 더욱 불안해졌다. 누가 찾아오거나 전화벨이 울릴 때마다 경찰이 그들의 계획을 알아차린 게 아닐까 걱정되었다. 그녀는 잠도 자지 않고 일에 매달렸다. 차고 위층의 사무실에서 꼭두새벽까지 기록을 감추기 위해 갖은 시도를 했다. 하지만 결국 그들의 목적지를 노출하는 기록만 감추면 된다는 것을 그녀는 알고 있었다.

어느 늦은 밤 날카로운 복통이 그녀를 깨웠다. 침대 시트가 미지근하고 축축했다. 자리에서 일어나 침실 창문으로 들어오는 달빛에 비춰보니 피였다. 집에는 아무도 없었다. 케리는 임박해 오는 도주 준비를 위해 늦게까지 할 일이 있다며 식당에 남아있었다.

럭키는 그에게 전화하지 않았다. 화장실로 가서 변기에 앉아 울지 않으려고 안간힘을 썼다. 피가 멎기를 기다렸다. 하지만 희망 사항일 뿐 실현되지 않았다. 더는 부인할 길이 없었다. 그녀는 아기를 잃었다. 베티가 줄곧 곁을 지키며 걱정하듯 으르렁거렸다. 고통으로 욕실 바닥에 주저앉은 럭키에게 몸을 비비며 그녀를 일으켜주기도 했다. 그런 뒤 베티는 마당까지 따라 나와 휴지 뭉치를 정원에 묻는 럭키를 지켜보았다. 럭키는 베티가 그것을 파헤치지 않을까 걱정했지만 베티는 그녀의 옆에 서서 불룩하게 솟아 오른 흙무더기를 엄숙하게 바라볼 뿐이었다. 그게 무엇인지, 무엇을 의미하는지 다 알고 있기라도 한 듯.

럭키는 자책했다. 너무 열심히 일한 탓이라고. 과로한 탓이라고. 지난 몇 주 동안 아기는 안중에도 없었다. 그녀는 좋은 엄마가 아니었다. 본보기가 되어줄 엄마가 없는 탓이었다. 한편으로는 아기가 이미 알았던 것일까 하는 생각이 들었다. 자질 없는 엄마에게 태어나고 싶지 않았던 탓일까? 그래서 도망쳤을까?

'딸이었을까?'

알 길이 없었다.

럭키는 다시 안으로 들어갔다. 욕실 바닥을 닦고 시트를 빨았다. 케리가 돌아오자 아기가 떠났다고 말했다. 하지만 눈물이 남아있지 않다. 어두운 침실에서 숙연하게 그에게 속삭여 말한 뒤 침묵 속에서 혼자 생각했다. 그들은 수년 동안 무엇을 위해 일했을까. 그 돈은 무엇을 위한 것이었을까. 왜 돈이 그토록 필요했을까. 그 돈을 위해 그들이 기꺼이 희생한 것은 무엇이었을까.

하지만 돈과 절도는 중독과도 같았다. 럭키는 알고 있었다. 어차피 돌이킬 수 없었다. 이제 다른 사람으로 새 출발을 해야 했다.

아침이 되자 케리는 병원에 가보라고 했지만 럭키는 거절했다. 그녀는 벌써 일어나서 옷을 입고 있었다.

"괜찮아. 곧 도미니카에 갈 거잖아. 거기에 가면 몸조리할 시간이 남아돌 텐데."

머릿속에서 '이 모든 것이 무슨 의미가 있을까?' 하는 속삭임이 들려왔지만 애써 모른 체했다. 그러곤 계속 나아갔다. 그녀가 아는 방법이라곤 그것뿐이었으니까.

14

이틀 뒤 럭키는 지치고 더러워진 모습으로 뉴욕주에 도착했다. 그런 뒤 고속도로를 걸어 쿠퍼스타운 근처의 데버로 캠프로 향했다. 도로에 늘어선 나무들 너머로 솔잎처럼 푸른 모호크강이 유유히 흐르고 있었다. 저 멀리 애디론댁 산맥이 어른거렸다. 마침내 그녀는 갈색 바탕에 노란 글씨로 '데버로 캠프에 오신 것을 환영합니다.'라고 적힌 표지판을 마주했다. 비썩 마른 소나무들이 늘어서 있고 흙과 자갈로 뒤덮인 진입로 끝에 엉성한 벽이 보였다. 소나무 몇 그루는 병든 듯 누런색을 띠었지만 한두 그루는 선명한 초록색으로 건강해 보였고 밑동에는 하나같이 '사유지: 침입 금지'라는 팻말이 들쭉날쭉한 높이에 박혀있었다.

진입로 한쪽에 낡은 창고가 있었다. 한때는 빨간색이었을 테지만 이제는 빛이 바래 주황색으로 얼룩졌다. 반대편에는 탁한 연못이 자리했고 그 뒤쪽 울타리 너머에는 후줄근한 말 세 마리와 뾰족뾰족한 갈기에 다리가 흰 조랑말 한 마리가 풀을 뜯는 풀밭이 펼쳐져 있었다. 말 한 마리가 울타리로 탁탁 걸어와 럭키를 보며 힝힝 울어댔다.

럭키는 다시 돌아서서 진입로를 계속 걸어갔다. 캠프가 시야에 들어왔다. 별채 두 채와 이동식 주택 수십 채가 늘어서 있었다. 일부는 흰색과 회색, 갈색으로 칠했고 차양막과 베란다, 장식물이 갖춰진 작은 정원이 딸린 곳도 있었다. 가장 가까운 이동 주택의 창문에 '무단 침입 절대 금지'라고 적힌 팻말이 보였다. 빛바랜 푸른색의 또 다른 주택에는 '사무실'이라는 팻말이 걸려있었다. 그리로 걸어가자 무른 흙에 뒤꿈치가 푹푹 빠졌다.

"글로리아!"

남자가 외치는 소리에 럭키는 걸음을 멈췄다.

"왜?"

걸걸한 여자 목소리가 큰소리로 대꾸했다. 럭키는 소리 나는 쪽을 돌아보았다. 먼지가 뽀얗게 덮인 넓은 오솔길 끝에서 한 여자가 인디애나폴리스 500마일 경주에 출전하기라도 한 듯 거칠게 골프 카트를 몰고 있었다. 럭키는 걸음을 멈추고 여자가 격자무늬 셔츠를 입은 사내 앞에서 브레이크를 밟는 광경을 지켜보았다. 셔츠를 열어젖힌 사내의 배는 괴로워 보일 만큼 땅땅하게 부풀어 있었다. 자갈과 흙이 날아올라 사악한 연기처럼 사내를 에워싼 뒤 서서히 가라앉았다.

"샤워장 변기가 또 막혔어요, 글로리아."

사내가 말했다. 럭키는 그대로 서서 난생처음 보는 엄마의 모습을 음미했다.

"직접 해결하면 안 되는 이유라도 있나?"

"그야 '글로리아' 일이니까. 뚫는 건 내 일이 아니잖아요."

"편리하게 사네. 여기서 당신 일은 아무것도 없는 것 같은데, 거스. 아무래도 해고해야겠어."

"만날 협박은. 얼른 가서 변기나 뚫지 그래요?"

"좋아. 그럼 당신은 해고야. 당장 여기서 나가."

글로리아는 골프 카트에서 껑충 내려서서 그를 노려보았다. 사내보다 키가 크고 기골 장대한 체격에 회갈색 머리칼은 헝클어져 있었다. 결국 사내는 돌아서서 강으로 걸어가더니 알루미늄 낚싯배에 올라탔다. 몇 차례 끈을 당긴 끝에 마침내 시동을 걸고 오후의 풍경 속으로 요란하게 사라졌다. 럭키는 잠시 기다렸다가 여자를 향해 걸음을 내딛었다.

글로리아가 그녀를 발견하고는 무심하게 물었다.

"어떻게 오셨죠?"

럭키는 입을 벌렸지만 그녀의 말은 먼지로 변한 듯했다.

자신과는 조금도 닮지 않은 글로리아의 밋밋한 갈색 눈과 누런 피부, 작은 코, 얇은 입술을 살피면서 럭키는 뭔가 잘못되었다는 느낌에 사로잡혔다. 하지만 무얼 기대한 것일까? 자신과 똑같이 생긴 엄마? 이 순간 강렬한 무언가가 느껴지기를 바랐을까?

그랬다. 그녀는 그런 것을 기대했다.

"글로리아 데버로 씨인가요?"

"그럴 걸요. 누구시죠?"

글로리아는 눈을 가늘게 좁히며 럭키를 살펴보았다.

"사람을 구하신다고 들었어요."

"누가 그런 얘길 해요?"

글로리아는 한 손으로 허리를 짚었다.

럭키는 즉흥적으로 이야기를 지어냈다.

"식당에서요. 누가 옆 사람한테 데버로 캠프의 글로리아가 늘 거스를 해고하겠다고 으름장을 놓는다고, 언젠가는 진짜 해고할 거라고 하더라고요. 여기 온 지 얼마 안 돼서 그런 얘기를 듣고 혹시 오늘이 그날이 아닐까 생각했어요. 그런데 정말 그렇게 된 것 같네요."

글로리아는 재미있어 하는 얼굴이었다. 확실하진 않지만 적어도 아까처럼 성난 얼굴은 아니었다.

"제기랄, 사람들은 내가 거스를 해고하길 몇 년 동안 기다렸나 보네요. 무슨 일을 했어요?"

"어, 주로 식당에서 일했지만 다른……"

"추천서는 있어요?"

"그게……"

"이력서는?"

"없어요."

"정신 나간 전 남자친구를 피해서 도망친 건 아니고? 혹시 그 사람이 찾아와서 난동 부리는 건 아니죠?"

복권이 럭키의 브래지어 속에 끼워져 있었다. 매끈한 종이의 감촉이 가슴에 닿았다.

"네. 그런 일은 없어요. 저 혼자예요."

글로리아는 한 발짝 다가왔다. 입 냄새인지, 손에 든 플런저에서 나는 냄새인지 고약한 악취가 풍겼다.

"이름이 뭐죠?"

"세라 암스트롱이요."

럭키는 그녀가 암스트롱이라는 성에 반응하지 않을까 기대했지만 그런 기색은 보이지 않았다.

"세라, 여긴 낚시 캠프 겸 트레일러촌이에요. 멋진 곳도 아니고…… 저기 말들도 그닥 훌륭한 놈들이 아니에요."

럭키는 고개를 끄덕일 뿐 아무 말도 하지 않았다.

"재미있는 일은 아닐 거예요. 오히려 지독할걸. 알아들어요? 당장 증명해 주죠. 이 일을 정말 하고 싶으면 먼저 빌어먹을 샤워장 변기부터 뚫어야 해요. 그래도 할래요?"

그녀가 플런저를 내밀자 럭키는 그것을 받아들었다.

"변기 뚫으면 여기서 일하게 해주시는 거예요?"

럭키가 물었다.

"변기를 뚫는다면 거래를 해보죠. 월급은 현금으로 나가요. 일당 50달러, 주급이에요. 불평할까 봐 미리 말하는데 숙박 포함이에요. 묵을 곳도 필요하죠? 빈 숙소가 하나 있어요. 변기는 고장났지만 샤워장 변기를 쓰면 돼요. 말했다시피 샤워장 변기를 먼저 뚫기만 한다면."

"할게요."

럭키는 플런저를 받아 들고 샤워장으로 걸어갔다. '저 사람이 나의 엄마야.' 그녀는 골프 카트를 타고 멀어지는 글로리아를 보며 생각했다. '나의 엄마가 방금 내게 변기를 뚫으라고 했어.' 웃어야 할지 울어야 할지 아리송했다. 엄마를 가져본 적이 없으니 이럴 때 어떤 기분이 들어야 정상인지 알 턱이 없었다.

*

럭키가 변기를 뚫고 나자 글로리아가 다시 나타났다. 변기 뚫는 일은 두 번 다시 하고 싶지도, 아니 생각하고 싶지도 않았다. 글로리아는 골프 카트에 타라고 손짓했다. 그러곤 하얀 칠이 벗겨지고 초록색 덧문이 달린 물가의 작은 숙소로 럭키를 데려갔다. 그 앞에서 글로리아가 급브레이크를 밟는 바람에 럭키의 눈에 모래가 잔뜩 들어갔다. 시야가 뿌옇게 변하자 럭키는 눈을 비볐다.

"괜찮아요?"

럭키는 기침을 하며 고개를 끄덕였다.

"좋아요. 아침에 일찍 나와야 해요. 아침 6시 30분에 사무실 트레일러로 와요. '사무실'이라고 적혀있으니 못 찾을 일은 없을 거예요. 저쪽이에요. 내일 봐요."

럭키가 뒷자리에 놓은 배낭을 집어 들기 무섭게 글로리아는 쌩하니 가버렸다. 럭키는 그대로 서서 지켜보았다. 글로리아가 시야에서 사라질 때까지.

그러곤 집 안으로 들어갔다. 욕실은 비닐 샤워커튼까지 온통 누렇게 바랬고 광물질로 녹이 슬어있었다. 변기는 고장이었지만 개수대는 온전했다. 럭키는 물을 틀고 뜨거운 물이 나올 때까지 기다렸다. 물이 따뜻해지자 팔꿈치까지 비누로 씻은 뒤 욕실에서 나와 가방을 침실로 가져갔다. 모조 목제 널판이 둘러진 작은 침실에는 조그만 창문이 하나 있었지만 너무 높아서 밖을 내다볼 수 없었다. 무언가가 썩는 냄새를 방향제로 덮은 듯 묘한 냄새가 풍겼다.

그녀는 얼마 안 되는 짐을 풀기 시작했다. 삐걱거리며 저항하는 서랍을 열어 속옷과 브래지어를 쑤셔 넣었다. 벽장 안에 셔츠 한 장을 걸자 뒤엉켜 있던 철사 옷걸이들이 덜거덕거리며 불편한 기색을 내비쳤다.

럭키는 브래지어에 넣었던 복권을 꺼내 매끈하게 편 뒤 찢어진 곳이 없는지 확인하고 다시 조심스레 접어서 지갑에 넣었다. 금세 짐정리가 끝났다. 침실을 나서자 휑한 거실 겸 주방이 나왔다. 보풀투성이의 국방색 천을 씌운 소파 하나가 놓여있고 그 위에는 박제한 강꼬치고기를 나무판자에 붙여 걸어놓았다. 창가에 나무 의자 하나, 주방에 양철 상판의 식탁 하나와 짝이 맞지 않는 의자 두 개가 놓여있었다. 하얀색으로 칠한 찬장에는 오합지졸의 컵과 접시들이 자리했다. 훌륭하진 않았지만 어쨌든 머리 위에 지붕이 있었다. 혼자만의 시간을 가질 수 있는 곳. 그리고 밖에는 엄마가 있었다. 이제 엄마를 알아갈 것이다. 그런 다음 복권 얘기를 털어놓을 작정이었다. 그러면 모든 게 해결될 것이다. 새로운 삶, 더 나은 삶이 펼쳐질 것이다.

뒷문 옆에 걸린 코르크판에 몇 가지 규칙이 적혀있었다.

실내 금연. 양초 사용 금지. 불 사용 금지. 가구 이동 금지. 파티 금지. 밤 10시 이후에 시끄러운 음악 틀면 경찰 출동함. '생선 내장 제거는 별도로 정해진 손질 구역에서만! 뒷베란다에서 하지 말 것. 부엌에서 하지 말 것!'

생선 내장을 생각하면 식욕이 떨어질 법도 했지만 럭키의 빈속이 꼬르륵거렸다. 어쨌든 그녀에겐 낚시 도구도 없었다. 하지만 솔직히 그런 게 있었으면 싶었다. 습관처럼 냉장고를 열었지만 아무것도 없었다. 잠시 그 앞에 서서 몸과 얼굴에 차가운 공기를 맞은 뒤 다시 문을 닫았다.

거실에 널판 깔린 데크로 나가는 문이 있었다. 데크 너머로 강이 보였고 양옆에는 소나무들이 늘어서 있었다. 럭키는 밖으로 나갔다. 소나무에서 떨어진 끈적한 수액이 발끝에 닿았다. 그녀는 유유히 흘러가는 강물을 잠시 바라보며 허기를 잊어보려 했다.

얼마 후 그녀는 안으로 들어와 신발을 신었다. 그러곤 숙소에서 나와 먼지 덮인 진입로를 걸어 내려갔다. 큰길로 들어서기 전에 잠시 걸음을 멈추고 울타리로 몰려든 말들에게 인사를 건넸다. 한 녀석의 부드러운 주둥이를 쓰다듬어 주며 아침에 글로리아에게 말들의 이름을 물어봐야겠다고 다짐했다. 그런 뒤 계속해서 큰길을 따라 가까운 시내로 향했다. 먼 길은 아니었다. 마을의 이름은 두보야지이고 인구는 534명이라는 팻말이 보였다. 시내라고 해봐야 주유소와 문 닫은 선물 가게 하나, 유리창이 지저분한 피자 가게 하나, 식료품점 하나가 전부였다.

럭키는 식료품점으로 들어가 바구니 하나를 집어 들고 비좁은 통로를 거닐며 커피와 땅콩버터, 뭉개지고 멍이 들어 할인하는 사과 몇 개를 집어넣었다. 머릿속으로 가격을 합산하며 20달러가 넘지 않도록 신중하게 물건을 더 집었다. 빵 한 덩어리와 즉석 마카로니치즈 몇 상자, 포장된 샐러드 한 봉지, 그래놀라 바, 우유.

"19.11달러입니다."

계산대의 여자가 액수를 말하자 럭키는 20달러를 건넸다. 그런 뒤 그녀가 금전등록기를 열자 럭키는 지갑에 남아있는 마지막 20달러짜리 지폐를 꺼내며 말했다.

"이것 좀 바꿔주실 수 있나요? 5달러짜리로?"

"그럼요."

여자는 5달러짜리 지폐 네 장을 세어 럭키에게 건네고 다시 금전등록기를 돌아보았다. 럭키는 아빠에게 배운 대로 번개처럼 빠르게 5달러짜리 지폐 한 장을 접어 소매에 밀어 넣었다.

"어머, 15달러만 주셨는데요."

그녀는 5달러짜리 세 장을 펼쳐 보이며 말했다.

"죄송해요. 분명 네 장이었는데. 하지만 바로 금전등록기를 열 수 없으니 조금만 기다리세요."

여자가 말했다.

"됐어요, 칼라."

다른 목소리가 들렸다.

"자, 내가 일단 5달러를 줄게요. 좀 이따 칼라한테 받으면 되니까."

럭키가 돌아보니 글로리아가 서있었다. 그녀는 눈썹을 치올리며 다시 말했다.

"받아요."

럭키는 돈을 받으면서 수치심에 뺨이 화끈거렸다. 글로리아는 럭키가 계산대 직원을 속이는 광경을 목격한 게 틀림없었다.

럭키가 말했다.

"고맙습니다. 저 먼저 캠프로 갈게요."

럭키는 식료품이 담긴 종이봉투를 안고 밖으로 나갔다. 그러나 글로리아가 얼른 계산을 마치고 뒤따라 나왔다.

"잠깐."

그녀는 럭키에게로 다가왔다.

"태워줄게요. 저게 내 차예요."

그녀는 벽돌색 픽업트럭을 가리켰다.

럭키는 차에 올랐다. 글로리아는 시동을 걸고 주차장을 빠져나왔다. 그러곤 좌회전 신호를 켜며 물었다.

"그런 건 어디서 배웠지? 그렇게 코앞에서도 안 보일 만큼 손이 빠른 사람을 내가 딱 한 명 알거든. 그 사람 성도 암스트롱이었어. 존 암스트롱. 혹시 친척이니? 우린 부부였어. 아이고, 그러고 보니 지금도 부부네. 몇십 년 못 봤는데."

글로리아는 운전을 하면서 의자 밑에서 휴대용 술병을 꺼내 한 모금을 마신 뒤 럭키에게 내밀었다.

"마실래?"

럭키의 가슴이 빠르게 뛰고 있었다. 그녀는 술병을 받아들었다. 무슨 술인지 목이 타들어가는 듯했다. 럭키는 식식거리며 기침을 참으려고 안간힘을 썼다. 한 모금으로 용기가 나길 바랐지만 한 모금을 더 마신 뒤에야 겨우 입을 열 수 있었다.

"네, 존 암스트롱과 친척이에요."

"친척이 아무도 없는 줄 알았는데. 어릴 때 차 사고로 가족을 모두 잃었거든. 와, 몇 년 동안 그 사람을 까맣게 잊고 있었네. 어떻게 지내?"

"교도소에 있어요."

"딱히 놀랍지는 않네."

글로리아는 술병을 다시 럭키 쪽으로 기울였지만 럭키는 고개를 저었다.

"자주 만나니? 면회도 가?"

"난 그분의 딸이에요."

글로리아가 급브레이크를 밟자 트럭이 자갈밭에 미끄러졌다. 그녀는 차를 돌려 캠프로 향하는 길로 들어섰다.

"그 사람 '딸'이라고?"

그녀는 럭키의 트레일러 앞에 트럭을 세웠다.

지금이 기회였다. 지금 해야 했다. 럭키는 티셔츠 속에 감춰둔 십자가를 꺼내 글로리아를 돌아보며 그것을 들어 올렸다.

"당신 딸이기도 하죠. 퀸스에 버리고 간."

글로리아는 럭키의 목에 걸린 십자가를 내려다보았다.

"대체 무슨 소리야? 그건 또 뭐고?"

"내가 당신 딸이라고요. 이 목걸이는 당신이 내게 유일하게 남겨준 물건이죠. 아빠 말이……"

막상 글로리아를 만나 보니 터무니없는 이야기처럼 느껴졌지만 밀고 나가는 수밖에 없었다.

"신앙이 아주 깊었다고 하던데요. 이 목걸이가 엄마의 것이라고 했어요. 우리를 떠나면서 나에게 주고 간 거라고. 산후 우울증 때문에 어쩔 수 없이 떠났다면서요. 괜찮아요. 용서할게요. 그냥 엄마랑 가까워지고 싶어요."

글로리아는 요란한 웃음을 터트렸다.

"그 사람이 그러던?"

그녀는 앞으로 손을 뻗어 럭키의 목걸이에 걸린 십자가를 집더니 굳은살이 박인 손가락으로 만지작거리다 내려놓았다.

"얘, 난 네 엄마가 아니야. 난 자식이 없어. 어릴 때 병에 감염돼서 여성의 장기를 모두 들어냈거든. 존은 상관없다고 했어. 그래 놓고 결국엔 아이를 갖고 싶어 하더라. 그러더니 어느 날 애를 데리고 온 거야. 그게 너였던 것 같네."

"나…… 였던 것 같다고요?"

"난 그래서 떠났어. 그게 말이 되니? 성당 앞에 버려져 있던 애를 그냥 안고 왔다니까. 경찰에 신고를 했어야지."

럭키는 그녀를 빤히 바라보았다. 대체 무슨 말이지? 존이 자신을 어딘가에서 데려왔다고?

글로리아는 눈을 가늘게 좁히고 십자가를 내려다보았다.

"너를 안고 와서는 성당 계단에 버려진 너를 발견해서 수녀에게 자기 아이라고 했더니 수녀가 분유랑 기저귀를 사는 데 보태라며 그 목걸이를 줬다고 하더라고. 그 사람이 남의 물건을 갖고 들어온 건 한두 번이 아니었지만 아기는 처음이었다니까."

럭키는 믿고 싶지 않았다. 차문을 열려고 손을 뻗으면서 근원을 알 수 없는 부끄러움에 뺨이 화끈거리고 눈물이 고였다. 글로리아의 픽업트럭에 앉아 자신이 누구인지 털어놓으며 통곡하려 했다니.

"잠깐."

글로리아가 말했다.

"가지 마. 충격받았지? 이해해. 하지만 너도 달리 갈 데가 없으니까 여기까지 왔겠지. 안 그러니? 우리 같이 일을 해보자."

"같이 일하자고요?"

글로리는 술병을 다시 내밀었지만 럭키는 얼떨떨한 마음에 고개를 저었다.

"나도 여기 틀어박혀 사는 게 지긋지긋하거든. 갑자기 너를 보니까 존 생각도 나고, 나쁜 기억도 많았지만 큰 꿈을 품었던 기억도 떠오르네. 이 나이에 그 꿈을 실현할 수 있는 방법은 하나밖에 없는 것 같아. 지름길 말이야. 네가 존 암스트롱의 손에서 컸다면 내 말이 무슨 뜻인지 알 것 같은데."

럭키는 손가락으로 십자가를 움켜쥐고 힘주어 당겼다. 목걸이가 끊어지길 바랐지만 꿈쩍도 하지 않았다.

"이 캠프에 사는 사람들, 대개는 노인들이야. 의심받지 않고 돈을 좀 더 뜯어낼 방법이 있을 것 같은데. 어때? 하지만 동업자가 없으면 힘들 거야. 그런데 네가 있잖아. 손이 빠른 존 암스트롱의 딸. 존이 그것 말고도 몇 가지 더 가르쳐 줬을 텐데. 안 그래?"

그녀가 다그쳐 물었다. 그러곤 다시 한번 럭키에게 술병을 건네자 럭키는 그것을 받아들고 크게 한 모금을 삼켰다. 목구멍과 식도가 타들어 가는 듯했다.

"맞아요."

"어떠니? 우리가 한 팀이 되어 빠르게 돈을 벌 만한 좋은 생각이 있지 않아?"

럭키는 진저리 났지만 의지와는 달리 기대감이 넘실넘실 끓어올라 혈관으로 퍼져나가기 시작했다. 갑자기 살아있는 느낌이 들었다. 중요한 존재, 중요한 사람이 될 기회가 찾아온 듯했다. 글로리아가 친엄마는 아니었지만 오랫동안 엄마의 사랑을 갈구한 만큼 이 기회를 놓칠 수 없었다.

'성당 앞 계단에서 주워 왔어.'

럭키는 잠시 눈을 감았다. 그녀는 쓰레기에 불과했다.

"좋은 생각이야 많죠, 글로리아. 미래의 가능성은 무한하잖아요."

사실이었다. 그렇지 않은가? 정말 더 밝은 미래가 펼쳐질지도 모를 일이었다.

*

며칠 뒤 11호 트레일러에 사는 앨 힌치 노인은 눈곱이 달린 눈을 찌푸린 채로, 자신의 트레일러 베란다에 서있는 글로리아와 럭키를 흘겨보며 물었다.

"확실해요?"

그러자 글로리아가 대꾸했다.

"그럼요, 앨. 여기 제 조카 세라가 막 건축학과를 졸업했거든요. 잠깐 와서 트레일러들을 봐달라고 부탁했어요."

럭키는 눈살을 찌푸렸다. 미리 정한 대사와 조금 달랐기 때문이다. 건축은 너무 모호했다. 글로리아는 구조 공학이라고 말해야 했지만 그새 잊어버린 모양이었다. 앨은 딱히 신경 쓰지 않는 듯했다. 뮤트라는 이름의 난폭한 개와 단둘이 사는 이 노인은 전날 앞을 지나가는 럭키에게 미소를 지으며 손을 흔들어 주었다. 럭키는 선글라스를 쓰고 있어서 다행이라고 생각했다. 차마 노인과 눈을 맞출 수 없었다. 하지만 해야 할 일이었다. 글로리아에게 복권을 믿고 맡겨도 될지 알아보려면 그녀와 함께 일을 해봐야 했다. 생판 모르는 사람에게 인생에서 가장 중요한 일을 맡길 수는 없으니까.

"트레일러를 다 돌아보면서 일일이 점검하고 있어요. 세라와 제가 직접 손볼 거니까 재료비와 인건비만 조금 받을게요. 정액으로 600달러. 현금으로 주시면 세금은 안 받고요."

한숨 소리가 들렸다.

"알았어요. 이번 주말까지 돈 줄게요."

"알겠습니다, 앨. 그럼 이 집 환기 장치부터 바로 고쳐드릴게요."

그들은 옆 트레일러로 이동해 문을 두드린 뒤 집 하단에 두른 널판을 찔러보며 이 집은 괜찮은 것 같다고 결론을 내렸다. 앨의 트레일러와 똑같은 모양이었는데 말이다. 트레일러 두 채를 더 살 피고 괜찮다는 판단을 내린 뒤 나란히 서있는 다음 트레일러 두 채를 돌아보고는 환기 장치에 문제가 있다고 말했다.

캠프의 트레일러를 모조리 살펴보는 데는 이삼 일이 걸렸고 그들의 결정에 반박하며 전문가에게 확인해 보겠다고 한 주민은 두 명뿐이었다. 글로리아가 럭키에게 말했다.

"그러진 않을 거야. 그리고 이웃들이 다 고치는 걸 보면 걱정될 걸. 결국에는 한다니까. 나만 믿어. 난 이 사람들 잘 알아. 정말 끝 내주는 아이디어다. 똑똑하네."

"고맙습니다."

칭찬을 들으니 럭키는 어렴풋이 기분이 좋아지는 듯했다.

"나랑 같이 저녁 먹을래? 요리는 못하지만 냉동실에 라자냐가 있고 냉장고에 맥주도 좀 있어. 와인도 있을걸. 어때?"

"아. 좋죠."

럭키는 자기 냉장고에서 시들어가는 양상추 한 봉지를 떠올렸다.

"제가 샐러드를 가져올 수……"

"아니야, 필요 없어. 토마토소스도 채소잖아. 안 그래? 그냥 여기 베란다에 앉아있어. 내가 오븐에 금방 데워올게. 하루 종일 힘 들었으니 기분 전환 좀 하자."

글로리아의 베란다에서는 말들이 풀을 뜯는 들판이 보였다. 럭키는 의자에 앉아 노을에 물들어가는 말들을 지켜보았다. 조랑말이 들판 한쪽을 왔다 갔다 했고 트레일러 촌에 사는 어린 소녀가 울타리에 매달려 녀석을 구경했다. 말 세 마리는 건초 더미 주위를 어슬렁거렸다.

베란다 널판이 삐걱거리는 소리가 들렸다. 글로리아가 양손에 블루문 맥주를 한 병씩 들고 나타났다. 병 주둥이에는 오렌지가 한 조각씩 꽂혀있었다.

"이것 봐. 나름 신경 좀 썼어. 손님이 오는 일이 드물어서 말이야."

글로리아는 오렌지 조각을 병 속으로 밀어 넣고 꿀꺽꿀꺽 맥주를 들이켰다. 럭키도 따라 했다.

"예전에 식당에서 이렇게 하는 걸 보고 따라 해봤더니 맛이 꽤 좋더라고."

글로리아가 말했다.

잠시 후 그녀는 가장자리에 꽃무늬가 둘러진 플라스틱 접시에 라자냐를 담아 들고 나왔다. 무릎에 올려놓을 수 있도록 종이 냅킨과 포크, 나이프도 챙겨 왔다. 전에 이 캠프에 살던 사람이 크리스마스 선물로 주었다며 먼지 덮인 와인도 한 병 들고 나왔다. 그녀가 말했다.

"아껴 두었어. 그런데 도무지 같이 마실 사람이 있어야지."

시큼한 맛이 났지만 럭키는 주는 대로 받아 마셨다. 초조했다. 머릿속으로는 글로리아에게 복권 얘기를 털어놓고 도움을 청하는 자신을 끊임없이 그려보았다. 일단 쏟아내고 나면 다시 주워 담을 수 없다. 하지만 글로리아가 아니라면 누구에게 도움을 청한단 말인가?

얼마 후 글로리아가 말했다.

"아 참, 있잖아, 예전에 같이 살 때 찍은 존의 사진이 있는데. 네 친아빠는 아니지만 그래도 보고 싶지 않아?"

그러곤 대답할 새도 없이 안으로 들어가더니 봉투 하나를 들고 나와 거의 30년 전에 찍은 글로리아와 존의 오래된 스냅 사진을 한 움큼 꺼내 보였다. 글로리아는 놀랍도록 매력적이었다. 당돌하고 갸름한 얼굴로 존이 세상에서 가장 멋진 남자인 듯 그를 보며 웃고 있었다. 존도 그런 눈으로 그녀를 바라보았지만 존은 마음만 먹으면 어떤 여자에게든 그런 눈빛을 보낼 수 있는 사람이었다. 럭키는 잘 알고 있었다.

글로리아는 사진을 내려놓고 와인을 홀짝였다.

"한때는 정말 사랑했지. 우리가 함께하면 못할 일이 없다고, 내가 자기의 전부라고 늘 말하곤 했어."

럭키가 와인 잔을 비우자 글로리아가 다시 채워주었다. 럭키가 말했다.

"나한테도 그렇게 말했어요."

"미안. 너한테는 참 안타까운 일이지. 내가 좀 더 도울 수 있다면 좋겠네."

글로리아는 비어가는 병을 흔들며 다시 말했다.

"들어가서 좀 더 센 거 가져올까? 완전 뿅 가는 게 있는데."

"좋죠."

잠시 후 럭키는 글로리아가 건넨 정체불명의 밀주를 받아 들이 켜고는 다시 잔을 내밀었다. 글로리아가 말했다.

"옳지, 잘하네. 이걸 마시면 기분이 한결 나아질 거야."

글로리아의 이와 입술에는 보랏빛 와인 물이 들었고 머리칼은 평소보다 더 부스스했다. 그녀는 의자에 깊숙이 몸을 기대고 계속 지껄여댔다. 럭키는 집중하려 했지만 잔에 담긴 술이 너무 독했다. 시야가 흐려졌다. 글로리아는 다시 입을 열었다.

"난 너를 경찰서에 데려다주라고 했는데, 싫다고 하는 거야. 그래서 떠났어. 그게 끝이었어. 두 번 다시 그를 보지 못했어. 하지만 가끔은 어떻게 됐을까 궁금하더라. 한동안 그가 마음을 고쳐먹지 않을까 기대하기도 했고. 며칠 기저귀를 갈아주고 잠을 설치다 보면 마음이 바뀔 거라고 생각했지. 아니더라고."

그녀가 말을 이어가는 사이, 럭키는 눈을 감았다. 결국 글로리아의 말은 소음이 되어 귀뚜라미와 매미의 합창, 요란하게 도로를 달리는 트럭 소리와 뒤섞였다. 어느 순간 글로리아가 그녀의 무릎에 담요를 덮어주는 느낌이 들더니 어둠과 고요가 찾아왔다. 럭키는 그렇게 잠에 빠졌다.

2008년 9월
아이다호주 보이시

"케리! 어디 있어?"

겁에 질린 그녀의 목소리에 케리는 쿵쾅거리며 아래층으로 내려왔다.

"무슨 일이야?"

"베티가 없어졌어! 조금 전에 마당에 내놓았는데, 지금 보니까…… 없어졌어!"

두 사람은 몇 시간 동안 베티를 부르며 온 동네를 돌아다녔다. 벽보를 출력해 전봇대에 붙이기도 했다. 케리는 결국 식당에 다시 가야 한다고 했다. 집에 혼자 남은 럭키는 전화기 옆에 앉아 베티를 도미니카 공화국에 데려가기 위해 준비한 서류를 내려다보았다. 하염없이 눈물이 흘렀다. 아기를 잃었을 때처럼 이번에도 자기 잘못인 듯했다. 해외로 돈을 옮기는 일에 너무 정신이 팔려 있었다. 그녀는 잘못하지 않았다고, 그저 매일 하던 대로 했을 뿐이라고 말하는 목소리가 마음 한구석에서 들려왔지만 애써 귀를 닫았다.

케리가 돌아오자 럭키가 말했다.

"누가 데려간 것 같아. 누가 훔쳐간 게 틀림없어. 베티가 도망쳤을 리가 없잖아."

"우리가 떠나려 하는 걸 감지하고 같이 가기 싫었는지도 모르지. 걱정은 그만하자. 네가 어쩔 수 있는 일이 아니잖아. 그냥 잊어야지."

"어떻게 걱정을 안 해? 베티는 내……"

'전부'라고 그녀는 말하려 했다. 하지만 그렇지 않았다. 그녀에겐 케리가 있었다. 그들에게는 돈이 있었다. 이제는 수중에 쥐고 있는 것들이 중요하다고 믿어야 했다.

베티는 끝내 돌아오지 않았다. 며칠이 흘러 떠나는 날이 되었다.

"누가 베티를 찾으면 어떡하지? 날짜를 조금 미루면 안 될까? 며칠만?"

그러자 케리가 대꾸했다.

"더 있다간 붙잡힐 거야. 주식 시장이 더 곤두박질 쳤어. 오늘만 해도 자기 돈이 괜찮으냐고 전화한 고객이 얼마나 많았어?"

"엄청 많았지."

럭키가 솔직하게 시인했다.

"더는 안 돼. 어서 여길 떠나야 해. 벌써 너무 지체했어."

하지만 마음이 편치 않았다. 왠지 불길한 조짐인 듯했다. 이대로 떠나면 행복하게 살 수 있는 기회를 영영 잃을 것 같았다. 게다가 그녀는 여전히 희망을 놓지 않았다. 누군가가 베티를 찾았다고 연락할지도 모른다.

럭키가 말했다.

"이러면 어떨까? 먼저 라스베이거스로 가는 거야. 신나지 않겠어? 거긴 안전하겠지. 이제 신분을 숨기는 건 일도 아니잖아."

말을 내뱉고 나니 꼭 그렇게 해야 할 것 같았다. 새로운 삶으로 넘어가기 전에 잠시 시간을 가질 수 있는 완벽한 방법이었다.

"우리, 많은 걸 잃었잖아. 특별한 일을 하고 싶어. 잠깐 영광의 광휘를 누려보는 거야. 어때? 영원히 떠나기 전에."

케리는 그녀를 품에 안고 내려다보았다.

"그럼 다시 행복해질 것 같아? 네가 이렇게 슬퍼하는 모습은 보고 싶지 않거든."

"응, 그럴 것 같아."

"좋아, 미국에서 하룻밤을 더 보내자 이거지? 네바다주에서는 아무도 우리를 찾지 못할 거야."

케리가 말했다.

다음 날 그들은 은색 아우디를 타고 길을 떠났다.

PART 2

1982년 2월
뉴욕시

세인트모니카 성당의 계단에서 아기가 울어대고 반짝이는 구두를 신은 사내가 다가와 마거릿 진의 눈을 똑바로 보며 "제 아이입니다." 하고 말했던 그날 밤, 그녀는 다시 침대로 돌아갔지만 잠을 이룰 수 없었다. 동이 트자 마거릿 진은 수녀들에게 가서 자신의 견습 결과를 물어보았다. 수녀들이 그녀를 수녀회의 일원으로 받아들이겠다고 대답하자 예기치 못한 감정이 밀려들었다. 황홀경에 가까운 깊은 안도감이었다. 갑자기 자신이 그것을 간절히 열망해 온 듯했다. 자신을 구원하고 타인을 구원하는 일.

그로부터 몇 주 뒤, 마거릿 진 수녀가 된 그녀는 웬 젊은 여인이 계단에 놓아둔 아기의 행방을 묻고 있다는 이야기를 들었다.

"네가 당번이던 날에 아무 소리도 못 들었지?"

수녀들이 그녀에게 물었다.

"네, 전혀요."

마거릿 진 수녀는 이렇게 대꾸했다. 수녀들은 그녀의 말을 믿었다. 누가 그런 일을 속인단 말인가? 안 됐더라, 하고 수녀들은 입을 모았다. 가엾어. 제정신이 아닌 것 같더라고.

마거릿 진 수녀는 금세 확인할 수 있었다. 과연 젊은 여인은 슬픔에 빠져 제정신이 아닌 듯했다. 남을 속여 돈을 갈취하고 죗값을 치르지 않으려고 숨어 지내다 마침내 도움과 구원의 화신으로 거듭난 그녀는 그 어린 여인을 돕고 싶었다.

그녀가 계단에 이르렀을 때 소녀 같은 여인은 계단 밑에서 어깨를 늘어뜨린 채 천천히 걷고 있었다. 누가 봐도 실의에 빠진 모습이었다. 불꽃처럼 새빨간 머리칼 때문에 쉽게 눈에 띄었다. 마거릿 진 수녀는 소녀를 따라 걸으며 무슨 말을 할까 고민했다. 마침내 그녀는 소녀에게 다가가 슬며시 어깨를 잡았다.

"이 손 저리 치워……"

"아니에요. 해치려는 게 아니에요. 도와주려는 거예요. 이리 와 봐요."

마거릿 진 수녀가 말했다.

소녀의 눈에 희망이 어른거렸다. 흔치 않은 눈이었다. 에메랄드 빛. 마거릿 진이 어릴 때 동전을 내고 사먹던 라임맛 사탕을 닮았다.

"제 아기가 어디 있는지 아세요?"

소녀가 물었다.

"내가 아침을 사줄게. 얘기 좀 하자."

그들은 마거릿 진 수녀가 속세에 있을 때 자주 갔던 카페로 향했다. 그녀는 그곳에서 많은 시간을 보내며 혼자 사는 병자나 노인을 사귀었다. 그렇게 그들의 삶으로, 그들의 유언 속으로 파고들었다. 꽤 체계적이었고 어느새 중독이 되었다. 그녀는 감당할 수 없을 만큼 많은 돈을 손에 넣었다. 실제로 해를 입히는 일은 아니라고, 오히려 떠나가는 사람들의 마지막 나날을 행복하게 해주는 일이라고 그녀는 합리화했다. 하지만 성당에 들어와 성경 강독을 하며 한 가지 배운 것이 있다면 도둑질은 어떤 식으로도 합리화할 수 없다는 사실이었다.

소녀는 겁에 질린 듯 눈을 크게 뜨고 아무 말도 하지 않았다. 마거릿 진 수녀는 두 사람의 식사를 주문했다. 팬케이크와 달걀, 감자, 과일, 커피, 오렌지 주스. 소녀는 허기가 졌던 모양이었다. 마거릿 진 수녀는 소녀가 먹는 모습을 지켜보다가 마침내 이름을 물었다.

"발레리 만이에요."

마거릿 진 수녀는 소녀의 셔츠 앞섶이 젖은 것을 발견하고 자신의 카디건을 벗어 우유 자국을 가리라고 내주었다. 누구인지, 어디서 왔는지, 왜 아기를 성당 앞에 놓고 갔는지 묻고 싶었지만 그러면 자신의 비밀이 드러날 것 같았다. 자신이 그 아기를 보았으며 낯선 사람이 데려가도록 방치했다는 비밀. 마거릿 진 수녀는 구원받고 싶었지만 붙잡히고 싶지는 않았다. 그래서 자신 있는 방법을 쓰기로 했다. 바로, 이야기를 지어내는 것이었다.

"난……"

마거릿 진 수녀는 잠시 멈칫했다가 다시 입을 열었다.

"나는 예지력을 가졌다고 알려져 있어. 사실은 네 아기도 봤단다. 긴 꿈을 꿨는데 꿈이 아주 생생했거든. 꿈에서 네 아기를 봤어. 너와 똑같은 머리칼을 가진 예쁜 아기가 크고 당차게 울어대더구나."

발레리는 포크를 내려놓았다.

"제 아기를 봤다고요?"

소녀의 초록색 눈이 레이저처럼 강렬하게 빛났다.

"실제로 본 게 아니고 꿈을 꿨다고."

마거릿 진 수녀가 말했다.

"그럼 제 말을 믿으시는 거예요? 성당 앞에 아기를 놓아두었다는 말?"

"그래, 믿어. 아기가 성당 앞에 있었다는 거 알아."

"또 뭘 보셨어요? 아기가 지금 어디 있는지 아세요?"

"아기는 안전해. 사랑받고 있어."

마거릿 진 수녀가 대꾸했다. 그러곤 정말 아기가 보이는 듯 눈을 감았다. 스스로 지어낸 이야기를 믿어야만 상대도 믿을 테니까.

"어느 가족과 함께 있어. 그들은 성당 앞에서 아기를 발견했지. 오래전부터 아기를 갖게 해달라고 기도하던 터라 아기를 보고 기적이 일어났다고 생각한 거야. 그래서 집으로 데려갔어. 아기 걱정은 하지 않아도 돼. 그들이 안전하게 돌보고 있어. 확실하단다."

발레리는 미동도 하지 않았다. 포크는 이제 버림받았다.

"그러니까 누군가가 아기를 데려갔다고요?"

"어떤 가족이 데려갔어. 아기는 안전해."

"좋은 집에 살아요? 우리 부모님은 내가 임신한 걸 알고 나를 쫓아냈어요. 제 남자친구는 텍사스로 이사했고요."

"아기는 건강하고 무사해. 사랑받고 있고. 확실해."

"경찰에 신고하면 안 될까요? 찾아보면 안 돼요?"

"정말 그러고 싶니? 아기를 찾고 싶어?"

마거릿 진 수녀는 소녀를 보았다. 소녀는 겁에 질린 눈을 돌렸다.

"아기를 버리는 건 범죄예요. 아기를 찾으려면 제가 저지른 일을 자백해야겠죠."

소녀의 눈물 한 방울이 라미네이트 탁자 위로 떨어졌다.

마거릿 진 수녀는 자신에게 환멸을 느꼈다. 하지만 돌이킬 수 없었다.

"어디 사니?"

발레리가 시선을 들었다.

"보호소에서 지내고 있어요."

소녀는 한숨을 쉬며 말을 이었다.

"사실 전 꿈이 많았답니다. 그래도 아기를 낳아서 제대로 키우기로 마음먹었는데 막상 낳고 보니까 주위에 아무도 없더라고요. 돈도 없고, 정말 아무것도 없었어요. 그제야 정신이 들었죠. 현실을 직시한 거예요. 앞으로 어떤 삶을 살게 될지 보이더라고요. 보호소에서 아이와 함께 사는 여자들을 보니까 암담했어요. 문득 내딸은, 우리 줄리아는 더 나은 삶을 살게 해줘야겠다는 생각이 들었죠."

소녀는 두 손에 얼굴을 묻고 잠시 어깨를 들썩였다. 소리 없고 강렬한 울음이었다. 마치 속으로 비명을 지르는 것처럼. 주목을 끌지 않는 혼자만의 울음.

"덜컥 겁이 났어요. 그래서 실수를 저지른 거예요. 차라리 이 아이를 잘 키워줄 사람에게 보내는 게 좋겠다고, 그럼 저도 고등학교를 졸업하고 대학에 가서 중요한 사람이 될 수 있다고…… 우리 둘 다 그렇게 될 수 있다고, 물론 같이할 수는 없겠지만, 어쨌든 그렇게 생각했어요. 그 애가 내 곁에 있으면 우리 둘 다 아무것도 될 수 없다고 말예요. 어쩌면 굶어죽을지도 모른다고. 그래서 희생을 감수하기로 했어요. 그게 아기를 위하는 길이라고 생각했죠. 그렇게 믿었어요. 왜 그랬을까요? 오늘 아침에 일어나서 생각해보니 난 아기가 없으면 아무것도 될 수 없을 것 같더라고요. 그래서 다시 갔는데 없는 거예요."

"내가 도와줄게."

마거릿 진 수녀가 말했다. 그녀는 빠르게 머리를 굴리며 행여나 마음이 바뀔세라 재빨리 머릿속의 생각을 쏟아냈다. 은행 계좌에 아무에게도 말하지 않은 돈이 들어있었다. 성당에 내놓아야 했지만 그러지 않았다. 이렇게 쓰는 편이 나을 것이다.

"살 집을 찾아보고 성당으로 다시 와. 내가 같이 가서 집을 봐주고 월세를 내줄게. 고등학교는 마쳐야 해. 그때까지 매주 나와 만나는 거야. 그다음 계획을 세울 때까지."

발레리의 초록색 눈이 휘둥그레졌다.

"하지만 왜요? 왜 저를 도와주시는 거예요?"

"나의 예지력은 해야 할 일을 지시해 주거든. 내가 네 뒷바라지를 해줄게. 아기를 포기했다고 네 인생도 포기해선 안 돼. 어떻게든 중요한 사람이 되어야 해."

순간 발레리는 아름다운 초록색 눈을 가늘게 좁혔다. 마거릿 진 수녀는 소녀가 자신의 속내를 의심하는 것이 아닐까 걱정했지만 그것은 아니었다. 발레리는 그저 고개를 끄덕이고 다시 아침을 먹기 시작했다.

"장래 희망이 뭐니?"

마침내 마거릿 진 수녀가 발레리에게 물었다.

"예전부터 변호사가 되고 싶었어요."

발레리는 접시에서 눈을 떼지 않은 채 대꾸했다.

"아니면 판사나 검사도 괜찮고요. 모르겠어요. 그냥 중요한 사람이 되고 싶어요."

마거릿 진 수녀가 말했다.

"그 꿈 포기하지 마. 집을 알아봐. 매달 1일에 여기서 나랑 만나는 거야. 알았지?"

발레리는 고개를 끄덕였다.

"네."

그렇게 그들의 관계는 시작되었다.

15

누군가가 럭키의 얼굴에 환한 불빛을 비추는 듯했다. 럭키는 힘겹게 눈을 떴다. 머리를 망치로 얻어맞은 기분이었다. 그러고 보니 환한 불빛은 다름 아닌 햇살이었다. 그녀는 글로리아의 베란다 의자에서 잠이 들었다. 아래를 보니 지갑이 떨어져 있었다. 안에 든 내용물이 베란다 곳곳에 흩어졌다. 그녀는 레예스의 명함과 식료품점 직원에게 받은 5달러짜리 지폐들, 가짜 신분증 몇 개를 주웠다. 그러다 갑자기 당황하며 바닥에 엎드려 미친 듯이 주위를 더듬어 보았다. 복권. 복권이 사라졌다.

"글로리아?"

럭키는 소리치며 일어섰다. 브래지어 속을 확인하고 호주머니도 뒤집어 보았지만 복권은 아무 데도 없었다.

"여보세요?"

럭키는 글로리아의 현관문을 두드렸다. 대답이 없었다. 손잡이를 돌려보니 문은 잠기지 않았다. 안은 어둑하고 고요했다. 복숭아 향의 방향제 냄새가 코를 찔렀다. 글로리아의 침대는 헝클어진 채 비어있었다. 개수대에는 더러운 접시와 와인 잔이 한 가득이었다. 조리대에 놓인 술병을 보니 '100프루프(프루프는 보드카나 위스키의 알코올 도수 표시 단위로, 100프루프는 알코올 50도에 해당한다. 옮긴이)'라고 적혀있었다.

럭키는 사무실 트레일러로 달려갔지만 역시 아무도 없었다. 전화기를 들고 글로리아의 휴대전화 번호를 누르자 곧바로 음성 메일로 넘어갔다.

럭키는 떨리는 손으로 레예스의 번호를 눌렀다.

"여보세요?"

"나야."

"야, 내가 그 캠프로 몇 번이나 전화했는데! 두세 번 글로리아가 받았는데 네가 바쁘다고 하더라고. 내가 전화했다는 얘기 못 들었어?"

"응. 못 들었어."

"거기 일은 어떻게 돼가?"

"별로야."

럭키는 간신히 대꾸했다. 방이 빙글빙글 돌아갔고 금방이라도 속을 게울 것 같았다. 그녀는 카운터를 붙잡았다.

"사실은 지금 그리로 가는 길인데 두 시간이면 도착해. 너희 아빠도 같이 계셔. 석방되셨어! 가서 다 설명할게. 좀 이따 봐."

295

*

베티가 짖어대는 소리가 그들의 도착을 알렸다. 럭키는 일어나서 사무실 밖으로 나갔다. 글로리아의 냉장고에 든 음료를 절반쯤 해치웠더니 현기증이 조금 가라앉았다.

레예스가 SUV에서 내렸다. 뒤이어 베티가 나오더니 기쁨에 겨워 껑충껑충 뛰어왔다. 럭키는 허리를 숙여 베티를 맞이해 주었다. 잠시나마 마음이 편안해졌지만 그리 오래 가지 않았다.

"아빠는 주무셔. 우린 며칠 동안 달려왔거든. 피곤하실 거야. 좀 쉬게 두자. 여기 일이 어떻게 됐는지 나한테 얘기해 봐."

"일단 들어가자. 내가 커피 줄게."

베티는 럭키의 곁에서 떨어지지 않았다. 안으로 들어간 럭키는 폴저스 커피 통을 찾아 여과지에 커피를 떠 넣고 커피머신을 켰다. 그렇게 사무실 구석에서 바쁘게 몸을 놀리며 레예스에게 어떻게 얘기할까 고민했다. 커피가 준비되자 그녀는 두 잔을 따랐다.

"우유나 설탕은 없어. 블랙도 괜찮아?"

"그럼."

그들은 밖으로 나와 사무실 앞에 버려진 고물 접이식 의자에 앉았다. 베티는 럭키의 발밑에 웅크리고 앉았다.

"글로리아 일이 어떻게 됐는지 얘기해 봐."

"네가 먼저 얘기해. 존 암스트롱은 어떻게 된 거야?"

그러자 레예스가 입을 열었다.

"일사천리였어. 너를 내려주고 가는 길에 전화를 받았어. 심리가 그다음 날로 잡혔다는 거야."

럭키는 레예스의 차를 흘끗 보았다. 아빠가, 아니 존 암스트롱이 앞자리에서 머리를 한쪽으로 기울이고 입을 벌린 채 잠들어 있었다. 무척 늙어 보였다. 낯선 사람처럼. 사실 이제 럭키에게 그는 낯선 사람이나 다름없었다.

"아저씨가 저지른 범죄에 대해서는 이미 형량을 다 채웠다는 판결이 내려졌고 전과 3범 가중 처벌은 취소됐어. 그래서 나오셨지."

"잘됐네."

럭키가 말했다.

"별로 기뻐하는 것 같지 않은데. 왜 그래?"

"저 사람이 내 친아빠가 아니라는 사실을 알게 됐거든."

럭키가 말했다.

"*뭐?*"

차 문이 열렸다. 베티가 짖어댔다. 존이 잠에서 깨어 차에서 내렸다. 그는 어리둥절한 얼굴로 주위를 둘러보았다. 레예스가 일어서면서 목소리를 낮춰 럭키에게 속삭였다.

"무슨 말인지 모르겠지만 방금 한 얘기는 일단 아저씨에게 하지 않는 게 좋겠어. 요즘 정신이 깜빡깜빡하고 혼란에 시달리시거든. 병원에 가봐야 하는데 너부터 보겠다고 하셨어."

레예스는 돌아서서 차로 달려갔다.

"존 아저씨! 괜찮아요. 저 여기 있어요. 보세요. 우린 럭키를 찾아온 거예요!"

럭키를 보는 순간 그의 얼굴이 환해졌다. 럭키는 끓어오르던 분

노가 일순간에 녹아내리는 것을 느꼈다. 존이 교도소에서 나올 때면 다른 사람이 되어있을 거라고, 그녀와는 전혀 상관없는 사람이 되어있을 거라고 했던 케리의 목소리가 들리는 듯했다. 하지만 지금 이 순간 눈을 반짝거리는 저 사내는 그녀가 기억하는 모습 그대로였다.

그래도 아니었다. 이제 그녀는 진실을 알았다. 그가 그녀와는 상관없는 사람이라는 진실. 게다가 글로리아는 종적을 감췄고 복권도 사라졌다. 럭키는 참을 수가 없었다. 결국 모든 게 어그러졌다. 그녀는 터져 나오는 울음을 간신히 삼켰다.

그러곤 의자에서 일어나 빠르게 강 쪽으로 걸음을 옮겼다. 베티가 졸졸 따라왔다.

"럭키, 기다려. 나야, 네 아빠! 나 풀려났어! 반갑지 않니? 왜 도망가? 우는 거야?"

럭키는 멈추지 않고 강둑까지 걸어갔다. 베티에 이어 존이 그녀의 옆에 이르렀다.

"럭키, 너 맞지? 요즘 내가 정신이 없거든. 꼭 모르는 사람 취급하네."

"여기가 어디인지 알아요? 여기가 뭐하는 데인지 아느냐고?"

존은 천천히 한 바퀴를 돌며 허름한 주변 풍경을 둘러보았다.

"글……쎄?"

"데버로 캠프예요. 나한테 얘기해 줬잖아. 몇 주 전에 내가 면회 갔을 때. 기억나요?"

"아, 그래, 맞아. 그랬지."

그는 놀라는 눈치였다.

"레예스한테 들었어. 요즘 레예스가 내 기억을 되살려 주고 있거든. 젠장. 너, 글로리아를 만났구나. 끝내 찾아오다니. 그러지 말라니까."

"맞아요. 글로리아를 만나서 바보짓을 했네요. 내가 오래전에 잃어버린 딸이라고 했지 뭐예요. 그런데 알고 보니…… 알고 보니 당신이 나를 어떤 빌어먹을 성당 앞에서 훔쳐 왔다면서요?"

럭키는 흥분하지 않으려 했지만 자기도 모르게 언성이 높아졌다.

"훔친 건 아니야."

그가 고개를 저으며 말을 이었다.

"넌 버려져 있었어! 내가 너를 '구한' 거야……"

"평생 나한테 거짓말을 하다니! 당신은 내 친아빠가 아니잖아. 글로리아도 내 엄마가 아니었고."

레예스가 다가오려다 말고 뒷걸음질을 치며 자리를 비켜 주었다.

"그래서 내가 잘못했다는 거니? 그거 하나 숨겼다고? 꼭 이렇게 해야 해? 너는 그렇게 완벽한 줄 알아?"

"난 범죄자죠."

럭키는 차분해진 목소리로 말을 이었다.

"당신이 날 범죄자로 키웠지. 내가 사랑한다고 생각한 남자도 범죄자였고. 지금 그 사람은……"

울음이 터질 뻔했지만 럭키는 간신히 삼키고 다시 입을 열었다.

"그 사람은 죽었을 거예요. 이제 우리가 벌인 일은 내가 모조리 모두 뒤집어써야 해요. 그나마 유일한 희망도…… 내게 남은 유일한 기회도 없어지고…… 글로리아가 복권을 가져갔어요. 사라져 버렸다고."

"복권을! 어디 있어? 글로리아 어디 있어? 찾아와야지. 내가 당첨금을 받아줄게. 난 한 푼도 안 가질 거야. 단 한 푼도. 네 말이 맞아. 너한테 거짓말했어. 내가 잘못했어. 하지만 맹세할게. 나한 테 기회를 주면 내가 다 해결해 줄게. 내가 당첨금을 받아 오면 돼. 레예스한테 지금 태워다 달라고 하자. 그 돈만 있으면 넌 뭐든 지 할 수 있어! 경찰도 널 못 찾을……"

"말했잖아요. 복권이 사라졌다고! 글로리아가 훔쳐갔다고!"

"그래서? 그럼 그 여자를 찾아야지."

럭키는 고개를 저었다.

"어떻게? 그 여자가 당첨금을 받아 챙기기 전에 어떻게 찾을 건 데?"

그는 강을 바라보다가 다시 럭키를 보았다.

"난 너를 처음 본 순간부터 사랑했어. 너는 그렇게 생각하지 않 겠지만. 너를 보살펴 주고 싶었어. '정말' 보살펴 주었잖아. 내가 너를 내 딸이라고 말한 건 정말 그렇게 생각했기 때문이야. 넌 내 딸이야."

"아니. 당신은 날 사랑하지 않았어. 나를 이용하려 했겠지. 적당 히 키워서 사기에 써먹으려고 한 거잖아. 무슨 말을 해도 소용없 으니까 애쓰지 마요."

"네가 어릴 때는 엄마라는 존재가 뭔지도 몰랐지. 그러다 네 살 때였나…… 다섯 살 때였나. 네가 처음으로 엄마에 대해 물었어.

나는 당황했어. 뭐라고 해야 할지 얼른 떠오르지 않았지. 그래서 글로리아가 네 엄마라고 한 거야. 생각나는 여자가 글로리아밖에 없었거든. 거기서부터 거짓말이 시작된 거야. 설마 네가⋯⋯"

그는 할 말이 떠오르지 않는 듯 두 손을 올렸다.

"내가 그 여자를 찾을 줄은 몰랐겠지."

"그런 것 같다."

"더는 아무 얘기도 하고 싶지 않아요. 혼자 있고 싶어. 이리 와, 베티. 가자."

럭키는 그를 두고 자신의 트레일러로 향했다. 들어가기 전에 잠깐 돌아보니 아빠는 혼자 서있었다. 레예스가 그에게 다가가 어깨에 손을 얹자 그는 고개를 떨구었다. 럭키는 아빠가 울고 있다는 것을 알았다. 아니 '아빠'가 아닌 저 사내 말이다.

베티가 낑낑거렸다. 럭키는 베티를 안으로 데리고 들어갔다. 커튼을 닫고 침대에 앉아 빈손을 내려다보았다.

너무 늦었다. 이제 그녀는, 그녀의 삶은 결코 나아지지 않을 것이다. 지금 할 수 있는 일은 자수하고 죗값을 치르는 것뿐이었다.

●

2008년 10월
뉴욕시

"지금도 그 애를 찾는 꿈을 꿔요."

발레리가 말했다. 오늘은 이달의 1일이었다. 발레리와 마거릿 진 수녀는 30년 가까이 만나온 작은 식당에 함께 앉아있었다.

"그럼 정말 기적이겠죠. 그렇죠?"

"기적이지. 그래, 정말 기적이겠네."

마거릿 진 수녀가 대꾸했다.

지난 수십 년 동안 마거릿 진 수녀는 부정하게 얻은 돈이 가득한 저주받은 계좌의 돈을 천천히 소진했다. 이제는 거의 아무것도 남지 않았다. '할렐루야.' 발레리는 대학에 다니고 로스쿨을 졸업한 뒤 긴 사다리를 올라왔다. 결국 변호사가 되었고 이제는 맨해튼의 지방검사가 되었다. 마거릿 진 수녀는 뿌듯했다. 그녀의 삶에서 가장 큰 기쁨이었다. 그녀는 결국 해냈다. 세상은 발레리 만

덕분에 더 나은 곳이 되었으니 마거릿 진 수녀도 일조한 셈이었다. '넌 이제 용서받았어.' 그녀는 이렇게 자신을 다독이곤 했다. 하지만 사실은 아니라는 것을 내심 알고 있었다. 오직 하느님만이 그녀를 용서할 수 있다. 게다가 발레리는 외롭고 불행한 삶을 살고 있었다. 물론, 발레리는 많은 것을 가졌다. 굉장한 직업과 돈, 명성까지. 하지만 그녀의 곁에는 아무도 없었다. 발레리는 결혼을 하지 않았다. 친구가 있는지 마거릿 진 수녀로서는 알 수 없었지만 딱히 그럴 것 같지 않았다. 그녀의 비밀이 커다란 그림자를 드리우고 있을 테니까. 발레리는 가족과도 연락하지 않았다. 가깝게 지내다가 오래전에 세상을 떠난 할머니 얘기만 가끔 들려줄 뿐 임신했다는 이유로 그녀를 내쫓았다는 부모님과는 연락이 끊어졌다. 게다가 30년 가까이 흘렀는데도 자식을 버렸다는 죄책감이 발레리를 무겁게 짓누르고 있었다. 그래서 아무에게도 마음을 열지 못한다는 사실을 마거릿 진 수녀는 알고 있었다.

"여기저기 찾아보고 있어요."

발레리는 해마다 매달 이 카페에서 그녀를 만날 때면 이렇게 말하곤 했다. 이 카페는 많은 것이 변한 도시에서 얼마 남지 않은 유물 가운데 하나였고 그들은 끈질기게 이곳을 찾았다. 마거릿 진 수녀는 이렇게 말하고 싶었다. *'나도 여기저기 찾아보고 있어. 그 사내도.'* 하지만 그저 공감의 미소를 지으며 고개를 끄덕일 뿐이었다. 늘 그랬듯 머릿속의 생각을 입 밖에 내지 않았다.

발레리가 말했다.

"사실은, 그 애를 본 것 같아요. 전에도 그런 적이 여러 번 있지만 결국 아니었거든요. 그런데 한 달쯤 전에 뉴스에서 본 이 젊은 여자가 뇌리에서 지워지지 않아요. 저랑 많이 닮았어요."

발레리는 탁자 위로 자신의 전화기를 밀어주었다. 이런 얘기를 할 때면 발레리는 제 나이보다 훨씬 더 어려 보였다. 성공한 여성이라기보다는 마거릿 진 수녀가 이 식당에서 처음 만났을 때 마주했던 그 슬프고 겁먹은 아이 같았다.

마거릿 진 수녀는 젊고 예쁜 여자의 사진을 보았다. 빳빳한 흰색 블라우스와 감청색 블레이저 차림으로 카메라를 보며 눈웃음을 짓고 있는 모습. 정말이지 발레리와 많이 닮았다. 똑같은 색깔의 곱슬머리, 똑같은 얼굴형, 똑같은 입매, 그리고 흔치 않은 눈까지. 그녀는 사진을 확대해 보았다.

"오싹한데."

그러자 발레리가 대꾸했다.

"수배 중이에요. 횡령죄로. 좀 더 알아보려고 했는데, 아무것도 찾을 수가 없네요. 부모도 없고 가족도 없어요. 이렇게 시간을 낭비해선 안 되는 거 알아요. 하지만 자꾸 이 사진을 보게 돼요."

이전에도 수없이 그랬듯 마거릿 진 수녀는 반짝이는 구두를 신은 사내를 떠올렸다. 그날 밤 자신이 넘겨준 아기에게 사내는 어떤 삶을 주었을까? 그 아기가 결국 이런 지경에 이르렀단 말인가? 있을 법한 일이었다. 무엇이든 가능했다. 하지만 그녀는 아니기를 바랐다.

"네 딸은 아닐 것 같은데."

그녀는 전화기를 다시 발레리에게 밀어주었다.

"그럴까요?"

발레리는 사진을 한참 들여다보다가 다시 전화기를 집어넣었다.

"그건 모르는 일이죠."

"그야 그렇지."

마거릿 진 수녀가 대꾸했다. 죄책감이 더욱 무겁게 그녀를 내리눌렀다.

"알 길이 없지."

16

럭키는 여전히 자기가 묵던 트레일러 안에 앉아있었다. 벌써 몇 시간째 혼자 틀어박혔다. 무얼 어떻게 해야 할지 알 수 없었다. 밖에는 비가 듣기 시작했고 날이 점점 어두워졌다. 럭키는 침대에서 일어나 다시 창밖을 보았다. 흰색 SUV는 떠나지 않았다. 레예스와 존은 그 안에서 기다리고 있었다.

럭키가 문을 열자 침대 밑에 웅크린 채 잠든 베티가 한쪽 눈을 떴다.

"괜찮아. 금방 올게."

럭키는 젖은 풀밭을 달려 사무실로 향했다. 레예스와 존이 보고 있었지만 모른 체했다. 사무실로 들어간 그녀는 혹시나 싶어 글로리아의 휴대전화로 전화를 걸었다. 여전히 꺼져있었다. 케리가 사라진 날이 떠올랐다. 그날 아침 라스베이거스의 호텔 방에서 그에게 전화를 거는 사이, 마치 퍼즐조각이 맞춰지듯 서서히 배신당한 사실을 깨닫고 욕지기가 났다. 그때처럼 부질없는 좌절감과 두려움, 배신감이 밀려들었다.

럭키는 기억을 떨쳐내고 전화기를 내려놓은 뒤 어둑하고 텅 빈 사무실을 둘러보았다. 주변뿐 아니라 가슴도 텅 빈 듯했다. 평생 아빠로 알고 있던 사내가 차지했던 자리. 평생 엄마의 모습으로 머릿속에 그려온 글로리아가 차지했던 자리. 그토록 이해하고자 했지만 이제는 사라져 버린, 아마도 세상에 없을 케리가 차지했던 자리. 그리고 복권이 차지했던 자리. 마음 한 구석에서 넘실거리며 그녀를 계속 나아가게 했던 한 가닥의 희망은 이제 아물지 못한 흉터로 남았다. 글로리아는 친엄마가 아니더라도 믿을 만한 사람이라고 생각하던 참이었다. 그녀에게 복권 얘기를 털어놓고 당첨금을 받아달라고 부탁하려 했다. 그렇게 경계를 푼 순간, 글로리아는 그녀가 가장 취약한 틈을 타서 복권을 훔쳐 갔다. 럭키는 두 손에 얼굴을 묻었다.

끼이익 문이 열렸다. 레예스였다.

"좀 어때? 왜 그래?"

럭키는 고개를 저었다.

"그냥 가. 부탁이야. 넌 여기 있을 필요가 없어."

하지만 레예스는 의자를 끌어왔다.

"난 정말 몰랐어. 아저씨가 나한테도 얘기를 안 하셨거든. 여기서 조금 들었어. 그래도 정신이 돌아올 때가 있어서 아까는 자신이 무얼 했는지, 네가 무얼 알아냈는지 알고 계시는 것 같더라. 아저씨는 진심으로 너를 돕고 싶어 하셔."

"저 사람의 도움은 받고 싶지 않아. 저 사람이 여기 있는 것도 싫어."

"하지만 솔직히…… 아저씨는 너를 많이 사랑하시잖아. 한때는 질투도 했어. 아저씨가 너한테 하듯이 나를 아껴주는 사람이 있었다면, 나한테도 진짜 아빠가 있었다면 그렇게 방황하지 않았을 거야."

"나한테도 진짜 아빠는 없었어."

"내 친아빠보다 훨씬 나은 분이야. 내 아빠는 만날 나를 두들겨 팼거든. 결국 나는 집에서 쫓겨나 위탁 가정에 맡겨졌어. 그러다 가 프리실라를 만나서 인생을 망칠 뻔했지. 그러니까……"

침묵이 흐르는 가운데 트레일러의 지붕을 때리는 빗소리가 요 란하게 울려 퍼졌다. 이윽고 레예스가 다시 입을 열었다.

"교도소는 험한 곳이야. 많은 것을 빼앗아가지. 지금 너희 아빠 의 상태만 봐도 알 수 있잖아. 하지만 두 번째 기회가 얼마나 소중 한지를 일깨워 주는 곳이지."

"내 출생을 속인 건 절대 용서할 수 없어."

"아저씨는 좋은 사람이야."

럭키는 코웃음을 쳤다.

"네가 정말 좋은 사람을 못 만나고 살았나 보네."

"나한테 아저씨만큼 잘해준 사람은 없었어. 프리실라 밑에서 일 한 것도 나를 지켜주려고 그러신 거야."

"난 내 등록금 내려고 그런 줄 알았는데."

"그게 전부는 아니었어."

다시 침묵. 다시 빗소리가 정적을 메웠다.

"너희 아빠한테 복권 얘기 들었어."

럭키는 고개를 들었다.

"아. 그래서 나한테 이렇게 잘해주는 거구나."

레예스는 웃음을 터트렸다.

"정말 그렇게 생각하니, 럭키? 우리가 글로리아를 찾아서 복권을 되찾을 가능성이 얼마나 된다고 겨우 그것 때문에 내가 너를 돕고 친구가 되려 하는 거라고 생각해?"

그녀는 여전히 웃으면서 고개를 저었다.

"내가 너 같은 범죄자랑 같이 있다가 걸리면 얼마나 많은 것을 잃게 될지 알기나 해? 너랑 여기 같이 있는 것만 해도 내 석방 조건을 위반하는 일이야. 며칠 전에 너를 버스 터미널까지 태워다 줄 때도 엄청난 위험을 감수했고. 게다가 프리실라가 알면 나를 죽이려 들걸. 그때 난 복권의 존재도 몰랐잖아. 안 그래? 너도 언젠가는 누군가를 조건 없이 믿을 줄 알아야 해. 그럼 조금 더 편하게 살 수 있어."

"그렇겠지. 내가 최근에 누군가를 믿으려 했다가 무슨 일을 당했는지 생각하면 퍽도 그렇겠네."

"상대가 그저 말뿐만이 아니라 행동으로 먼저 보여줄 수 있게 해줘."

럭키는 화를 내고 싶었지만 그럴 힘이 남지 않았다. 자신이 가혹하고 부당하게 굴고 있다는 것을 알고 있었다. 그녀가 말했다.

"미안해. 굳이 나를 태우러 오지 않아도 되었을 텐데 와줬지."

그러곤 한숨을 쉬며 덧붙였다.

"그건 고마워."

"아니야. 누구에게든 두 번째 기회가 주어져야 해. 세 번째 기회도. 사람은 누구나 실수를 하잖아. 상대를 용서하지 않으면 우린 모두 혼자가 될 거야."

"나는 어차피 '혼자'야."

비가 그쳤다. 작은 실내에 정적이 흘렀다. 럭키는 검지로 눈 밑을 훑으며 눈에 고인 눈물을 훔쳐 청바지에 닦았다.

"넌 혼자가 아니야."

레예스가 말했다.

"난 이제 자수하러 가야 할 것 같아."

"아냐. 아직 가지 마. 내가 일하면서 알게 된 친구가 있는데 뉴욕시에서 사설탐정을 하고 있거든. 그 친구가 나한테 신세를 졌어. 내일 아침에 그리로 가 보자."

"가서 뭘 하게?"

"글로리아를 찾아달라고 부탁해 보자. 잃어버린 복권도. 이렇게 포기해선 안 돼. 너무 일러. 그리고 존 아저씨는 너를 데려온 성당에 가 보면 어떨까 하시던데. 그럼 도움이 될지도 몰라. 성당의 누군가가 무언가를 알고 있지 않을까?"

럭키는 무엇도 도움이 되지 않을 거라고 생각했다. 하지만 그래도 레예스의 제안대로 해보기로 했다.

*

그들이 차를 타고 달리는 사이, 서서히 산들이 사라지고 굽이굽이 언덕이 펼쳐졌다. 뒤이어 주택과 창고형 매장 등이 나타나면서 장엄했던 초록의 나무숲이 자그마한 관목들로 바뀌었다.

"라디오 좀 틀어도 될까?"

존이 레예스에게 물었다. 럭키는 여전히 그와 말을 섞지 않았다. 그와 눈을 맞추기도 괴로웠다. 아무 일도 없었다는 듯이 행동하는 모습을 보자 럭키는 그가 어제 강가에서 나눈 대화를 다 잊어버린 것이 아닐까 하는 의문이 들었다. 아무리 잘못을 저질렀어도 당사자가 그 일을 다 잊었다면 그 사람에게 화를 낼 수 있을까? 존의 상태가 심각하다는 점은 부인할 수 없었다. 정신이 또렷할 때도 있었지만 자주 심한 혼란을 겪는 듯했다.

"좋으실 대로 하세요."

레예스가 말했다.

존은 주파수를 돌리다가 양키스 경기 중계방송을 찾았다.

럭키는 손을 올려 목에 걸린 십자가를 만져보았다. 그들의 차가 교통 체증에 갇혀있는 사이, 아나운서 존 스털링이 거칠게 소리쳤다.

"야아아양키스가 이기고 있습니다!"

존은 주먹을 흔들며 말했다.

"그래, 바로 그거지!"

럭키는 어느새 미소를 지었다. 자기도 모르게 다른 시간, 다른 장소로 돌아가 있었다.

존은 룸미러로 럭키를 보며 빙긋 웃었다. 그도 과거로 돌아간 듯했다.

럭키는 창밖을 내다보았다. 목적지가 가까워지자 레예스가 속도를 늦췄다. 그녀는 주차 구역에 차를 세우고 시동을 끄며 말했다.

"다 왔어요. 저는 베티랑 차 안에서 기다릴게요."

세인트모니카 성당은 아파트와 고층 빌딩들 사이에 유물처럼 끼어있었다. 뾰족한 첨탑들은 이제 지상에서는 아무도 알아주지 않는 신앙의 열정을 담아 뻗어 올린 팔처럼 보였다. 뒤칸에 타고 있던 베티가 좌석 너머로 고개를 내밀고 위로하듯 럭키의 손을 핥아주었다.

존이 말했다.

"이름이 기억날 것 같은데. 널 발견한 날 만났던 수녀 말이야. 무슨 진이었어. 메리 진인가? 일단 들어가서 메리 진을 찾아보자."

그들은 차에서 내렸다. 계단이 가까워지자 존은 걸음을 멈추었다.

"럭키."

그가 아래를 가리키며 말을 이었다.

"바로 여기였어. 여기서 너를 발견했어. 추운 날 울고 있는 너를 보고 나는 기적이 일어났다고 생각했지."

"기적은 무슨. 그럴 리가 없죠."

럭키는 빠르게 계단을 오르며 추위와 어둠 속에 자신을 혼자 버려둔 엄마를 생각하지 않으려 애썼다.

성당 안의 공기는 서늘했다. 목재와 먼지의 냄새가 풍겼다. 럭키는 목을 길게 빼고 스테인드글라스와 둥근 천정을 올려다보았다. 존이 그녀를 지나 성당 앞쪽으로 걸어갔다. 럭키가 지켜보는 가운데 그는 양초가 꽂힌 붉은색 투명 유리 촛대가 가득 놓인 탁자로 다가갔다. 그러곤 양초 하나에 불을 붙이고 고개를 숙였다. 저런 건 어떻게 알았을까? 럭키로서는 처음 보는 모습이었다.

그녀는 머뭇거리며 앞으로 걸어갔다. 그가 그녀에게 라이터를 건넸다.

"너도 하나 켤래?"

그녀는 라이터를 받아 들고 돌아섰다.

기도는 어떻게 하는 것일까? 기도를 하는 이유는 무엇일까? 기도를 하면 정말 이루어질까? 소원을 비는 것과 똑같나? 기도가 이뤄질 때까지 얼마나 걸릴까? 지니가 램프를 비빌 때처럼 바로 이뤄질까? 아니면 시간이 걸릴까? 예전 같으면 존에게 물어봤을 것이다. 이제는 그럴 수 없었다. 그녀는 촛불 하나를 켰다. 그리고 또 하나. 하나 더. 붉은 촛대에서 나지막이 타오르는 작은 불꽃들을 모두 내려다보았다.

"럭키, 사람들은 잃어버린 이를 기억하기 위해 촛불을 켠단다."

존이 말했다.

럭키는 케리를 떠올리며 그가 아무리 나쁜 짓을 했어도 고통스럽게 죽지 않았기를 기원했다. 그러곤 촛불 하나를 밝혔다.

자신을 이 성당 계단에 버리고 간 엄마를 떠올렸다. 그러곤 또 하나를 밝혔다.

아빠라고 믿었지만 사실은 전혀 상관없는 사람이었던 사내를 떠올렸다. 촛불 하나를 밝혔다.

복권을 떠올렸다. 그리고 마지막 촛불을 밝혔다.

그런 다음 입김을 불어 촛불을 모조리 껐다.

그녀의 아빠가 속삭였다.

"럭키! 안 돼! 이건…… 이건……"

뒤에서 인기척이 느껴졌다. 수녀가 통로를 걸어 그들에게로 다가오고 있었다. 그녀가 소리쳐 물었다.

"안녕하세요? 어떻게 오셨죠?"

럭키는 존과 둘만 있다고 생각했는데 아니었다.

"죄송합니다, 수녀님."

존이 입을 열었다.

수녀가 걸음을 멈췄다. 이제 그녀는 그들과 겨우 두세 발짝 떨어져 있었다.

"어, 메리 진, 맞으시죠?"

존이 말했다.

럭키는 수녀의 얼굴을 보았다. 표정으로 봐선 그들을 알아보는 게 분명했다. 그러나 마침내 입을 연 수녀는 이렇게 말했다.

"누구를 말씀하시는지 모르겠네요."

수녀는 돌아서서 빠르게 통로를 걸어가더니 성당 문을 나갔다. 그들을 남겨둔 채로. 성당 안에는 두 사람과 불 꺼진 양초들만이 남았다.

2008년 10월
뉴욕시

마거릿 진 수녀는 단번에 그들을 알아보았다. 그들이 성당 안으로 들어왔을 때 그녀는 가을바람을 쐬려고 문 옆에 서있었다.

"럭키."

그 사내였다. 그녀는 목소리를 알아차렸다.

순간 마거릿 진 수녀는 입을 열었지만 아무 말도 나오지 않았다. 수녀복에서 휴대전화를 꺼내 들고 발레리의 번호를 찾았다. 그러나 전화를 걸지 않았다. 아직은. 아직 확신할 수가 없었다. 그녀는 두 사람이 양초가 놓인 탁자로 걸어가는 모습을 지켜보았다. 남자는 많이 늙었다. 정신이 온전해 보이지 않았다. 하지만 여전히 반짝거리는 구두를 신고 있었다. 젊은 여인은 들쭉날쭉 자른 머리칼을 엉망으로 염색했지만 그럼에도 아름다웠다.

마거릿 진 수녀는 그들이 촛불을 켜는 모습을 말없이 지켜보았다. 얼마 후 젊은 여자가 촛불을 모조리 불어 껐다. 마거릿 진 수녀는 꿈에서 깬 듯 퍼뜩 정신이 들었다. 황급히 그들에게 다가가 소리쳐 불렀지만 막상 어떻게 해야 할지 몰랐다.

어쩌면 그들이 아닐지도 모른다고 생각했지만 여인을 가까이서 보는 순간 의심은 사그라졌다. 여인의 눈은 에메랄드빛 녹색이었다. 발레리의 눈과 똑같았다.

마거릿 진 수녀는 30년 가까이 퀸스에서 실제로 기적이 일어날 수도 있다는 희망을 놓지 않았지만 기적을 직접 목격한 적은 없었다. 하지만 이번엔 진짜였다. 기적이 일어났다. 그들이 돌아온 것이다.

그녀는 눈에 익은 초록빛 눈에서 젊은 여인의 목에 걸린 목걸이로 시선을 옮겼다. 낯익은 목걸이. 자신이 걸고 있을 때는 장신구에 불과했던 반짝거리는 금빛 십자가가 마치 계시처럼 느껴졌다. 까딱 잘못했다간 모든 것이 물거품이 되리라. 하지만 어떻게 해야 한단 말인가?

그때 남자가 그녀에게 메리 진이 아니냐고 물었다.

"누구를 말씀하시는지 모르겠네요."

그녀가 대꾸했다. 그러곤 성당 문으로 달려 나가 계단에서 잠시 걸음을 멈추고 그들이 타고 온 SUV의 차량 번호를 적었다. 그런 뒤 큰길로 나가 택시를 잡았다.

차를 타고 15분쯤 달려 발레리가 일하는 장엄한 회색 건물 앞에서 내렸다. 앞을 지나간 적은 많아도 안으로 들어가 본 적은 없었다. 두 사람은 늘 카페에서만 만났다. 그러나 오늘, 그녀는 처음으로 유리와 금속으로 이뤄진 육중한 문을 밀어 열고 보안대로 향했다.

"마거릿 진이라고 해요. 맨해튼 지방검사 발레리 만을 만나러 왔어요. 급한 일이라고 전해주세요. 기다릴 수 없다고요."

17

"어떻게 됐어?"

럭키와 존이 성당에서 나와 다시 차에 올라타자 레예스가 물었다. 럭키는 도시의 햇살에 눈을 찌푸렸다. 어둑한 성당에서 나온 탓에 더욱 눈이 부셨다.

"모르겠어."

럭키가 멍한 목소리로 말했다.

"분명히 맞는 것 같은데."

존이 입을 열었다.

"메리 진? 매기 진? 이름이 정확히 기억나지 않아. 너무 오래된 일이라."

그는 두 손을 비틀며 럭키를 흘끗 돌아보았다.

"어쨌든 그 수녀는 가버렸잖아. 아니었나 봐. 모르겠다. 정말 모르겠어."

"혹시 아까 뛰쳐나온 수녀를 말씀하시는 거예요? 그 수녀가 우리 차 번호를 적던데요."

레예스가 시동을 걸며 말을 이었다.

"좋은 신호는 아닐 텐데. 어쨌든 그만 출발해야 해요. 30분 후에 사설탐정 친구를 만나기로 했어요."

레예스는 다시 차량 행렬 속으로 들어갔고 성당은 이내 멀어져 갔다.

얼마 후 레예스는 브롱크스의 낮은 건물 주차장에 차를 세우고 존과 럭키에게 말했다.

"두 분은 여기서 기다리는 게 좋겠어요. 행운을 빌어주세요."

레예스는 차에서 내리고 문을 닫았다.

"미안하다."

레예스가 사라지자 존이 정적을 깼다.

"언젠가 네가 나를 용서해 줬으면 좋겠다. 네가 이해해 준다면 좋겠어."

"그런 일은 한 건 미워요."

럭키가 말했다. 진심이었다.

"하지만 한편으로는 그리워요."

그녀의 목소리가 갈라졌다. 이 역시 진심이었다.

"오랫동안 그리웠어요. 이제 이렇게 다시 나왔는데…… 난 아무것도 할 수가 없네요. 내 삶에서 사라져 달라고 할 수도 없고 용서할 수도 없고. 지금은 못하겠어요. 시간이 필요해요."

"이해해."

그들은 말없이 레예스를 기다렸다. 30분 뒤에 돌아온 그녀가 차에 다시 올라타며 말했다.

"친구가 그 여자의 신용카드를 추적해 줬어요. 그런데 좀 이상해요. 그 캠프에서 멀지 않은 더블트리 호텔에 묵고 있는 것 같아요. 오니온타 지점인데, 캠프에서 겨우 20분 거리예요. 그 여자를 찾아서 복권을 갖고 왜 거기 숨어있는지 알아내려면 다시 그리로 가야 할 것 같아요. 괜찮겠어요?"

"그럼 가야지."

럭키가 말했다. 하지만 어느새 그녀는 아까 만난 수녀를 다시 생각하고 있었다. 그 수녀가 친엄마에 대해 뭔가를 알고 있을지도 모른다. 그렇다 해도 지금은 할 수 있는 일이 없었다. 복권을 찾아서 다시 오면 된다. 복권을 찾거나 '한다면.'

존이 손을 뻗어 라디오를 끄며 말했다.

"가서 어떻게 할 셈이야? 그 호텔에 도착하면 어떻게 할지 먼저 계획을 세워야지."

그는 예전의 모습으로 돌아온 듯했다. 럭키는 어눌한 노인과 계산에 밝고 명민한 사내를 오가는 그의 모습에 갈피를 잡지 못하고 혼란에 휩싸였다.

레예스가 말했다.

"아저씨, 그 여자가 '아저씨'한테서 복권을 훔쳐갔다고 고발하면 어때요? 경찰에 연락해서 전 부인이 복권을 훔쳐갔다고 하고 정식으로 그 여자의 복권 당첨을 무효화하면 안 될까요?"

"하지만 내가 복권을 산 날 존 암스트롱이라는 사람은 아이다호에서 복권을 살 수 없었어. 교도소에 있었잖아."

럭키의 말에 존이 제안했다.

"그럼 네 거라고 하자, 레예스. 우리가 캠프에 도착했을 때 글로리아가 그 복권을 훔쳐갔다고 하면 되잖아."

그러자 럭키가 다시 말했다.

"그것도 안 돼요. 레예스가 복권을 도둑맞았다고 신고하면 조사가 이뤄질 테고 그럼 내가 복권을 산 가게의 보안카메라를 돌려보겠죠. 그럼 레예스가 아니라 내가 보일 거고요."

"그럼 그 복권을 산 사람이 '너'라고 증명할 방법은 있는 셈이네?"

레예스의 말에 럭키가 대꾸했다.

"모르겠어. 솔직히 그쪽이 어떻게 돌아가는지 전혀 모르니까."

"자. 좀 더 생각을 해보자. 계획을 짜야 해."

"협박을 하죠."

마침내 럭키가 말했다.

"그 여자를 찾으면 트레일러 수리한다고 사기 친 일을 경찰에 불어버린다고 협박할게요. 내가 목소리를 녹음해 뒀다고 하면 돼요. 복권을 돌려주지 않으면 경찰에 신고해 버린다고 믿게 해야죠."

*

레예스는 흔해 빠진 외관의 호텔 주차장에 차를 세웠다. 베티는 개 사육장에 맡기고 왔다. 일이 끝나면 다시 데려올 생각이었다. 베티의 안전을 위해서라도 잠시 떼어놓을 필요가 있었다.

세 사람은 건물 안으로 들어가 로비에 서서 베이지색 벽과 베이지색 타일, 자주색과 회색 소파와 의자들을 둘러보았다. 럭키가 말했다.

"내가 몇 호실인지 알아올게. 레예스, 네 전화기 좀 줘."

럭키는 레예스의 전화기를 끄며 말을 이었다.

"둘 다 저기 승강기 앞에 가 있어. 방 호수를 알아내면 그리로 갈게."

"안녕하세요."

럭키는 겸연쩍은 미소를 띠며 안내원에게 다가갔다.

"'정말' 죄송한데 부탁 좀 드려도 될까요? 여기서 누굴 만나기로 했는데…… 글로리아 데버로? 그분이 문자로 방 호수를 보내주고 방으로 바로 올라오라고 하셨거든요. 그런데 제 전화기가 죽어버렸네요."

그녀는 전화기를 내밀며 홈 화면을 두드렸다. 화면은 꺼진 채로 반응을 보이지 않았다.

"그래서 몇 호실인지 알 수가 없어요. 혹시 어느 방에 계신지 찾아주실래요?"

"죄송하지만 그건 알려드릴 수가 없습니다. 대신 제가 방으로 전화해서 여기 계신다고 말씀드릴게요, 성함이……?"

"이런. 좋아요. 전화해 주세요."

안내원은 수화기를 들고 번호를 눌렀다. 럭키는 재빨리 그가 누르는 번호를 보았다. 513.

"아!"

럭키가 소리쳤다.

"그러고 보니 카지노에 있겠네요. 끊어도 돼요. 괜찮아요."

그는 전화를 끊었지만 그가 수화기를 내려놓기 직전에 저쪽에서 여보세요, 하는 여자 목소리가 들렸다.

럭키는 승강기로 걸어갔다. 레예스와 존이 기다리고 있었다.

한 커플이 그들과 함께 승강기에 올랐다. 그들은 5층에 도착할 때까지 서로 아무 말도 하지 않았다.

5층에 내리자 존이 말했다.

"자, 마지막으로 계획을 점검해 보자."

"레예스가 문을 두드리고 '무료 턴다운 서비스(호텔에 투숙하는 동안 간단한 침구 정리 및 교체, 간식 등을 제공하는 서비스 - 옮긴이)입니다.' 하고……"

"글로리아는 좋아할 거야. 초콜릿을 준다고 해."

레예스가 문을 두드리는 사이 그들은 복도를 걸어갔다.

"누구세요?"

안에서 글로리아의 목소리가 들렸다.

"호텔 초콜릿 턴다운 서비스입니다."

레예스가 대꾸했다.

"그게 뭐죠?"

글로리아가 거칠게 물었다.

"특별 턴다운 서비습니다…… 초콜릿을 드려요."

"그냥 문 앞에 초콜릿이나 놓고 가요."

"여러 가지 종류가 있어서 고르셔야 해요. 민트 초콜릿, 스트로베리 초콜릿, 오렌지 껍질 초콜릿……"

"가라고."

침묵.

"젠장."

레예스가 나지막이 말했다.

이번에는 럭키가 직접 나서서 문을 두드렸다.

"글로리아? 내가 누군지 알죠? 내 물건을 가져갔잖아요. 나도 당신의 것을 갖고 있어요. 집수리로 노인들을 속이자고 했을 때 당신 목소리를 녹음했거든요. 캠프에 성난 증인들도 있고요. 경찰 단축 번호도 갖고 있답니다."

여전히 대답이 없었다.

마침내 존이 앞으로 나서서 문을 두드렸다.

"글로리아. 나야, 존 암스트롱. 빨리 문 열어."

잠시 후 문이 휙 열렸다. 글로리아의 머리칼은 사방으로 삐죽삐죽 뻗어있었고 눈빛이 예사롭지 않았다.

"미치겠네. 조용히 좀 하란 말이야."

그녀는 복도를 내다본 뒤 옆으로 비켜섰다.

"들어와. 빨리."

세 사람이 모두 들어가자 글로리아는 문을 이중으로 잠갔다.

"넌 누구야?"

글로리아가 레예스에게 물었다.

"친구예요."

레예스가 대꾸하자 글로리아는 고갯짓으로 럭키를 가리키며 다시 말했다.

"쟤 친구들은 이미 만났어. 완전 개망나니들이던데."

존이 입을 열었다.

"인사도 안 해, 글로리아? 30년 만에 만났는데 그동안 어떻게 지냈는지 궁금하지도 않아?"

글로리아는 그를 노려보았다.

"내가 지금 그런 걸 신경 쓸 것 같아? 당신이 왜 왔는지 아는데, 복권은 여기 없어."

럭키는 방을 둘러보았다. 옷가지와 빈 음식 포장 용기가 널브러져 있었다. 화장대 위에 뚜껑을 딴 블루문 맥주 병 하나가 보였다.

"그게 무슨 뜻이야? 복권이 없다니?"

존이 물었다.

글로리아는 침대에 앉아 두 손에 얼굴을 묻었다. 그러곤 다시 시선을 들었다.

"정말 미안해. 내가 프루프 100짜리 술을 먹었더니 얘가 완전 취해서 복권에 당첨됐다고 지껄이다가 기절해 버리더라고. 그래서 지갑을 뒤졌어. 복권이 있기에 맞춰보니까 당첨 복권이더라고. 그 순간 눈이 돌아간 거지. 그런데 막상 캠프를 나와서 멀리 가지도 못했어. 어떤 미친년이 경호원을 데리고 나를 도로에서 몰아내더라. 럭키에 대해 아는 게 있느냐고 묻는 거야. 그래서 럭키가 대체 누구냐고 했지."

"이 친구의 본명이야. 루시아나의 애칭."

존이 말했다.

"그래, 이제는 알아. 그들이 막 두들겨 패기에 결국 럭키라는 이름은 모르지만 최근에 비슷한 인상착의의 세라라는 젊은 여자를 만났다고 했어. 그랬더니 나를 강 쪽으로 밀고 가더라고."

글로리아의 목소리가 떨리기 시작했다.

"듣자 하니 나를 총으로 쏴서 강물에 밀어 넣을 작정이더라고. 그래서 멍청하게도 내가 굉장한 당첨 복권을 갖고 있으니 죽이면 안 된다고 털어놓았지. 그 덩치 큰 자식이 어찌나 신이 났던지. 그들이 복권을 빼앗아 갔어. 그게 다야. 난 여기로 왔고. 너무 무서워서 캠프로 돌아갈 수가 없었어. 그 뒤로 줄곧 여기 숨어있었어."

그녀는 럭키를 보며 덧붙였다.

"정말 미안하다."

럭키는 고개를 저었다.

"됐어요."

어차피 끝난 일이다. 프리실라가 가져간 복권은 되찾을 수 없다. 근처에만 가도 프리실라는 그녀를 죽일 것이다. 끊임없이 불리하게 돌아가던 상황이 더는 손쓸 수 없는 지경에 이르렀다.

"바람 좀 쐬고 올게요."

럭키가 말하자 레예스가 앞으로 걸어 나와 차 열쇠를 내밀었다.

"차에 타고 있어. 비가 또 오기 시작했어."

"알았어. 금방 올게."

이번 거짓말은 지금껏 해온 어떤 거짓말보다도 지독하게 느껴졌다.

럭키는 로비를 지나 밖으로 나갔다. 잠시 지붕이 있는 주차장에 서서 비 내리는 광경을 바라보았다. 깜부기불처럼 희미하게 가물거리는 한 가닥 희망을 억지로 붙잡았다. 그래야 계속 나아갈 수 있을 테니까. 자수를 하면 교도소에 들어갈 테지만 한편으로는 경찰에게 모든 것을 털어놓을 수 있다. 복권에 당첨되었는데 글로리아에 이어 프리실라에게 그 복권을 도둑맞았으니 수사를 해달라고 부탁해 볼 수도 있다. 당첨 복권이 그녀의 것이라는 사실을 증명할 수만 있다면, 그녀가 아이다호주 주유소에서 복권을 구입하는 장면이 녹화된 영상이 확인된다면 출소할 때까지 당첨금을 신탁에 맡겨놓을지도 모른다.

럭키는 빗속으로 들어갔다. 몇 걸음 나아가자 어둠 속에 앉아있는 여인이 보였다. 머리칼은 축축했고 얼굴은 꾀죄죄했다. 흠뻑 젖은 담요를 깔고 앉아 머리 위로 마분지 팻말을 들고 있었다. 팻말의 글씨들이 흘러내리기 시작했지만 아직은 알아볼 수 있었다. '파산해서 굶고 있어요. 슬퍼요. 따뜻한 커피 한 잔으로 마음을 달래고 싶습니다.'

럭키는 호주머니에 손을 넣었다. 식료품점 직원을 속이고 받은 지폐 몇 장이 아직 주머니 안에 있었다. 그녀는 그것을 여자에게 건넸다.

"고맙습니다. 복 받으실 거예요."

여자가 말했다.

"혹시 이 근처에 경찰서가 있나요?"

럭키가 묻자 여자가 대꾸했다.

"네, 있어요. 저쪽으로 여덟 블록쯤 내려가시면 돼요."

걸음을 내딛는 럭키의 옆에 차 한 대가 멈춰 섰다. 창문이 내려가는 소리가 들리자 럭키는 입을 열었다.

"부탁이야, 레예스. 이제 끝났어. 그냥 없었던 일이라고 생각해. 난 자수할 거야."

고개를 들어보니 차는 흰색 SUV가 아니었다.

운전석의 여자가 말했다.

"안녕하세요. 난 레예스가 아니에요."

여자는 희끗희끗한 붉은색 머리칼을 뒤로 넘겨 낮게 묶었다. 눈이 초록색이었다. 낯익은 눈. 라스베이거스에서 제레미 깁슨에게 사기를 칠 때 텔레비전에서 보았던 그 여자였다. 맨해튼 지방검사. 하지만 그녀의 눈은 럭키가 매일 거울 속에서 보던 눈과 똑같았다. 팔뚝의 털이 곤두섰다.

"내 이름은 발레리 만이에요. 혹시 나랑 잠깐 얘기 좀 할 수 있을까요?"

이제 다 끝났다. 체포되는 일만 남았다. 럭키가 말했다.

"괜찮아요. 수갑 채우지 않으셔도 돼요. 조용히 갈게요."

"아뇨."

발레리는 고개를 저었다.

"그런 게 아니에요. 잠깐 얘기 좀 하고 싶어요. 아무래도…… 내가 그쪽의 친엄마인 것 같거든요."

"난 열여섯 살이었어."

발레리가 입을 열었다.

"사랑에 빠졌지. 그 사람이 없으면 죽을 것 같았어. 지금은 어디 사는지도 모르지만. 이제는 상관없는 사람이 되었지. 하지만 단 하루도 네 생각을 하지 않은 날이 없었어. 너를 위한답시고, 나와 헤어져야 네가 더 잘살 수 있다고 생각해서 너를 성당 계단에 놓고 온 뒤에 다시 찾으러 갔었어. 하지만 이미 사라지고 없었지."

젊은 여인은 앞에 놓인 커피 잔을 두 손으로 감싸 쥐었지만 커피는 이미 식은 듯 보였다. 그녀는 눈을 감았다. 그러곤 고개를 숙였다. 어깨가 들썩이는 모습이 발레리에게는 낯설지 않았다. 자신도 그렇게 울었으니까. 짧고 조용히. 어느덧 젊은 여인은 울음을 그치고 고개를 들었다. 그녀의 딸. 저 익숙한 눈. 발레리가 물었다.

"이름이 뭐니?"

"루시아나요. 사람들은 럭키라고 불러요."

발레리는 오래전에 자신이 지은 이름을 말해주고 싶었지만 아직은 너무 이른 듯했다. 그래서 대신 이렇게 말했다.

"해마다 네 생일을 꼽아봤어. 스물여섯 번, 맞지? 어딜 가나 너를 본 것 같았어. 나도 모르게 낯선 사람들의 얼굴에서 끊임없이 너를 찾고 있더라고."

"저도 그랬어요."

럭키가 말했다.

"너를 버린 건 지독한 실수였어. 날 용서해 줄래? 이제 너와 친해지고 싶은데."

"그럼 범죄자와 친해지셔야겠네요. 다 말씀드릴 테니까 동료 분들에게 연락해서 저를 체포하라고 하세요."

그러자 발레리가 대꾸했다.

"아니야. 이미 다 알고 있어. 난 너를 돕고 싶어. 무슨 일이 있어도 그 사실은 변치 않을 거야."

18

커피숍이 문을 닫자 그들은 발레리의 차로 자리를 옮겼다. 두 사람
이 작은 차를 안전한 보호막 삼아 끊임없이 이야기를 나누면서 차
창이 뿌옇게 흐려졌다. 먼저 럭키가 지금까지의 여정에 대해 모조
리 털어놓았다. 복권에 당첨된 일과 그것을 도둑맞은 일에 이르기
까지. 그러고 나자 발레리가 럭키를 어떻게 찾았는지 들려주었다.

"마거릿 진 수녀님이 오셔서 너를 보았다고 하시기에 이것저것
조사해 보았어. 수녀님이 주신 차량 번호를 조회해 봤더니 마리솔
레예스의 명의로 되어있더라. 그래서 그 여자의 신원을 조회해 보
고 샌 퀜틴 교도소에서 존 암스트롱을 태워간 사실도 알게 되었
지. 마거릿 진 수녀님에게 존의 사진을 보여줬더니 내가 찾는 사
람이 맞다고 하시더라. 오래전 계단에서 너를 데려간 남자가 맞다
고. 하지만 그뿐만이 아니었어. 좀 더 파헤쳐 보다가 네가 데이비

드 퍼거슨과 연관이 있다는 사실을 알게 되었지. 본명은 케리 메서슨이고."

"맞아요. 케리. 제 파트너였어요."

"그 사람이 조슈아 메서슨과 프리실라 라셰즈의 아들이라는 사실을 알고 있니?"

"프리실라는 알아요. 조슈아는 모르지만."

"조슈아 메서슨은 마약 조직의 주요 인물로, 수년 전 캘리포니아에서 조직 보스의 손에 죽었어. 하지만 프리실라가 그의 죽음에 관여했다는 설이 있거든. 그 여자는 마약을 거래하진 않고 돈세탁을 했어. 좀 더 깨끗하고 쉬운 방법으로 돈을 번 거지. 하지만 욕심이 과했어. 돈 세탁을 하기 위해 가짜 자선단체를 만들었다가 덩어리가 점점 커지니까 누군가가 조사를 시작한 거야. 그러다가 수감되었고 존과 레예스도 함께 교도소에 갔어. 프리실라는 새사람이 되었다고 주장하며 출소했지만 사실은 내가 수년 동안 수사를 해왔거든. 나쁜만이 아니야. 전국 각지의 경찰들이 그 여자가 여러 주의 조직범죄와 깊은 관계를 맺고 거액의 돈을 세탁하고 있다는 사실을 증명하려다 실패했어. 쉽게 잡을 수 없는 사람이야. 아무도 믿지 않는 것 같더라."

"가족을 제외하면요."

럭키가 말했다.

"맞아. 그래서 내가 케리를 찾아본 거야. 혹시 지난달에 네바다주 병원에 들어온 신원미상의 남성이 있는지 확인해 봤더니, 케리와 인상착의가 일치하는 사람이 있었어."

"세상에."

럭키는 손으로 입을 막으며 잠시 감정을 억누르려 안간힘을 썼다.

"벨라지오 호텔 인근 골목에서 심하게 두들겨 맞은 상태로 발견됐어. 지금 재활 시설에 있는데 본인은 기억을 다 잃었다고 주장하고 있지. 하지만 거짓말이라는 걸 우리 둘 다 알고 있잖아. 괜찮니?"

발레리는 뒷자리로 손을 뻗어 럭키에게 물 한 병과 티슈 상자를 건넸다. 그러곤 계속 말을 이었다.

"프리실라가 지금 어디 있는지 알아냈어. 시러큐스의 한 호텔에 묵고 있어."

"그 여자가 글로리아에게서 복권을 빼앗아 갔어요."

럭키의 말에 발레리는 고개를 끄덕였다.

"그렇다면 틀림없이 한동안 그 안에 틀어박혀서 당첨금을 어떻게 받을지 궁리하겠지. 하지만 몇 가지 이유로 시간이 걸릴 거야. 일단 당첨금을 받고 나면 신원이 드러날 테고 그러면 예전에 알던 사람들이 달려들어 범죄의 대가를 치르게 하겠지."

"저도 대가를 치를 만한 범죄를 저질렀어요."

럭키가 말했다.

"너에게는 선택의 여지가 많지 않았지. 그리고 그들과 비교하면 네가 한 짓은 아무것도 아니야. 게다가 넌 우리를 도울 수 있잖아. 네가 프리실라를 잡는 데 협조하면 내가 양형 거래를 해볼게."

"처벌을 피하고 싶지는 않아요. 이제 진실을 고하고 제가 저지른 일에 대해 책임을 져야죠. 저는 사람들을 속이고 돈을 갈취했어요. 제가 의식적으로 선택한 일이고요. 가져간 돈은 다 갚아야 해요. 그런 다음 죗값으로 복역도 하고요. 언젠가는 새 출발을 할 수 있겠죠. 다 속죄한 뒤에 후련하게."

발레리는 그녀를 보며 생각에 잠겼다.

"죗값을 치르는 방법은 여러 가지야. 맞아. 우리가 그 복권을 찾아서 당첨금을 받는다면 그 돈으로 배상하면 돼. 이런 범죄에서는 배상이 시정의 큰 부분을 차지하거든. 하지만 프리실라를 철창에 가두는 일을 도와준다면 넌 네가 생각하는 것보다 사회에 훨씬 더 많은 공헌을 하는 셈이야. 우리를 도와줄 의향이 있니?"

"물론이죠."

"케리 메서슨에게도 연락해 줄 수 있어?"

"네. 그럴게요."

줄곧 앞 유리를 바라보던 발레리가 이제는 고개를 돌려 럭키를 보며 말했다.

"그러고 나서 방법을 찾아보자."

갈라지는 목소리로 그녀는 티슈를 집었지만 그것을 손으로 구기고 눈물을 삼켰다. 럭키에게는 익숙한 행동이었다. 자신도 그렇게 했으니까. 발레리는 럭키에게서 눈을 떼지 않고 말했다.

"정말 미안하다."

"알아요. 믿을게요."

럭키가 말했다.

*

전화 통화를 녹음할 준비가 되었다. 경찰관과 FBI 요원들이 럭키를 에워쌌다. 럭키는 도청 장치를 쓰고 마음을 가다듬었다. 먼저 통화할 사람은 케리였다.

"날 찾아냈구나."

케리가 속삭였다.

"이야, 럭키, 대체 어떻게 찾았어?"

"너희 엄마한테서 네가 죽었을지도 모른다는 얘기를 듣고 생각해 봤어. 만약 죽지 않았다면 어떻게 됐을까? 그래서 네바다주의 병원마다 끈질기게 전화를 걸어 결국 찾아냈지."

"럭키답네. 끈기와 생존 본능. 난 너무 무서웠어. 정말 미안해."

럭키는 계속해서 대본을 읽어나갔다.

"어떻게 된 거야? 나를 버리고 떠난 줄 알았는데, 너희 엄마한테 갔더니 뭔가를 흘려주더라. 자기가 그런 거라고……"

"그 '미친'……"

"그동안 자기를 위해 일하다가 돈을 갖고 튀려고 한 거라던데. 사실이야?"

"이런 얘기는 전화로 해선 안 될 것 같아. 지금 어디 있다고?"

"뉴욕에 있어. 공중전화야."

경관 한 명이 컴퓨터의 버튼을 누르자 버스와 다른 차들이 지나가는 소리가 커졌다가 사그라졌다.

케리가 물었다.

"이리로 와줄 수 있어? 버스 타고 와. 여기서 만나자. 같이 도망가자. 너를 정말 사랑해. 네가 없는 동안 너무 힘들었어. 지옥이었지. 널 떠나려 한 건 아니었어."

럭키 앞에 놓인 대본이 흐릿해졌다. 또 다시 입이 말라서 럭키는 물을 집어 들었다.

"나도 걱정 많이 했어. 하지만…… 넌 나를 속였어. 식당을 운영하는 척하면서 사실은 프리실라를 위해 돈 세탁을 해준 거잖아. 안 그래?"

"맞아. 정말 미안해. 그 여자한테서 도망칠 수가 없었어. 노력해 봤는데 불가능했어. 나를 너무 깊이 옭아매고 있었거든. 보이시에 집을 마련해 줬을 때 나는 잠깐만 일해주다가 도망칠 생각이었어. 하지만 그게 뜻대로 안 되었지."

"그래. 그랬지."

"올 거야?"

"그래. 갈게. 이삼 일 걸리겠지만 어쨌든 갈게."

"네가 나를 찾아내서 정말 기쁘다. 알았어. 기다릴게. 사랑해."

"나도 사랑해, 케리."

목이 메었다. 한때는 그를 사랑했으니 거짓말은 아니었다. 어쩌면 지금도 사랑하고 있을지 모른다. 머리가 무어라 하건 그녀의 가슴은 언제까지나 그를 사랑할지도 모른다. 아직은 알 수 없었다. 아는 거라곤 계속 나아가야 한다는 사실, 그가 결국에는 죗값을 치르게 되리라고 끊임없이 자신에게 되뇌어야 한다는 사실뿐이었다. 이제는 그의 희생양이 되지 않으리라. 다시는 과거로 돌아가지 않으리라.

럭키는 전화를 끊고 잠자코 앉아 마음을 가다듬었다. 발레리가 앞으로 걸어 나와 그녀와 마주 앉았다.

"잘했어. 자, 다음으로 넘어가자. 이 번호로 전화해. 프리실라에게 뭐라고 해야 하는지 알고 있지?"

발레리가 물었다.

"그런 것 같아요."

럭키는 엄마의 눈을 볼 때마다 깜짝깜짝 놀랐다. 꼭 거울을 보고 있는 기분이었다.

"케리한테는 아주 잘했어. 분명한 게 중요해. 모호하게 해선 안 돼. 프리실라는 청부업자를 고용해서 아들을 폭행하고 심지어 죽이려고도 했다는 점, 너희가 샌프란시스코와 보이시에 있을 때 케리가 수년 동안 그 여자를 위해 돈 세탁을 해줬다는 점을 시인하게 해야 돼. 알았지?"

"걱정 마세요. 제가 블러핑에는 일가견이 있거든요."

럭키가 대꾸했다. 이번만큼은 부끄럽지 않게 그 점을 인정할 수 있었다. 그녀의 특기인 블러핑은 알고 보니 꼭 사기에만 쓸 수 있는 것은 아니었다.

발레리가 상호명과 주소가 적힌 종이를 탁자 위로 밀어주며 말했다.

"이 식당에서 만나자고 해. 케리가 있는 곳을 안다고 하고. 당신 얘기를 듣고 케리를 찾으러 라스베이거스에 갔더니 어느 아파트에 숨어있더라고. 하지만 네가 원하는 것을 돌려줘야만 거기가 어디인지 알려준다고 해. 케리도 당신을 만나서 돈이 어디 있는지 알려주기로 했다고, 대신 너와 협상을 해야 한다고 하는 거야. 알

앗지?"

"네."

"우리가 추정한 게 맞다면 그 여자는 널 만나줄 거야. 자기 목숨이 위태로운 상황이니까. 그 돈을 갚아야 하거든. 복권 당첨금을 받으면 충분히 갚을 수 있겠지만 그걸 받으려면 세상으로 나와야 해. 더는 숨어있을 수 없게 되지."

발레리는 방을 가로질러 가서 녹음장치를 감독하는 경관들과 대화를 나눴다.

"괜찮아. 우리가 있잖아."

럭키는 이제 말없이 앉아 자기 머릿속의 생각을, 그리고 두려움을 오롯이 마주했다.

"준비됐니, 럭키? 시작해 보자."

*

럭키는 5시에 프리실라와 만나기로 했다. '케리가 어디 있는지 알아요. 돈이 어디 있는지도 알고요. 알려줄게요. 하지만 단둘이 얘기해야 해요.' 프리실라는 흔쾌히 응했다.

럭키는 5시 정각에 식당으로 들어가 혼자 앉아있었다. 프리실라는 나타나지 않았다. 10분이 지나고 20분이 지났다. 오지 않을 거라는 확신이 들기 시작했다.

그때 마침내 프리실라가 식당으로 들어섰다. 혼자가 아니었다. 프리실라 플레이스의 경비원 니코가 옆에 있었다.

럭키가 말했다.

"안녕하세요. 와주셔서 고맙습니다."

"인사치레는 집어 치워, 럭키. 내가 원하는 정보나 줘."

"복권 돌려주세요."

"다 말하지 않으면 니코가 네 머리를 쏴버릴 거야."

"여긴 공공장소예요. 니코가 식당 한복판에서 저를 쏘진 않겠죠. 저한테서 훔쳐간 복권 돌려주세요."

"너한테서 훔치지 않았어. 그 멍청한 글로리아한테서 훔쳤지."

"글로리아가 나한테 훔쳤거든요. 돌려주세요. 그 복권을 돌려받아야 돈에 관한 정보를 줄 수 있어요. 돈이 어디 있는지 알아요. 케리가 빼돌린 돈. 케리가 어디 있는지도 알고요. 살아있어요."

"돈 어디 있어?"

"그것만 중요한가 보죠? '아, 우리 아들이 살아있다니, 하느님, 감사합니다!' 해야 하는 것 아닌가요? 그 돈은 다 어디서 났어요? 왜 케리가 그 돈을 갖고 있었어요?"

"너 바보니? 걔가 날 위해 돈 세탁을 해줬잖아. 그러다 배신했지만. 이제 나는 걔가 어떻게 되든 상관 안 해. 나한테 필요한 건 돈이야. 그 돈이 없으면 너도 죽고 나도 죽고 우리 다 죽는 거야."

"복권 돌려줘요. 안 주면 케리가 어디 있는지 알려줄 수 없어요. 그냥 가버릴 거예요."

"그럼 내가 널 죽이라고 할 텐데."

"과연 그럴까요? 내 뱃속에 당신 혈육이 있는데? 정말 돈을 위해서 그럴 수 있어요?"

"그게 얼마나 큰돈인지·아니, 럭키? 프레즈노에서도 말했듯이 그 아기는 소중하지. 하지만 나한테 가장 중요한 건 내 목숨이야."

"돈이 얼마나 되는데요?"

"수천만 달러야. 그 식당만이 아니었어. 케리는 네 사업을 통해서도 돈 세탁을 했지. 네가 몰랐을 뿐."

"누구를 위해 하는 일이에요?"

"그건 말해줄 수 없어."

럭키는 케리와 통화할 때처럼 앞에 대본이 놓여있다면 얼마나 좋을까 생각했다. 대사가 정확히 기억이 나지 않았다. 잘하고 있는 걸까 걱정이 되었다.

"사실, 케리는 그 돈의 일부를 잃었어요."

"그게 무슨 말이야? 돈을 잃었다니?"

"당신을 위해 세탁한 돈 말예요."

럭키가 대꾸했다. 가슴이 마구 뛰었다. 그녀는 경찰서에서 연습한 대사를 읊조리고 있었다.

"도박벽이 생겼거든요. 도박으로 조금 날렸어요. 온라인으로. 그래서 겁을 먹기 시작했죠. 이번에 찾아갔더니 그런 얘기를 하더라고요. 지금 라스베이거스의 재활 시설에 있어요. 심하게 맞긴 했지만 어쨌든 살아있어요."

"헛소리 하지 마! 거짓말이잖아!"

"프리실라, 우린 이제 협력해야 한다고 생각해요. 나도 아이를 데리고 살 길을 찾아야 해요. 당신 아들은 사기꾼에 거짓말쟁이잖아요. 케리는 나도 배신하고 당신도 배신했어요. 우리 둘 다 배신했다고요. 복권을 돌려주면 그 돈을 찾는 데 필요한 은행 정보를 주고 케리가 날린 액수만큼 내가 송금해 줄게요. 케리가 있는 곳도 알려주고. 이제 우리는 서로를 믿어야 할 것 같은데요. 내가 케리를 얼마나 증오하는지 모를 거예요. 나를 이렇게 만든 대가를 얼마나 물리고 싶은지.”

“알아. 아주 잘 알지.”

프리실라가 말했다.

“훔쳐간 복권 돌려주세요.”

프리실라는 잠시 생각에 잠겼다. 이윽고 그녀는 푹신한 의자의 옆자리에 놓아둔 커다란 핸드백으로 손을 뻗었다. 럭키는 그녀가 무슨 생각을 하는지 정확히 알았다. 물론, 프리실라는 럭키에게 복권을 돌려줄 것이다. 그래야 럭키가 원하는 정보를 내줄 테니까. 그런 뒤 프리실라는 니코와 함께 럭키의 뒤를 밟아 뒷골목 어딘가에서 그녀를 쏴 죽이고 다시 복권을 가져갈 것이다.

“자, 받아.”

프리실라가 가방에서 작은 금고를 꺼내더니 비밀번호를 누르고 복권을 빼내어 탁자 위로 밀어주었다.

“이제 돈이 어디 있는지 말해. 케리가 정확히 어디에 있는지도.”

그녀는 자신의 전화기를 밀어주며 다시 말했다.

“이걸로 케리에게 전화해. 추적 불가한 번호야. 스피커폰으로 통화해. 네가 여기서 나가기 전에 케리가 정말 살아있는지 확인해야겠어.”

럭키는 복권을 내려다보았다. 자신의 복권이 틀림없었다. 그녀는 한눈에 알아보았다. 당첨 번호, 작은 흠집들과 찢겨 나간 귀퉁이, 그녀가 그 복권과 함께 걸어온 험난한 여정의 증거물이었다. 그 여정은 아직 끝나지 않았다. 그녀는 복권을 호주머니에 넣었다.

"돈 어디 있어?"

프리실라가 다그쳐 물었다.

"몰라요. 우린 똑같은 부류네요. 원하는 것을 얻기 위해서는 무엇이든 하는 냉혹한 사기꾼이죠."

럭키는 자리에서 일어나며 말을 이었다.

"그리고 난 이제 임산부가 아니에요. 유산했거든요. 보이시를 떠나기 전에. 물론 슬프죠."

그런 뒤 그녀는 거짓말을 앞두고 잠시 뜸을 들였다. 그녀는 아기를 간절히 원했고 지금도 아기가 그리웠다. 그 가능성, 그 꿈이 그리웠다. 그 소중한 기회.

"하지만 솔직히 말하면 당신 아들의 아이가 사라져서 다행이에요. '당신' 같은 여자가 내 아이의 할머니라니. 당신은 절대 자손을 가져선 안 되는 사람이에요."

"망할 년. 우리가 널 그냥 보내줄 것 같아? 넌 죽었어. 네가 어딜 가든 끝까지 따라갈 거야. 네가 무슨 짓을 하건 우린 다 알아. 넌 오늘 안으로 죽은 목숨이야."

"협박하는 거예요?"

"그래, 맞아."

순식간에 상황이 급변했다. 갑작스러운 소요, 요란한 소리, 문을 박차고 들어오는 경찰, 외침 소리, 총소리.

니코가 총을 꺼내며 벌떡 일어났지만 그것을 써보지도 못하고 특수기동대 경관의 총에 맞았다. 그의 육중한 몸이 럭키를 덮치며 옆으로 쓰러졌다. 럭키도 바닥으로 쓰러지면서 니코의 밑에 깔렸다. 순간 질식할 것만 같았다. 누군가가 니코를 끌어내면서 톡 쏘는 피비린내가 코를 찌르자 지금껏 겪은 최악의 순간들이 떠오르는 듯했다. 프리실라는 언젠가 럭키를 반드시 죽이겠다고, 죽어서라도 꼭 그렇게 하겠다고 소리를 질러댔다. 누군가가 그녀를 주차장으로 데려가면서 그녀의 외침도 사라졌다. 하지만 프리실라의 독설은 절대 잊지 못하리라는 것을 럭키는 알고 있었다.

그녀의 셔츠에 니코의 피가 묻었다. 온몸이 떨렸다.

"그 사람 죽었어요?"

럭키가 물었다. 하지만 아무도 대답하지 않았다. 혼자가 된 기분이었다.

그러나 그것도 잠시, 어느새 엄마가 앞에 나타났다.

"정말 잘했어. 아주 완벽했어. 네가 정말 자랑스럽다."

발레리가 말했다. 그러곤 두 팔을 벌렸다. 두 사람은 난생처음 부둥켜안았다. 럭키는 어깨를 들썩이며 말없이 눈물을 흘렸다. 그러나 이번에는 기쁨의 눈물이었다. 그들은 마침내 하나가 되었다.

발레리가 몸을 떼고 럭키의 눈을 들여다보았다.

"네 질문에 답하자면 아니, 니코는 죽지 않았어. 지금 병원으로 이송 중이야. 우리 팀 모두가 너한테 무척 고마워하고 있어. 많은 사람이 그럴 거야. 넌 오늘 프리실라 라셰즈를 무너뜨렸어. 네가 해냈어. 네가 세상을 조금이나마 바꾼 거야."

*

럭키는 어깨에 담요를 두르고 두 손에는 따뜻한 커피 한 잔을 든 채 경찰차 뒷자리에 앉아있었다. 발레리는 그녀에게 앞으로 일어날 일에 대해 설명해 주었다. 럭키는 당분간 유치장에 들어가야 했다. 복권은 안전하게 보관될 것이다. 발레리의 직원이 이미 복권 도박 위원회에 연락했다. 당첨 복권으로 인증되면 럭키가 법정에서 프리실라와 케리의 반대 증언을 하는 동안 당첨금은 신탁 기금에 맡겨진다. 레예스와 존도 증언을 할 예정이었다. 레예스와 존은 모두 보호를 받을 거라고, 가석방 규칙 위반으로 기소되지 않을 거라고 발레리는 단언했다.

"두 사람은 어디 있어요?"

럭키가 두 손으로 따뜻한 커피를 감싸 쥐고 물었다.

"지금 경찰의 호송을 받아서 뉴욕으로 들어오고 있어. 네 개도 함께. 모두 안전해. 그런데 개가 정말 예쁘더라."

발레리가 말했다.

"고맙습니다. 제 가족이에요."

"알아. 하지만 나도 네 가족이 되고 싶어. 네가 용서하려면 시간이 좀 걸리겠지만 기다릴게. 다시는 너를 떠나지 않을 거야. 영원히. 알았지? 다 괜찮아질 거야. 나만 믿어. 내가 다 해결해 줄게. 그렇게 할 수 있어. 약속해."

두 번째 기회. 세 번째, 네 번째 기회. '용서하지 않으면 우린 모두 혼자가 될 거야.' 레예스의 말이 옳았다.

"글로리아는요?"

럭키가 물었다.

"네가 결정해야 해. 복권을 훔쳐간 혐의로 기소하고 싶니?"

럭키는 고개를 저었다.

"아뇨. 그냥 두세요."

"그래. 네가 원한다면."

럭키가 진정으로 원하는 것은 이제 다른 사람이 되겠다고, 자랑스러운 딸이 되겠다고 발레리에게 말하는 것이었다. 하지만 적절한 때가 오리라. 이제 막 발을 들여놓으려 하는 이 새로운 인생에서 말보다 행동으로 먼저 보여줄 때가 올 것이다.

발레리가 말했다.

"너한테 들려주고 싶은 얘기가 있어."

그녀의 초록색 눈에 감정이 어렸다.

"네가 태어났을 때 내가 이름을 지었거든. 줄리아. 우리 할머니의 이름이야. 내게는 북극성 같은 분이셨지. 나한테는 그게 너의 진짜 이름이야. 하지만 너한테는 이미 럭키라는 이름이 있잖아. 그러니까 네가 원하는 이름을 고르면 돼."

창밖을 내다보니 저 멀리서 환한 불빛과 어두운 그림자가 공존하는 도시가 어른거렸다. 그녀의 역사도 그 복잡한 거리들 속에 엮여있었다. 이제 그것이 그녀의 진짜 이야기가 되었다. 아직은 럭키와 줄리아 사이에서 결정을 내릴 수 없었다. 하지만 난생처음으로 두 가지를 확신할 수 있게 되었다. 자신이 누구인지. 그리고 자신이 얼마나 안전한지.

감사의 말

먼저 나의 어머니인 발레리 클루빈Valerie Clubine 여사에게 감사드리고 싶다. 어머니가 없었더라면 이 책은 물론 나도 세상에 나오지 못했을 것이다. 어머니는 힘들어도 글을 쓰라고 격려해 주셨고 후회하지 않을 거라는 믿음을 주셨다. 어머니의 말씀이 옳았다. 엄마, 내가 스스로를 믿을 수 있었던 것은 엄마가 저를 믿어 주신 덕분이에요. 보고 싶어요. 엄마가 나의 엄마였다는 사실이 내게는 너무도 큰 행운인 것 같아요.

늘 최고인 나의 오랜 저작권 대리인이자 친구 사만사 헤이우드Samantha Haywood와 그녀가 이끄는 트랜스애틀랜틱 에이전시Transatlantic Agency의 팀, CAA의 노련한 나의 영화 및 TV 대리인 다나 스펙터Dana Spector에게도 고마움을 표한다.

사이먼&슈스터 캐나다Simon&Schuster Canada의 모든 분들, 특히 나의 훌륭한 편집자 니타 프로노보스트Nita Pronovost와 유쾌한 홍보담당관 질리언 레비크Jillian Levick, 캐런 실버Karen Silva, 레베카 스노던Rebecca Snoddon, 에이드리아 이와수티아크Adria Iwasutiak, 펠리시아 쿠온Felicia Quon, 데이비드 밀라David Millar, 케빈 핸슨Kevin Hanson에게도 감사드린다.

럭키 암스트롱은 혼자이지만 나는 혼자가 아니다. 올해는 그저 마음으로라도 늘 곁에 있어준 나의 작가 친구들 카마 브라운Karma Brown과 케리 클레어Kerry Clare, 챈텔 구에틴Chantel Guertin, 케이트 힐튼Kate Hilton, 제니퍼 롭슨Jennifer Robson, 엘리자베스 렌제티Elizabeth Renzetti에게 심심한 고마움을 전한다.

내가 미스 피기에게서 수호성인을 찾도록 도와준 로리 페트로Laurie Petrou에게도 특별히 감사드린다.

초고를 읽고 내게는 너무도 소중한 주인공을 무한히 지지해 준 테일러 젠킨스-레이드Taylor Jenkins-Reid와 콜린 오클리Colleen Oakley, 사만사 베일리Samantha Bailey, 리사 가브리엘Lisa Gabriele, 해나 메리 매키넌Hannah Mary McKinnon, 캐서린 매켄지Catherine Mackenzie. 올 한 해 나를 무한히 응원해 주고 애정해 준 소피 쇼나드Sophie Chouinard, 셰리 밴더빈Sherri Vanderveen, 앨리슨 개즈비Alison Gadsby, 케이트 헨더슨Kate Henderson, 낸스 윌리엄스Nance Williams, 그 밖에 다른 많은 (운 좋은) 나의 소중한 친구들, 모두 고맙다.

리치 캐플란Rich Caplan의 도움이 없었더라면 포커 장면을 실감 나게 묘사하지 못했을 것이다. (그리고 루스 마셜Ruth Marshall이 없었더라면 평소처럼 자주 웃지 못했을 것이다.)

나의 독자들이 없었더라면 내 일의 의미를 찾을 수 없었을 것이다. 소문을 내주고 책을 향한 열정으로 나의 마음을 뜨겁게 데워주는 책 인스타그래머들과 책 블로거들에게도 감사드린다. 그리고 책을 판매하는 모든 분들이 내게는 가장 든든한 지원군이다.

가족이 없었더라면 나는 길을 잃었을 것이다. 럭키를 진심으로 사랑해 준 (하지만 이 책을 가장 좋아하는 책으로 꼽지 않겠다고 하신) 나의 소중한 아버지 부르스 스태플리[Bruce Stapley], 엄마 못지않게 나를 믿어주는 새아버지 짐 클루빈[Jim Clubine], 포니코프스키[Ponikowski] 가족, 나의 형제들 (좋아하는 순서대로, 아니 나이순으로) 셰인[Shane], 드루[Drew], 그리핀 스태플리[Griffin Stapley], 모두 감사드린다.

마지막으로 나의 아름다운 아이들 조지프[Joseph]와 마이아[Maia], 너희들은 내 인생에서 가장 소중한 존재이자 나의 하늘에서 가장 큰 행운의 별들이란다. 그리고 내 삶이라는 스파게티의 치즈 미트볼이 되어준 조[Joe], 내가 글을 쓰는 이유는 여러 가지이지만 그중 하나는 당신이 사랑과 지지, 믿음으로 내가 꿈꿀 수 있게 해주기 때문이야.

옮긴이 **박아람**

전문 번역가. 주로 문학을 번역하며 KBS 더빙 번역 작가로도 활동했다. 『마션』, 『이카보그』, 『아우슈비츠의 문신가』, 『아이 러브 딕』, 『내 아내에 대하여』, 『맨디블 가족』, 『해리 포터와 저주받은 아이』, 『12월 10일』 등의 소설 외에도 『슬픔의 해석』, 『작가의 시작』, 『내 옷장 속의 미니멀리즘』을 비롯하여 50권이 넘는 다양한 분야의 영미 도서를 번역했다. 2018 GKL 문학번역상 최우수상을 수상했다.

럭키

초판 1쇄 인쇄 2024년 2월 13일
초판 1쇄 발행 2024년 2월 29일

지은이 | 마리사 스태플리
옮긴이 | 박아람
발행인 | 강봉자, 김은경

펴낸곳 | (주)문학수첩
주소 | 경기도 파주시 회동길 503-1(문발동633-4) 출판문화단지
전화 | 031-955-9088(대표번호), 9530(편집부)
팩스 | 031-955-9066
등록 | 1991년 11월 27일 제16-482호

홈페이지 | www.moonhak.co.kr
블로그 | blog.naver.com/moonhak91
이메일 | moonhak@moonhak.co.kr

ISBN 978-89-8392-230-4 03840